KB131358

노래의 책

노래의 책

Buch der Lieder

하인리히 하이네 시집 이재영 옮김

BUCH DER LIEDER
by HEINRICH HEINE (1827)

일러두기

1. 번역 대본으로는 하이네 텍스트의 정본으로 인정받고 있는, 호프만 운트 캄페에서 1975년 출간된 *Sämtliche Werke. Historisch-kritische Gesamtausgabe der Werke. Düsseldorfer Ausgabe/Buch der Lieder*를 사용했고, 편집에는 1877~1990년 독일과 미국에서 출판된 몇몇 판본도 참고하였습니다.

2. 콜론(:), 세미콜론(;), 줄표(—) 등 문장 부호는 쓰임새를 고려하여 마침표와 쉼표로 대체하거나 선택적으로 살렸습니다.

3. 각주는 모두 옮긴이의 것입니다.

이 책은 실로 꿰매어 제본하는 정통적인 사철 방식으로 만들어졌습니다.
사철 방식으로 제본된 책은 오랫동안 보관해도 손상되지 않습니다.

제2판 머리말[1]

    『노래의 책』의 이 개정판을 라인 강 너머의 독자들에게 보내는 마당에 나로서는 몇 마디 우정의 인사를 가장 정직한 산문으로 써서 건네지 않을 수 없다. 이런 시집에 덧붙이는 머리말들은 일반적으로 아름다운 운율의 시로 작성하는데, 어떤 기이한 감정이 내가 그렇게 하지 못하도록 가로막고 있는 건지 모르겠다. 얼마 전부터 내 마음속에 일체의 운문에 대한 반감 같은 것이 생겨났는데, 듣기로는 요즘 나와 비슷한 반감을 느끼는 사람들이 제법 된다고 한다.[2] 내 생각으로는 아름다운 운문 속에서 너무 많은 거짓말들이 행해졌고, 진실은 운율의 옷을 걸치고 나타나기를 꺼리기 때문이 아닌

---

  1 『노래의 책*Buch der Lieder*』 제1판은 머리말 없이 출판되었다. 출판을 맡은 율리우스 캄페가 하이네에게 서문을 부탁했지만, 당시 런던에 있던 하이네는 거절했다. 이 제2판의 머리말은 제1판이 출판된 지 10년 후인 1837년 5월에 작성되었는데, 당시 하이네는 금전적 궁핍에 시달리고 있었다. 또한 그의 글들이 독일에서 널리 퍼지자 관청의 압박도 심해졌다. 하이네는 이 책을 새로 출판하면서 상업적 성공을 거두기 위해 제목을 바꾸고, 새로운 시들을 부가하는 등의 조치를 취하려 했으나 이로 인해 시집의 통일성이 손상될 것을 우려하여 결국 원래의 형태 그대로 출판하기로 결정했다.

  2 자유주의적 문학 운동이었던 1830년대 〈청년 독일*Junges Deutschland*〉의 문인들이 시보다 산문을 중시한 것을 말한다.

가 싶다.[3]

이 책을 새로 인쇄하여 독자들께 전달하면서 나는 난감한 심정이다. 지금까지 나는 마음속에서 일어나는 엄청난 저항을 이겨 내야 했다. 이 책을 대략적으로나마 검토하기로 마음먹기까지 거의 1년 동안 망설였다. 이 책을 보면 10년 전에 이 책을 처음 출판할 당시 내 영혼을 괴롭혔던 그 모든 불편한 마음이 되살아났던 것이다. 이런 감정은 오로지 자신의 첫 시들이 인쇄된 것을 보게 되는 시인 혹은 얼치기 시인만이 이해할 수 있을 것이다. 첫 시들! 그 시들은 분명 너절하고 빛바랜 종이에 기록되었을 것이다. 그리고 그 종이들 사이에는 여기저기에 시든 꽃이나 금발의 곱슬머리, 혹은 변색된 리본 같은 것들이 끼워져 있을 것이고, 눈물의 흔적도 여전히 여러 군데에 남아 있을 것이다……. 그러나 끔찍할 만큼 매끈한 종이 위에 번쩍이는 검은 활자로 인쇄된 첫 시들은 원래 그것들이 간직하고 있던 너무나 달콤하며 순결한 매력을 잃어버리고 만다. 그래서 저자는 진저리가 나는 불쾌감을 느끼게 되는 것이다.

그렇다. 이 시들이 처음 세상에 모습을 드러낸 지도 벌써 10년이 지났다. 이제 나는 이 시들을 그때와 마찬가지로 연대순으로 배열하여 내놓는데, 독일 뮤즈의 첫 키스를 받고 내 영혼이 불붙던 그 옛 시절에 지었던 노래들이 다시 맨 앞의 자리를 차지하게 되었다. 아! 이 착한 소녀의 키스는 그

---

3 이 글을 쓰던 당시, 하이네는 독일과 프랑스에서 시인보다는 산문으로 작성된 『여행 화첩Reisebilder』을 쓴 작가로 더 널리 알려져 있었다. 또한 하이네 자신도 이 시기에 비판적인 산문을 더 중시했다. 1831년에 파리로 이주한 후 그는 줄곧 산문 작품들을 발표하였고, 자신이 이전에 발표한 시들은 산문들보다 덜 중요하다고 생각했다.

후로 열기와 신선함을 많이 잃고 말았다! 관계가 오래 지속되다 보면 밀월의 열정이 서서히 식기 마련이다. 하지만 때로는 다정함이 오히려 더 애틋해지기도 했는데, 특히 내가 어려운 시절을 보낼 때 그녀는 온 마음을 바쳐 내게 사랑과 충실함을 보여 주었다. 그 독일의 뮤즈가! 그녀는 내가 고향에서 박해를 받을 때 나를 위로해 주었고, 나의 망명 길을 따라나섰으며, 내가 낙담하여 힘겨운 시간을 보낼 때 나를 즐겁게 해주었다. 곤경에 빠진 나를 한 번도 외면하지 않았고, 심지어 돈이 궁할 때에도 내게 도움을 주었다.[4] 독일의 뮤즈, 그 착한 소녀가!

나는 시간적인 순서뿐만 아니라 시 자체도 거의 고치지 않았다. 단지 제1부의 이곳저곳에서 몇몇 시들을 손질하는 데서 그쳤다. 지면을 아끼기 위해 제1판에 수록되었던 헌사들은 뺐다. 그러나 꼭 언급하고 지나가야 할 것이 있다. 「서정적 간주곡」은 1823년에 『비극들』이라는 제목으로 처음 발표된 책[5]에서 가지고 온 것인데, 나는 이 책을 나의 큰아버지 잘로몬 하이네에게 헌정했었다. 이렇게 함으로써 나는 이 훌륭한 분에 대해 내가 느끼는 존경심과 그분께서 내게 보여 주신 사랑에 감사하는 마음을 기록으로 남겨 두고 싶었다. 처음에 『여행 화첩』의 일부[6]로 발표되었던 「귀향」은 돌아가신 프리데리케 파른하겐 폰 엔제[7]에게 헌정한 작품이다. 나

<hr />

4 이 머리말을 쓰던 시기에도 하이네는 집필료 문제를 놓고 캄페와 협상을 벌이고 있었다.

5 하이네가 1823년에 발표한 『비극들과 서정적 간주곡 *Tragödien nebst einem lyrischen Intermezzo*』을 말한다.

6 『H. 하이네의 여행 화첩. 제1부 *Reisebilder von H. Heine Erster Teil*』(1826)를 말한다.

는 내가 이 위대한 부인을 공적으로 찬양한 첫 번째 사람이
었다는 것을 자랑스럽게 생각한다. 아우구스트 파른하겐[8]은
라헬의 모든 인품이 고스란히 드러나는 편지들을 출판하였
는데,[9] 그가 자질구레한 우려들을 떨쳐 내고 이렇게 한 것은
굉장한 행동이었다. 이 책은 사람들에게 가장 크게 영향을
미치고, 힘과 위안을 줄 수 있는 적절한 시기에 출판되었다.
사람들에게 위로가 필요한 바로 그 시점에 세상에 나온 것이
었다. 마치 라헬은 자신이 죽고 나서 맡게 될 사명이 무엇인
지 알았던 것 같다. 물론 그녀는 생전에 상황이 나아질 것이
라 믿고 기다렸다. 하지만 기다림이 끝날 줄을 모르자 결국
그녀는 더 참지 못하고 고개를 저으며 파른하겐을 쳐다보고
는 재빨리 숨을 거두었다. 그만큼 더 재빨리 부활하기 위해
서였다. 그녀를 생각하면 무덤을 빠져나와 큰길가에 서서 포
로로 끌려가는 자식들을 보며 울던 또 한 명의 라헬에 대한
전설이 떠오른다.[10]

나는 그 자애로운 여인을 떠올릴 때마다 슬픔을 느끼지
않을 수 없다. 내가 젊은 혈기로 오만했던 시절, 진실의 불꽃
이 내게 깨달음보다는 흥분을 더 많이 안겨 주었던 그 시절
에 그녀는 언제나 지칠 줄 모르는 관심을 내게 쏟아부어 주

7 Rahel Antonie Friedericke Varnhagen von Ense(1771~1833). 낭만주
의 시대의 유대인 여류 문인. 1814년에 기독교로 개종하기 전의 이름은 라헬
이었다. 베를린에서 그녀의 살롱은 낭만주의자들의 집결지였다. 한나 아렌트
는 그녀의 전기 『라헬 파른하겐』을 썼다.

8 프리데리케 파른하겐의 남편.

9 『라헬. 그녀의 친구들을 위한 추념의 책』(1833)을 말한다.

10 『구약 성서』의 「예레미야서」 31장 15절. 〈라마에서 슬퍼하며 통곡하는
소리가 들리니 라헬이 그 자식을 위하여 통곡하는 것이다. 그녀가 자식이 잃
었으므로 위로받기를 거절하는구나.〉

었고, 자주 나를 깊이 걱정해 주었다…….

그 시절은 이제 지나갔다! 이제 나는 흥분하기보다는 깨닫고 있다. 하지만 언제나 인간은 너무 늦게 이런 차분한 깨달음에 도달하게 된다. 나는 이제 나를 비틀거리게 했던 돌멩이들을 또렷하게 볼 수 있다. 나는 아주 쉽게 그 돌멩이들을 피할 수 있었을 것이고, 그렇게 했다고 해서 잘못된 길로 빠지지는 않았을 것이다. 또한 이제 나는 적절한 장갑을 손에 끼기만 하면 세상의 어떤 일이든 해낼 수 있다는 것을 알고 있다. 그러니 우리는 우리가 잘할 수 있는 것, 우리가 가장 능숙하게 할 줄 아는 것만 해야 할 것이다. 삶에서나 예술에서나 마찬가지다. 아! 자연이 자신에게 가장 손쉽게 갖다 주는 선물의 가치를 어리석게도 깨닫지 못하고, 거꾸로 자신이 가장 획득하기 어려운 재화를 가장 값진 것으로 간주하는 것은 인간이 저지를 수 있는 최악의 오류다. 인간은 대지의 품속에 단단히 고정된 채 자라나는 보석이나 아주 깊은 바다에 숨어 있는 진주야말로 최상의 보물이라고 생각한다. 만일 자연이 그것들을 조약돌이나 조개처럼 인간의 발 앞에 늘어놓았다면 그것들이 가치가 없다고 여길 것이다. 우리는 우리 자신의 장점들에 대해서는 무관심하다. 하지만 우리의 결점에 대해서는 올바른 판단을 피하려고 너무나 오래 심혈을 기울이다가 결국 이런 결점을 탁월함으로 착각하고 만다. 과거에 나는 파가니니의 연주회를 보고 나서 그 대가에게 그의 바이올린 연주에 대한 열정적인 찬사를 늘어놓은 적이 있다.[11] 그런

---

11 Niccolò Paganini(1782~1840). 당대에 가장 명성이 높았던 바이올린 연주자. 그는 1828년부터 1834년까지 유럽 각국의 주요 도시에서 연주회를 개최했는데, 하이네는 1830년에 함부르크에서 그의 연주를 들었다.

데 파가니니는 내 말을 가로막고 이렇게 말했다. 「그런데 오늘 제 인사와 절은 마음에 드셨습니까?」

나는 이 『노래의 책』을 겸손한 마음으로, 양해를 구하면서 독자들에게 내어놓는다. 정치와 신학과 철학 분야에서의 내 글들이 이 시들이 지닌 약점들을 어느 정도나마 보충해 줄 수 있기를 빈다.

그러나 나는 나의 시적인 글들이 나의 정치적, 신학적, 철학적 글들과 동일한 생각에서 비롯되었으며, 한쪽에 대한 갈채를 모두 거두어들이지 않고서는 다른 한쪽을 비난할 수 없다는 점을 지적해야 하겠다. 동시에 내 영혼 속에서 그 생각이 심각한 변화를 겪었다는 소문은 나로서는 경멸스럽고 유감스럽게 생각하지 않을 수 없는 진술들로 인한 것이라는 점 또한 지적해야 하겠다. 내 언사가 부드러워진 것이, 심지어 내가 강요된 침묵을 지킨 것이 나 자신에 대한 배반을 보여 주는 것이라고 생각한 이들은 편협한 사고방식에 사로잡힌 몇몇 사람들뿐일 것이다. 그들은 나의 절제를 곡해했으며, 내가 그들의 과도한 격분을 한 번도 곡해한 적이 없는 만큼 이런 곡해는 더욱더 정나미 떨어지는 처사였다. 기껏해야 내가 피로감을 느낀다는 정도의 비난이 있을 수 있었다. 그렇지만 나는 피로감을 느낄 권리가 있다……. 이런 피로감에 빠지면 누구나 원하든 원하지 않든 시간의 법칙에 복종할 수밖에 없는 것이다…….

태양은 아직 아름답게 빛나지만
결국에는 질 수밖에 없어!

이 시구의 멜로디가 아침 내내 머릿속에서 윙윙거린다. 내가 방금 쓴 글들이 모두 메아리가 되어 울리는 건지도 모르겠다. 얼마 전에 우울한 기분에 빠져 권총으로 자신을 쏘아 죽이고 만 씩씩한 희극 작가 라이문트[12]의 어떤 극작품에서는 젊음과 늙음이 알레고리적 인물들로 등장하는데, 젊음이 주인공과 작별하면서 부르는 노래가 바로 위의 시구로 시작된다. 여러 해 전, 나는 뮌헨에서 이 연극을 본 적이 있는데, 제목이 『백만장자가 된 농부』인 것으로 알고 있다.[13] 젊음이 퇴장하자마자 관객들은 무대에 혼자 남게 된 주인공의 모습이 기이하게 변하는 것을 보게 된다. 그의 갈색 머리카락이 점점 회색으로 변하다가 결국 눈처럼 새하얗게 바뀐다. 그의 등이 구부러지고, 무릎도 후들후들 떨린다. 그때까지 거칠던 사람이 훌쩍대는 유약한 인물로 변한다……. 늙음이 등장하는 것이다.

이 오싹한 형상이 벌써 이 시들의 저자에게도 다가오고 있는 것일까? 친애하는 독자여, 그대는 문학 속에서 언제나 젊게, 지나치리만큼 젊게 활동하던 작가가 이와 비슷하게 변모하는 것을 벌써 보고 있는가? 우리가 보는 앞에서, 온 관객들의 면전에서 작가가 서서히 늙어 가는 과정을 지켜보는 것은 서글픈 일이다. 우리는 그런 변모를 영원한 청년인 볼프강 괴테가 아니라 늙은 광대 아우구스트 빌헬름 폰 슐레겔[14]에

12 Ferdinand Raimund(1790~1836). 오스트리아의 극작가.

13 라이문트가 1826년에 빈에서 초연한 마술 동화극 『요정 세계에서 온 소녀 혹은 백만장자가 된 농부』를 말한다.

14 August Wilhelm von Schlegel(1767~1845). 낭만주의 시대의 문학사가, 번역가, 인도학자. 매우 박식했으며 낭만주의의 기초를 세우는 데 기여했다. 하이네는 1819년 겨울 학기에 본 대학에서 그의 문학 강의를 들었

게서 보았다. 또한 해가 갈수록 더 많은 꽃을 피우며 젊어지는 아델베르트 샤미소[15]가 아니라 과거에는 낭만적인 스트로미안[16]이었지만 이제는 늙고 비루먹은 문췌[17]가 되어 버린 루트비히 티크 씨에게서도 같은 변모를 보았다……. 오, 그대 신들이여! 내게 젊음을 남겨 달라고 그대들에게 부탁하지는 않겠지만, 젊음의 미덕은, 사심 없는 증오와 사심 없는 눈물은 내게서 빼앗아 가지 말기를! 질투심 때문에 젊은이들에게 악을 쓰고 호통치기 좋아하는 늙은이도, 허구한 날 좋았던 옛날 타령만 하는 풀 죽은 불평꾼도 되게 하지 말기를……. 젊음을 사랑하고, 노년의 쇠약에도 불구하고 여전히 젊음의 놀이와 위험에 가담하는 늙은이가 되게 해주오! 내 목소리는 떨리고 씨근거려도 좋으니 내 말의 뜻만은 대담함과 싱그러움을 잃지 않게 해주오!

어제 그녀는, 아름다운 나의 여자 친구는 장밋빛 손가락으로 내 곱슬머리를 펴주면서 연민과 악의가 뒤섞인 야릇한 미소를 지었다……. 그렇지? 넌 내 머리에서 하얀 머리카락 몇 가닥을 발견했지?

태양은 아직 아름답게 빛나지만

다. 후일 하이네는 노년에 접어든 그가 허영심과 탐욕에 사로잡혔다고 비판했다.

15 Adelbert von Chamisso(1781~1838). 프랑스 태생의 독일 낭만주의 작가.

16 독일 낭만주의의 주요한 소설가이자 시인, 번역자였던 루트비히 티크 Ludwig Tieck(1773~1853)가 1797년에 발표한 예술 동화 『금발의 에크베르트』에 등장하는 개의 이름.

17 티크가 1836년에 발표한 소설 『고집과 기분』에 등장하는 개 문셰 Munsche를 잘못 기록한 것.

결국에는 질 수밖에 없어!

1837년 봄, 파리에서
하인리히 하이네

제3판 머리말

오랜 동화의 숲이구나![18]
보리수 꽃향기가 난다!
휘영청 빛나는 달빛에
마음이 황홀해지네.

앞으로 갔어, 가다 보니
위쪽에서 소리가 들렸어.
밤꾀꼬리구나, 사랑과
사랑의 고통을 노래하네.[19]

사랑과 사랑의 고통을,
눈물과 웃음을 노래하네.
저리 슬피 환호하고, 기쁘게 흐느끼네.
잊었던 꿈들이 깨어난다.

---

18 하이네는 1839년, 만 42세가 되었고 청년 시절에 쓴 이 시들이 흔히
〈옛날 옛적에……〉로 시작되는 동화 속의 세계처럼 먼 과거로 느껴졌다.
  19 이는 이 시집의 내용과 일치한다.

앞으로 갔어, 가다 보니
앞쪽 너른 터에
큰 성이 보였어.
박공이 높이 솟아 있었어.

창문들은 닫혀 있고, 사방에
침묵과 비탄뿐이었지.
이 황량한 벽 안쪽엔
고요한 죽음이 사는 듯했지.

저기 성문 앞에는 스핑크스가,
공포와 욕망의 합체가 누워 있었어.
몸통과 앞발은 사자 같았고,
머리와 가슴은 여자 같았지.

아름다운 여인! 하얀 눈초리는
거친 욕망을 드러냈어.
말 없는 입술이 둥글게 부풀어
조용한 허락의 미소를 보내 주었어.

밤꾀꼬리의 노래가 너무 달콤해
나는 이겨 낼 수 없었지.
사랑스러운 얼굴에 입 맞추는 순간,
난 되돌아올 수 없게 되었어.

대리석 형상이 살아나더니

신음하기 시작했어.
내 입맞춤의 타오르는 열정을
갈증과 갈망으로 들이켰어.

내 숨을 거의 다 마시곤
이윽고 게걸스럽게
날 끌어안았지, 내 가련한 몸을
사자의 앞발로 찢으면서.

황홀한 고문이여, 열락의 고통이여!
아픔도 쾌감도 끝이 없구나!
입맞춤이 나를 행복하게 하는 사이,
앞발은 내게 끔찍한 상처를 입히는구나.

밤꾀꼬리가 노래했어. 「오 아름다운 스핑크스!
오 사랑이여! 도대체 너는 왜
네가 주는 모든 기쁨에
죽음의 고통을 섞어 넣는 거지?」

「오 아름다운 스핑크스! 오 그 수수께끼를,
그 놀라운 수수께끼를 풀어 다오!
나 그것에 대해 생각한 지도
벌써 수천 년이 지났어.」

◆

이 모든 것을 멋진 산문으로도 말할 수 있었을 것이다······.

하지만 새 판을 준비하면서 글을 몇 군데 다듬을 생각으로 옛 시들을 다시 훑어보자니 압운을 붙이고 운율을 넣으면서 소리에 신경을 쓰는 습관이 슬그머니 고개를 든다. 그러니 보라! 나는 이 『노래의 책』 3판을 운문으로 열고 있지 않은가! 오 포이보스[20] 아폴로여! 이 시가 형편없더라도 그대는 나를 기꺼이 용서해 주리라……. 그대는 전지적인 신이니, 내가 왜 이토록 오랫동안 말들의 운율과 화음에 특별한 관심을 기울일 수 없었는지 잘 알고 있다……. 한때 찬란한 불꽃놀이로 세상을 즐겁게 해주던 불꽃이 왜 갑자기 훨씬 더 진지한 불길을 일으키는 데 사용되어야 했는지 알고 있다……. 그리고 왜 그 불꽃이 지금 말없이 작열하면서 내 가슴을 먹어 치우는지 알고 있다……. 위대하고 아름다운 신이여, 그대도 나처럼 때때로 황금 칠현금을 내려놓고 그 대신 강력한 활과 치명적인 화살을 들곤 하니 나를 이해할 것이다……. 그대가 산 채로 살가죽을 벗겨 낸 마르시아스[21]를 기억하는가? 그 후로 오랜 세월이 흘렀으니 그런 사례가 다시금 필요한 때가 되었다……. 그대는 웃는구나, 오 나의 영원한 아버지여!

1839년 2월 20일, 파리에서
하인리히 하이네

20 아폴론의 다른 이름. 주 301 참조.
21 사티로스의 하나로서, 아폴론에게 악기 연주 시합을 요구했다가 패배한 후에 나무에 매달려 살가죽이 벗겨져 죽었다.

제5판 머리말

아쉽게도 나는 이 책의 제4판을 세심하게 살펴볼 수 없었다. 그래서 제4판은 사전 교열 없이 인쇄되었다. 그러나 이 제5판의 경우에는 다행히도 그러한 직무 태만이 반복되지 않았다. 나는 우연히 이 책이 인쇄되는 도시에 머무는 중이었고, 직접 교정 작업을 진행할 수 있었다.[22] 이와 동시에 나는 이 책이 인쇄되는 곳과 같은 장소인 함부르크의 호프만 운트 캄페 출판사에서 나의 시들을 모아 놓은 책을 『신시집 *Neue Gedichte*』이라는 제목으로 출판하는데, 이 시집은 『노래의 책』의 제2부라고 볼 수 있다. 조국에 있는 친구들에게 더없이 쾌활한 작별의 인사를 보낸다!

1844년 8월 21일, 함부르크에서
하인리히 하이네

---

22 하이네는 1844년 6월 23일부터 함부르크에 머무르는 중이었고, 제5판의 교정과 인쇄 작업에 적극적으로 개입했다.

젊은 날의 아픔

Junge Leiden

1817~1821

꿈의 영상들

I[1]

언젠가 나는 꿈꾸었다. 거칠게 타오르는 사랑과
어여쁜 곱슬머리, 은매화와 목서초를,[2]
달콤한 입술과 쓰라린 말과
음산한 멜로디의 음산한 노래를.

색 바랜 꿈들이 사라진 지도 오래,
나 가장 사랑하던 꿈의 영상도 사라졌구나!
내게 남은 건 언젠가 거친 열정으로
부드러운 시구에 쏟아부었던 것들뿐.

버려진 노래여, 너는 남았구나! 이제 너도 흩어져
사라진 지 오래인 꿈의 영상을 찾아라,

---

1 이 시는 1821년에 발표된 『시집 *Gedichte*』의 첫머리에 시집 전체의 헌사
로서 자리했으며, 이 시집의 주요한 내용을 예고했다.

2 사랑의 상징들이다. 은매화(銀梅花)는 아프로디테의 꽃이며, 목서초(木
犀草)도 사랑의 꽃으로 통한다.

그리고 그걸 찾거든 안부를 전해 다오 ──
나는 흐릿한 그림자에 흐릿한 입김을 보낸다.

II

아주 이상하게 무서운 꿈 하나가
나를 기쁘게도 두렵게도 하는구나.
오싹한 영상들이 여전히 눈앞에 어른대고,
심장은 거칠게 뛰어 대는구나.

아주 멋진 정원이었어,
나는 즐거이 산책하려 했지.
수없이 예쁜 꽃들이 나를 쳐다보아
나는 기뻤어.

작은 새들은 끝없이 재잘대었지,
생기가 넘치는 사랑의 노래들을.
붉은 태양을 황금빛이 에워쌌고,
꽃들은 명랑하게 울긋불긋했어.

풀들이 향기를 흠뻑 내뿜고,
바람은 기분 좋게 부드러워.
만물이 반짝이고, 웃으며
화려한 모습을 정답게 자랑해.

꽃밭 한가운데
맑은 대리석 우물이 있었어.
거기 아름다운 소녀가
흰옷을 열심히 빨고 있었어.

뺨은 귀엽고, 눈매는 부드럽고,
금발의 곱슬머리는 성자 같았지.
그런데 가만 보니 그 소녀는
너무나 낯설고도 너무나 익숙했어.

아름다운 소녀는 부지런히 손을 놀리며
아주 멋진 노래를 흥얼거려.
「흘러라, 흘러라, 물아,
이 아마포를 깨끗이 빨아 줘.」

나는 걸어서 그녀에게 다가가
속삭였어. 오 말해 줘요,
그대 참 아름답고 사랑스러운 아가씨,
이 하얀 옷은 누구 것인가요?

그녀가 재빨리 말했어. 「곧 준비해요,
당신의 수의를 빠는 거예요!」
그녀가 이 말을 마치자마자
모든 영상이 거품처럼 녹아 사라졌어 ─

여전히 마법에 걸린 나는 이내

음산한 야생의 숲에 서 있었어.
나무들은 드높아 하늘을 찔렀고,
놀란 나는 생각하고 또 생각했지.

들어 보라! 저 둔중한 메아리를!
멀리서 도끼 내리치는 소리 같구나.
나는 덤불과 황무지를 내달려
탁 트인 곳에 이른다.

푸르른 풀밭 한가운데
커다란 떡갈나무가 서 있었어.
보라! 내 소녀가 놀랍게도
도끼로 떡갈나무를 내려치는구나.

잇달아 내리치면서 그녀는
노래를 흥얼대며 도끼를 흔드는구나.
「반짝 도끼야, 번쩍 도끼야,
어서 떡갈나무 장(欌)을 만들어.」

나는 걸어서 그녀에게 다가가
속삭였어. 오 내게 말해 줘요,
그대 참 사랑스러운 아가씨,
떡갈나무 장은 누굴 위해 만들어요?

그녀가 재빨리 말했어. 「시간은 인색하죠,
당신의 관을 만드는 거예요!」

그녀가 이 말을 마치자마자
모든 영상이 거품처럼 녹아 사라졌어 ——

사방이 너무나 창백하고 막막했고,
오직 황량하고 황량한 황야만 남았어.
나는 영문을 몰라
남몰래 떨면서 그냥 서 있었지.

하지만 잠시 앞으로 걸어가니
곧 하얀 줄 하나가 보였어.
나는 서둘러 달려가 걸음을 멈췄지.
봐! 아름다운 소녀가 거기 있었어.

막막한 황야에서 흰옷의 소녀는
큰 삽으로 땅을 깊이 파고 있었어.
용기가 없어 제대로 보진 못했지만,
그녀는 정말 아름답고도 무서웠어.

아름다운 소녀는 재빨리 삽을 놀리며
아주 이상한 노래를 흥얼거렸지.
「삽아, 삽아, 날카롭고 큰 삽아,
깊고 넓은 구덩이를 파.」

나는 걸어서 그녀에게 다가가
속삭였어. 오 내게 말해 줘요,
그대 참 아름답고 사랑스러운 아가씨,

여기 이 구덩이는 왜 파죠?

그녀가 재빨리 말했어. 「가만있어요,
당신을 위해 서늘한 무덤을 팠어요.」
아름다운 소녀가 그렇게 말하자
구덩이가 쩍 벌어졌어.

구덩이 속을 들여다보니
전율이 온몸을 타고 흘렀어.
그리고 나는 캄캄한 구덩이의 밤 속으로
뛰어내렸지 ── 그리고 잠에서 깨어났어.

III

어느 밤 꿈속에서 나를 보았어,
검은 연미복과 비단 조끼를 입고,
손목엔 커프스가 달려 축제에 가는 사람 같았지,
내 앞엔 내 사랑이 예쁘고 다정하게 서 있었어.

나는 허리를 숙이며 말했지. 「그대가 신부인가요?
아! 아! 축하합니다, 나의 아내여!」
하지만 길게 끌리는, 고상하게 냉랭한 음성이
목구멍을 꽉 죄는 것 같았어.

그리고 갑자기 쓰라린 눈물이

연인의 눈에서 흘러내렸고, 눈물의 파도에 휩쓸려
사랑스러운 그 모습이 사라진 듯했지.

오 어여쁜 두 눈이여, 선량한 사랑의 별들이여,
깨어 있을 때나 잠들었을 때나 너희는 자주
나를 속였지만, 그래도 나는 너희를 기꺼이 믿노라!

IV

꿈속에서 어떤 작고 우스꽝스러운 남자를 보았어,
죽마(竹馬)를 타고 한껏 큰 걸음으로 걷는 그는
하얀 내복과 세련된 옷을 입었지만,
마음속은 거칠고 너절했어.

속은 비루하고 변변찮았지만,
겉으로는 품위가 넘쳤지.
그는 용기에 대해 장황하게 말했고,
아주 반항적이고 완강한 양 행동했어.

「저게 누군지 아느냐? 이리 와서 보라!」
꿈의 신이 이렇게 말하며 약삭빠르게
거울 틀 속에서 넘실대는 영상을 보여 주었어.

제단 앞엔 그 남자가, 그 옆에는
내 사랑이 서 있었어, 두 사람은 말했어. 네!

그리고 수천의 악마들이 웃으며 외쳤지. 아멘!

V

무엇이 내 피를 미친 듯이 요동치고 날뛰게 하는가?
무엇이 내 심장을 거친 불길에 휩싸이게 하는가?
내 피가 끓고 부글거리며 튀어 오르고,
광포한 불꽃이 내 심장을 파먹는다.

내 피가 미쳐 튀어 오르며 부글대는 것은
악몽을 꾸었기 때문이다.
밤의 음산한 아들[3]이 찾아와,
헐떡거리며 나를 데리고 나섰다.

그리고 환히 불 밝힌 집으로 나를 데리고 갔다,
하프 소리와 방일한 흥청거림과
타오르는 횃불과 촛불이 있는 집으로.
나는 홀에 도착하여 들어갔다.

흥겨운 결혼식이었다.
손님들이 식탁에서 음식을 즐기고 있었다.
나는 신랑 신부를 쳐다보았는데 —
아 슬프구나! 신부는 바로 내 사랑이었다.

3 악마를 뜻한다.

그건 매혹적인 모습의 내 사랑이었고,
낯선 남자가 신랑이었다.
신부가 앉는 상석 바로 뒤,
거기 서서 나는 입을 다물고 있었다.

음악이 흘렀지만 — 나는 가만히 서 있었다.
기쁨의 소음이 나를 우울하게 했다.
신부의 눈빛은 온통 행복에 젖어 있었고,
신랑은 그녀의 손을 꼭 잡았다.

신랑이 술잔을 가득 채워 마시고,
아주 품위 있게 그 술잔을 신부에게 건네니
신부는 고마워하며 웃는다.
아 슬프구나! 그녀가 마시는 건 내 붉은 피였다.

신부는 예쁜 사과를 집어 들어
신랑에게 건넨다.
신랑은 칼을 들어 그것을 잘랐다.
아 슬프구나! 그것은 내 심장이었다.

두 사람은 달콤하게, 오래 눈을 맞추고,
신랑이 당당하게 신부를 끌어안더니,
그녀의 붉은 뺨에 입을 맞춘다.
아 슬프구나! 내게 입 맞추는 건 차가운 죽음.

입 속에서 혀가 납처럼 굳어

나는 한마디도 할 수 없었다.
그때 소란이 일더니 춤이 시작되었다.
어여쁜 신랑 신부가 앞장섰다.

시체처럼 묵묵히 서 있는 내 주위로
사람들이 날쌔게 날아다니는구나.
신랑이 무언가 나지막이 속삭이자
신부는 얼굴만 붉어질 뿐, 화는 내지 않는구나.

VI

고요한 밤, 달콤한 꿈속에서
내 사랑이 마법의 힘으로,
마법의 힘으로 내게 왔다.
내 작은 방으로 나를 찾아왔다.

나는 그녀를 본다, 그 어여쁜 모습을!
나는 그녀를 본다, 그녀는 부드럽게 웃고,
그 웃음에 내 심장은 부풀어 올라
대담한 말이 격렬하게 솟구쳐 나온다.

「가져가, 내 모든 걸 가져가,
내 가장 소중한 것도 네겐 기꺼이 주리니,
한밤부터 새벽닭이 울 때까지
네 연인이 될 수만 있다면.」

그녀는 나를 본다, 아주 야릇하게,
너무나 다정하고 슬프고 간절하게.
그 아름다운 소녀가 내게 말한다.
「오, 네 천상의 행복을 내게 줘!」

「내 달콤한 삶과 젊은 피는
너를 위해, 천사 같은 소녀여,
기꺼이, 기분 좋게 줄 거야.
하지만 하늘나라는 절대 안 돼.」

내 빠른 대답은 거침없이 울려 퍼지지만
아름다운 소녀는 더 아름답게 피어나면서
여전히 이렇게 말하는구나.
「오, 네 천상의 행복을 내게 줘!」

이 말이 둔중하게 귀를 때리고,
내 영혼 가장 깊은 곳에
불길의 바다를 내던진다.
숨쉬기가 힘들고, 거의 멈춘다.

그것은 황금빛 후광을 두른
새하얀 천사들이었는데,
이제 시커먼 요괴의 무리가
거칠게 솟구쳐 올랐다.

요괴들은 천사들과 싸웠고,

천사들을 몰아냈지만,
이윽고 이 검은 무리도
안개 속으로 사라졌다.

하지만 기쁨 속에서 스러지고 싶은 나는
아름다운 내 사랑을 끌어안고 있었다.
그녀는 사슴처럼 나를 꼭 껴안았지만,
쓰라린 슬픔의 눈물을 흘렸다.

어여쁜 내 사랑이 운다. 이유를 아는 나는
장밋빛 작은 입술에 말없이 키스한다.
「오 울지 마, 어여쁜 내 사랑,
내 뜨거운 사랑에 너를 맡겨!」

「내 뜨거운 사랑에 너를 맡겨 ──」
이 말을 하자 갑자기 내 피가 얼어붙었다.
땅이 요란하게 흔들리더니,
쩍 벌어져 심연을 열어젖혔다.

그 컴컴한 심연에서 검은 무리가 올라오니 ──
내 어여쁜 사랑이 창백해지는구나!
어여쁜 사랑이 내 팔에서 사라지고
나는 거기 혼자 서 있었다.

검은 무리가 나를 에워싸고
어지러이 돌며 춤추는구나.

점점 좁혀 오더니 나를 붙잡을 듯 다가와
날카롭게 울리는 조롱의 웃음을 터뜨린다.

원은 점점 좁아지고,
오싹한 노래가 계속 윙윙거린다.
너는 천상의 행복을 내놓았으니,
이제 영원히 우리 것이다!

VII

이제 돈을 받았는데, 너는 왜 꾸물거리는가?[4]
검은 피의 악마여, 뭘 더 망설이는가?
순식간에 나는 작은 방에 편히 앉아 기다리고,
벌써 자정이 다가온다 ─ 신부만 오면 된다.

오싹한 미풍이 공동묘지에서 우수수 몰려온다.
너희 바람이여! 내 어린 신부를 보았는가?
저기 창백한 얼굴 형상들이 여럿 나타나더니,
실실대며 무릎 꿇어 인사하고 끄덕인다. 오, 물론!

말하라, 무슨 소식을 갖고 왔느냐,
하인의 빨간 제복을 입은 검은 불량배 놈아?
「아씨께서 오신다고 합니다,

4 남자는 지옥의 대표자들과 계약을 맺었다. 남자가 대금을 지불하면 악마
는 신부를 준다는 것이 그 내용이다.

용이 끄는 마차를 타고 곧 도착하십니다.」

백발의 친절한 작은 남자여, 무엇을 원하는가?
죽은 나의 선생이여, 무슨 일로 오셨는가?
그는 근심 어린 눈빛으로 묵묵히 나를 보더니
고개를 젓고는 뒤로 물러난다.

저 텁수룩한 놈은 왜 낑낑거리며 꼬리를 흔들어 대는가?
검은 고양이의 눈이 왜 저리 반짝거리는가?
여자들이 왜 머리를 풀어 헤치고 울부짖는가?
유모는 왜 내게 자장가를 불러 주는가?

자장가 부를 때는 끝난 지 오래,
유모여, 노랫가락은 집에나 가서 흥얼거려라.
오늘은 내 결혼식 날이다.
보라, 저기 벌써 성장(盛裝)한 손님들이 오는구나.

저길 보라! 신사들이여, 옷차림이 멋지구나!
모자 대신 머리를 손에 들고 왔구나!
교수형 수의를 입고 발을 바둥거리는 자들이여,
바람도 멎었는데 왜 이리 늦었는가?

빗자루를 탄 노파도 벌써 오는구나,
노파여, 축복해 줘요, 나는 당신 아들이니.
그때 하얀 얼굴의 입이 떨린다.
「영원토록 아멘!」 노파가 말한다.

열둘의 깡마른 악사들이 어슬렁거리며 들어온다.
바이올린 켜는 눈먼 여자들이 비틀거리며 뒤따른다.
저기 알록달록한 옷을 입은 어릿광대가
무덤 파는 사람을 등에 업고 질질 끌며 오는구나.

열둘의 젊은 수녀들이 춤추며 들어온다.
사팔뜨기 뚜쟁이가 윤무를 이끈다.
열둘의 음탕한 신부(神父)들이 달려오고
외설스러운 노래를 연도(連禱) 대신 불러 댄다.

고물 장수여, 오 얼굴이 퍼레지도록 소리 지르지 말게,
연옥에서는 자네 털옷이 필요 없으니.
거기서는 해마다 공짜로 난방을 해주지,
장작 대신 군주나 거지의 유골을 태워서.

곱사등이라 구부정한 꽃 파는 소녀들이
방 안을 이리저리 돌아다니며 곤두박질친다.
메뚜기 다리에 부엉이 얼굴을 가진 너희들이여,
어이! 갈비뼈 달그락거리는 소리는 안 들리게 해줘!

이제 제대로 야단법석이 시작되는구나,
무리가 늘어나 떠들어 대며 우글거린다.
저주의 왈츠까지 울려 퍼진다.
쉿, 쉿! 내 어여쁜 사랑도 이제 곧 올 것이다.

무뢰한아, 조용히 해라, 아니면 빨리 사라져라!

내가 하는 말조차 들리지 않는구나.
아, 지금 마차가 덜컹대며 오는 소리가 나지 않느냐?
요리사! 어디 있는가? 문을 빨리 열어라!

어서 와, 예쁜 그대, 잘 지냈어, 내 사랑?
어서 오세요 목사님, 어서 앉으세요!
마각과 꼬리가 달린[5] 목사님,
저는 귀하의 충직한 하인입니다!

사랑스러운 신부여, 왜 이리 조용하고 창백하지?
목사님이 금방 결혼식을 시작할 거야.
그에겐 비싼, 피처럼 비싼 대가를 지불하지,
하지만 그대를 갖기 위해서라면 그건 장난처럼 쉬운 일.

무릎을 꿇어, 귀여운 신부여, 내 옆에 무릎을 꿇어!
그녀가 무릎을 꿇는다, 몸을 낮춘다 ─ 오 더없는 기쁨이여!
그녀가 내 가슴에, 부푼 앞가슴에 안기는구나,
나는 떨리는 쾌감으로 그녀를 안고 있다.

물결치는 금발이 우리 둘을 에워싸고 넘실댄다.
내 심장에 닿은 소녀의 심장이 요동친다.
기쁨과 슬픔으로 요동치는 두 심장이
하늘 위로 높이 떠오른다.

5 마각(馬脚)과 꼬리는 악마의 특징들이다.

40

작은 두 가슴은 기쁨의 바다에서 헤엄친다,
저기 위, 하느님의 신성한 하늘 위에서.
하지만 둘의 머리에는, 전율과 불길처럼,
지옥이 손을 올려놓았구나.

여기서 축복하는 신부 노릇을 하는 자는
밤의 음침한 아들[6]이로구나.
그는 피 묻은 책을 펼쳐 주문을 중얼댄다,
그의 기도는 신성 모독, 그의 축복은 저주다.

세찬 바람 소리, 미친 울음소리가 몰려온다,
포효하는 파도와 으르렁대는 천둥처럼.
그때 갑자기 푸르스름한 빛이 번쩍이더니,
「영원토록 아멘!」 노파가 말한다.

VIII

나는 주인마님의 집에서 나와,
광기와 한밤의 공포 속에서 돌아다녔다.
공동묘지를 지나치려는데,
무덤들이 진지하고 조용하게 손짓했다.

방랑 악사의 묘비에서 무언가 손짓했다.

6 악마를 뜻한다.

그것은 반짝거리는 달빛이었다.
속삭임이 들린다. 「사랑하는 형제여, 금방 갈게!」
무덤에서 창백하고 흐릿한 무언가 솟아오른다.

방랑 악사였다, 지금 무덤을 빠져나온 그는
묘비 위에 높이 앉아 있다.
그는 치터의 현을 재빨리 뜯으면서
아주 둔탁하고 날카로운 소리로 노래한다.

　어이! 둔중하고 음울한 현들아,
　한때 가슴을 거칠게 불태우던
　그 옛 노래를 기억하느냐?
　천사들은 그걸 천상의 기쁨이라 부르고,
　악마들은 그걸 지옥의 고통이라 부르고,
　사람들은 그걸 이렇게 부르지. 사랑!

마지막 말이 울리자마자,
무덤들이 모두 열렸다.
허깨비들이 무수히 빠져나와
악사를 에워싸고 떠돌며 새된 소리로 합창한다.

　사랑! 사랑! 너의 위력이
　우리를 여기 잠자리로 데려와
　눈을 막아 버렸다.
　아니, 왜 밤중에 소리를 질러 대는가?

이렇게 어지러이 울부짖고 웅얼대고 씩씩거리고,
흐느끼고 징징 짜고 끙끙대고 비탄하는구나.
무리는 악사 주위를 미친 듯 떠돌고,
악사는 거칠게 현을 뜯는다.

브라보! 브라보! 아주 멋지네!
어서들 오게!
내 주문이 울려 퍼지는
소리를 들은 거로군!
해가 가고 또 와도 우리는 줄곧
쥐 죽은 듯 방구석에 처박혀 있었지.
실례지만 어쨌든
오늘은 신나게 놀아 보세!
우선 살펴보자, 낯선 놈은 없는가?
생전에 우리는 바보였어,
미친 듯한 사랑의 격정에
미친 듯 흥분하며 빠져들었지.
오늘은 재미가 빠질 수 없어.
각자 충실하게 여기서 이야기해야 해,
지난날 무엇 때문에 여기로 오게 됐는지,
미친 사랑 사냥이
자신을 얼마나 몰아대었고
얼마나 갈기갈기 찢어 놓았던지를.

그때 삐쩍 마른 한 놈이 바람처럼 가볍게
펄쩍 뛰어 일어나 흥얼거리기 시작한다.

나는 재봉사 직인이었지,
바늘과 가위를 놀리던.
나는 아주 잽싸고 날쌨지,
바늘과 가위를 놀릴 때면.
그런데 장인의 딸이 왔어,
바늘과 가위를 들고.
그리고 내 가슴을 찔렀지,
바늘과 가위를 가지고.

유령들이 함께 유쾌하게 웃었다.
두 번째 놈이 조용하고 진지하게 나섰다.

리날도 리날디니,
쉰더한노, 오를란디니,
그리고 특히 카를로 모어가
나의 모범들이었지.[7]

영광스럽게 말하지만
영웅들처럼 나도 사랑에 빠졌어.
세상에서 제일 아름다운 여인의 모습이

---

7 여기 등장하는 인물들은 모두 실제 혹은 허구의 도적들이다. 리날도 리
날디니는 괴테의 처남이었던 크리스티안 아우구스트 불피우스의 소설 『리날
도 리날디니』(전 6권, 1797~1800)의 주인공이고, 오를란도 오를란디니도 그의 소설
『오를란도 오를란디니』(1802)의 주인공이다. 쉰더한노는 도적 무리의 우두
머리로서 1803년에 마인츠에서 교수형에 처해진 후 대중적인 인기를 끈 쉰더
한네스를 말한다. 카를로 모어는 프리드리히 실러의 초기 극작품 『도적 떼』의
주인공 카를 모어를 말한다.

머릿속을 마구 헤집고 다녔지.

나는 한숨도 쉬고 껄껄대기도 했어.
사랑 때문에 마음이 어지러우면
돈 많은 옆 사람 주머니에
손가락을 재빨리 찔러 넣었지.

하지만 골목 감독관이 나를 꾸짖더군.
내 옆 사람이 갖고 있던
손수건으로 내가
그리움의 눈물을 닦으려 했다고.

포졸들의 거룩한 관례에 따라
그들은 말없이 나를 가운데에 세웠어.
그리고 성스럽고 거대한 감옥이
마치 자궁처럼 나를 가뒀어.

달콤한 사랑의 상상에 탐닉하면서
나는 거기 앉아 털실을 자았지.
리날도의 그림자가 다가와
내 영혼을 가져갈 때까지.

유령들이 함께 유쾌하게 웃었다.
화장하고 몸을 단장한 세 번째 놈이 나섰다.

나는 극장 무대의 왕이었어.

사랑에 빠진 남자 역할을 했지.
거친 소리도 질러 댔어. 너희 신들아!
달콤한 탄식도 내뱉었어. 아아!

모르티머 역할을 제일 잘했지.
마리아는 언제나 아주 아름다웠어![8]
하지만 지극히 자연스러운 내 몸짓에도
그녀는 나를 전혀 이해하려 하지 않았어.

그날 나는 결국 절망에 빠져
〈마리아, 성스러운 이여!〉라고 외친 후,
날쌔게 단검을 움켜잡고
나를 좀 지나치게 깊이 찔렀어.

유령들이 함께 유쾌하게 웃었다.
하얗고 털이 긴 나사(羅紗) 옷을 입은 네 번째 놈이 나섰다.

교단에서 교수가 아래를 향해 지껄였어.
그가 지껄이면 나는 잠이 잘 왔지.
하지만 그의 사랑스러운 어린 딸 곁이라면
천배는 더 편안했을 거야.

---

8 모르티머와 마리아는 프리드리히 실러의 『마리아 슈투아르트』(1800)에
등장하는 인물들. 독일 낭만주의 문인 아힘 폰 아르님은 데뷔작 『홀린의 애
정 편력』(1802)에서 마리아 역을 맡은 여자 배우를 사랑하던 남자 배우가 모
르티머 역을 연기하던 중 그녀의 부정을 의심하여 무대에서 스스로를 칼로
찔러 죽는 장면을 그렸다. 하이네는 이 장면에서 인물을 가져왔다.

그녀는 창가에서 다정히 내게 인사하곤 했지.
꽃 중의 꽃, 내 삶의 등불이었어!
하지만 꽃 중의 꽃은 결국 꺾이고 말았지.
말라빠진 속물, 돈 많은 놈에게 말이야.

나는 여자들과 돈 많은 사기꾼들을 저주하면서
악마의 풀[9]을 포도주에 섞어 넣었어.
그리고 죽음과 술잔을 맞대며 스몰리스, 하고 외쳤지.
죽음이 대답했어. 피두치트,[10] 나는 네 친구 하인이다![11]

유령들이 함께 유쾌하게 웃었다.
목에 밧줄을 맨 다섯 번째 놈이 나섰다.

백작이 와인을 마시며
어린 딸과 보석들을 과시하고 자랑했지.
백작이여, 네 보석에는 관심 없어,
어린 딸이 훨씬 더 마음에 들어.

보석과 딸은 빗장과 자물쇠 뒤에 잘 간수되고,
백작은 하인들에게 급료를 넉넉히 주지.
하인과 빗장과 자물쇠에는 관심 없어,

9 라인 지방에서는 몇몇 독성이 있는 풀을 악마의 풀이라고 불렀다고 한다. 등대풀, 배굴채, 기린초, 매운 토사자, 검은 까마중, 잎이 넓은 차전초 등이 이에 속했다.

10 스몰리스와 피두치트는 과거에 독일 대학생들이 건배할 때 서로 친밀함을 확인하기 위해 주고받던 건배사다. 대략 〈마시자!〉, 〈좋아!〉라는 뜻이다.

11 〈친구 하인*Freund Hein*〉은 죽음을 완곡하게 표현하는 말이다.

나는 서슴없이 사다리를 밟고 올라갔어.

내 사랑의 창가에 서슴없이 올라갔을 때,
아래쪽에서 성난 욕설이 들렸어.
「살살해, 애송이 놈아, 나도 빠질 수 없지,
나도 보석을 좋아하거든.」

이렇게 조롱하며 백작이 나를 붙잡았어,
하인들은 환호하며 나를 에워쌌지.
「빌어먹을 놈들아! 난 도둑이 아니야,
내 어여쁜 사랑을 훔치려 한 것뿐이야!」

아무 말도, 수단도 소용없었어,
그들은 재빨리 올가미를 만들었어.
날이 새자 해는 깜짝 놀랐지,
환한 교수대에 내가 매달려 있었으니.

유령들이 함께 유쾌하게 웃었다.
머리에서 피를 흘리며 여섯 번째 놈이 나섰다.

사랑 때문에 괴로워 사냥에 나섰어.
총을 들고 살금살금 돌아다녔지.
그때 나무 위에서 까마귀가 탁한 울음으로
이렇게 깍깍 외쳤어. 목을 ─ 잘라! 목을 ─ 잘라!

오, 작은 비둘기 한 마리라도 찾아내면

집에 있는 내 사랑에게 갖다 줘야지!
이렇게 생각하며 나는 사냥꾼의 눈초리로
수풀과 덤불을 두루두루 살펴봤지.

저기 서로 애무하고 살며시 부리를 맞대는 건 뭐지?
두 마리의 작은 멧비둘기일 거야.
나는 공이치기를 뒤로 당기고 몰래 다가갔는데,
이런! 내 사랑이 거기 있었어.

내 작은 비둘기, 나의 신부였어.
낯선 남자가 다정히 그녀를 안고 있었어.
자, 늙은 사수여, 정확히 명중시켜라!
다음 순간 낯선 남자는 피에 젖어 쓰러져 있더군.

오래지 않아 사형 집행인이 이끄는 행렬이
숲을 지나갔는데, 주인공은 바로 나였어.
나무 위에서 까마귀가 탁한 울음으로
이렇게 깍깍 외쳤어. 목을 — 잘라! 목을 — 잘라!

유령들이 함께 유쾌하게 웃었다.
이번에는 방랑 악사가 직접 나섰다.

한때 짤막한 노랠 불렀지.
그 아름다운 노래는 끝났어.
몸속의 심장이 갈가리 찢어지고 나면
노래는 집으로 돌아가는 거야!

미친 웃음소리가 더 미친 듯 높아지고,
창백한 무리가 원을 그리며 빙빙 돈다.
그때 교회 탑의 종이 〈1시〉를 치자,
유령들은 우짖으며 무덤 속으로 급히 들어갔다.

IX

나는 누워 잠을 잤어, 아주 포근하게.
비탄과 괴로움은 모두 사라졌지.
그때 어떤 꿈의 영상이 나타났어,
세상에서 가장 아름다운 소녀였어.

소녀는 대리석처럼 아주 창백했고,
은밀하고 놀랍도록 아름다웠어.
눈동자는 진주처럼 반짝이며 헤엄쳤고,
머리카락은 아주 묘하게 출렁거렸어.

대리석처럼 창백한 그 소녀는
조용히, 조용히 움직였어.
대리석처럼 창백한 그 소녀는
내 가슴에 내려앉았어.

고통과 기쁨에 휩싸인 내 가슴은
얼마나 떨리고 두근대고 뜨겁게 타오르는가!
아름다운 그녀의 가슴은 떨리지도 두근대지도 않는구나.

얼음처럼 차갑구나.

「내 가슴은 떨리지도 두근거리지도 않아요,
얼음처럼 차가워요.
하지만 나도 사랑의 기쁨을,
사랑의 전능한 힘을 알아요.

내 입과 볼은 발갛게 달아오르지 않아요,
심장에도 피가 흐르지 않아요.
하지만 몸서리치며 무서워하진 말아요,
나는 당신을 좋아하니까요.」

그녀가 더 격하게 나를 끌어안아
거의 아플 지경이었다.
그때 수탉이 울자 말없이 사라져 버렸다,
대리석처럼 창백한 그 소녀가.

X

그때 나는 주문의 힘으로
수많은 창백한 시체들을 불러냈다.
그들은 이제 더 이상
옛 밤 속으로 돌아가려 하지 않는다.

너무나 무섭고 떨려서 나는

그들을 돌려보내는 스승의 주문을 잊고 말았다.[12]
이제 내가 불러낸 유령들이 나를
안개 낀 집으로 데리고 간다.

그만둬, 어둠의 악령들아!
그만둬, 나를 떠밀지 마!
여기 위 장밋빛 속에
아직 여러 기쁨들이 살고 있을 테니.

나는 어여쁜 꽃을 찾으려고
언제까지나 애써야 한다.
그녀를 사랑할 수 없다면,
내 모든 삶이 무슨 의미가 있을까?

그녀를 한 번만 포옹하고,
불타는 가슴으로 힘껏 껴안고 싶구나!
한 번만 그녀의 입술과 볼에
황홀한 고통의 키스를 하고 싶구나.

한 번만 그녀의 입에서
사랑의 말을 듣고 싶구나.
유령들아, 그런 후라면 나는 당장

12 이 상황은 괴테의 발라드 「마법사의 제자Der Zauberlehrling」(1797)에서 빌려 온 것이다. 이 시에서 마법사의 제자는 마법사가 출타한 틈을 타 빗자루에 마법을 걸었다가 마법을 푸는 주문을 잊어 낭패를 본다. 제자는 이렇게 말한다. 〈내가 불러낸 영(靈)들을 이제 떨쳐 낼 수가 없습니다.〉

너희를 따라 암흑의 세계로 가겠다.

유령들은 이 말을 듣고
무시무시하게 고개를 끄덕인다.
내 고운 사랑이여, 이제 내가 왔어.
내 고운 사랑이여, 나를 사랑해?

노래들

I

아침이면 일어나 나는 묻지.
어여쁜 사랑이 오늘은 올까?
저녁이면 쓰러져 나는 탄식하지.
오늘도 그녀는 오지 않았구나.

밤이면 나는 근심에 잠겨
잠 못 이루고 깨어 있지.
낮이면 나는 몽롱하게 꿈을 꾸며
이리저리 헤매고 다녀.

II

초조하여 나는 우왕좌왕하는구나!
몇 시간만 지나면 그녀를 만나리라,
아름다운 처녀 중에 가장 아름다운 그녀를.

충직한 심장이여, 왜 이리 급히 뛰는가!

하지만 시간은 게으른 종족이구나!
느긋하고 굼뜨게 발을 질질 끌고
하품하며 느릿느릿 길을 건네.
서둘러라, 이 게으른 종족아!

미친 듯한 조급함이 나를 덮치는구나!
하지만 호라이[13]는 사랑을 못 해본 듯.
저희끼리 은밀히 잔인한 동맹을 맺고
연인의 조급함을 악랄하게 조롱하네.

III

나는 상심을 끌어안고
홀로 나무 밑을 서성였어.
그때 옛 꿈이 찾아와
살그머니 가슴속을 파고들었어.

하늘 높이 떠 있는 새들아,
누가 너희에게 이 말[14]을 가르쳤지?

---

13 그리스 신화에서 호라이는 제우스와 테미스 사이의 딸들로서, 시간과
계절의 여신들이다.
14 원래 이 시의 제목은 〈사랑Liebe〉이었다. 그러므로 이 말은 사랑일 것
이다.

침묵해 다오, 이 말을 들으면
내 가슴은 또다시 아프단다.

「한 소녀가 지나가며
그 말을 끝없이 노래했어.
그때 우리 새들은 외웠지,
그 예쁘고 찬란한 말을.」

더 이상 그 이야긴 하지 마,
꾀 많은 너희 새들아.
내 근심을 훔쳐 가고 싶겠지만,
나는 누구도 믿지 않아.

IV

어여쁜 사랑, 내 가슴에 손을 얹어 봐,
아, 들리니, 심장이 고동치는 소리가?
저기 사는 심술궂고 못된 목수,
내가 누울 관을 짜고 있구나.

밤낮으로 망치 소리, 두들기는 소리.
내가 잠을 못 이룬지도 오래,
아! 목수여, 서둘러 주오,
내가 어서 잠들 수 있게.

V[15]

내 고통의 아름다운 요람이여,
내 평온의 아름다운 묘비여,
아름다운 도시여, 이별할 때구나.
이제 네게 외치니, 잘 있거라!

잘 있거라, 내 사랑이 늘 드나들던
너 성스러운 문턱이여!
잘 있거라! 그녀를 처음 보았던
너 성스러운 장소여.

너를 보지 않았더라면,
아름다운 내 마음의 여왕이여!
그랬으면 내가 지금 이토록
비참하진 않았을 텐데.

네 가슴을 흔들려는 뜻은 없었어,
사랑을 간청하지도 않았어.
그저 나는 네 숨결이 흐르는 곳에서
조용히 사는 것만 원했어.

하지만 네가 나를 여기서 몰아내는구나.
너는 쓰라린 말들을 내뱉었지.

15 하이네는 1819년 6월 중순에 3년 동안 머물렀던 함부르크를 떠난다.
당시에 집필된 이 시는 함부르크에 대한 작별 인사로 이해할 수 있다.

광기가 내 의식을 파헤치고,
내 가슴은 상처 입고 병들었지.

힘을 잃고 지친 팔다리로 나는
지팡이에 의지한 채 간신히 걸어가.
내 피곤한 머리를 저 먼 곳
차가운 무덤 속에 누일 때까지.

VI

기다려라, 기다려라, 거친 뱃사람아,
나도 곧 너를 따라 항구로 갈 테니.
두 처녀와 나는 작별한다,
오이로파, 그리고 그녀와.[16]

핏물이여, 내 눈에서 흘러내려라,
핏물이여, 내 몸을 뚫고 나와라,
내가 그 뜨거운 피로
내 고통을 써 내려갈 수 있도록.

16 유럽 대륙에 이름을 부여한 오이로파 혹은 에우로페는 그리스 신화에서 페니키아의 공주였고 달의 여신이었으며, 처녀였다. 그러나 여기서 오이로파는 유럽 대륙을 뜻할 수도 있다. 하이네는 스무 살 때 함부르크에서 몇몇 친구들과 함께 먼 바다의 행복한 섬을 찾아 유럽을 떠날 계획을 세운 바 있다. 실제로 그는 그런 섬에서 살 생각으로 대출을 해 배를 임대하고 필요한 온갖 물품들까지 구입했다. 이 때문에 그는 경찰에 붙잡혀 구금되었고, 하이네의 삼촌은 많은 손해를 보고 물품들을 되팔아야 했다.

아, 내 사랑, 왜 하필 오늘은
내 피를 보기 두려워하지?
오랫동안 너는 가슴에서 피 흘리며
창백하게 네 앞에 서 있는 나를 보았는데!

사악하게 사과를 건네주어
우리 조상을 불행에 빠뜨린
낙원 속의 뱀에 대한
옛 노래를 기억해?

모든 재앙이 사과 때문이야!
하와는 사과로 죽음을 가져왔고,
에리스[17]는 트로이의 불길을,
너는 불길과 죽음 모두를 가져왔지.

VII[18]

산과 성들이 거울처럼 빛나는
라인 강을 들여다본다.
내 작은 배는 쾌활하게 나아가고

17 그리스 신화에서 불화의 여신 에리스는 펠레우스와 테티스의 결혼식
에 초대받지 못한 데 앙심을 품고 결혼식에 나타나 〈가장 아름다운 이에게〉
라고 적힌 사과를 던진다. 이 사과가 우여곡절 끝에 결국 트로이 전쟁을 일으
킨다.
18 하이네는 1820년 여름에 바이런의 시집을 들고 본 근처의 라인 강으로
나가 걷거나 배를 타곤 했다고 한다. 이 시는 당시에 쓴 것이다.

사방에 햇살이 반짝이는구나.

구불구불 흘러가는 황금빛 물결이
즐거이 노니는 걸 바라보자니
가슴속 깊이 품고 있던
감정들이 살며시 깨어나는구나.

다정하게 인사하며 좋은 걸 줄 듯
화려한 강물이 들어오라 유혹하지만,
나는 알지, 찬란한 수면 아래엔
죽음과 밤이 숨어 있다는 것을.

겉은 매력적이나 가슴속은 간교한
너 강물은 내 사랑과 흡사하구나!
그녀도 너처럼 다정하게 목례하고,
착하고 부드럽게 웃을 줄 알지.

VIII[19]

처음엔 거의 자신이 없었지,

19 원래 이 시는 제목이 〈카를 v. U. 에게. 방명록에 적음 *An Carl v. U. Ins Stammbuch*〉이었다. 하이네의 학창 시절 친구였던 구스타프 프리드리히 폰 운처는 10대의 나이에 워털루 전투에서 중상을 입어 목발을 짚고 다니며 오랫동안 힘겨운 재활 기간을 겪어야 했다. 이 시는 이런 그의 운명을 노래한 시였다. 그러나 하이네는 여기서 제목을 없애고 이 시를 개인적인 사랑의 경험을 노래한 시들 사이에 놓음으로써 사랑의 짐스러움에 대한 시로 이해되게 했다.

영원히 짊어질 수 없을 것 같았어.
하지만 결국 짊어지게 되었지.
어떻게 했는지는 묻지 말아 줘.

IX

장미와 측백나무, 황동 도금으로[20]
나는 이 책을 예쁘고 우아하게 꾸며
마치 관처럼 장식하고 싶다,
그 안에 내 노래들을 묻고 싶다.

여기 지난날의 그 노래들이 있다.
에트나 산이 뿜어내는 용암류처럼[21]
거칠게 마음의 심연에서 솟구쳐 올라
사방에 수많은 불꽃을 흩뿌리던 노래들!

이제 그 노래들은 망자(亡者)처럼 말없이 누워
차갑고 흐릿한 눈빛만 보내는구나.

20 장미는 의미가 다양하지만, 측백나무와 황동 도금은 매우 명확하게 슬
픔과 덧없음을 의미한다.

21 이는 사랑의 용솟음을 강조하는 전통적인 문구다. 바이런도 그의 시
「이단자」에서 〈에트나의 불꽃 가슴에서 끓어오르는/용암류……〉라는 표현을
쓴 적이 있다. 에트나 산은 이탈리아의 섬 시칠리아에 있는 유럽에서 가장 오
래되고 가장 활동적인 화산으로서, 높이는 3,329미터다. 그리스 신화에 따르
면 헤파이스토스의 대장간이 여기 있었고, 고대 그리스 철학자 엠페도클레스
가 자살한 곳으로도 알려져 있다. 아서 왕 전설에서는 낙원으로 묘사된다.

하지만 언젠가 사랑의 정기가 감돌면
옛 불꽃이 노래들을 새로이 살려 내리.

가슴속에서 많은 예감이 아우성친다.
사랑의 정기가 언젠가 이 노래들을 녹이고,
언젠가 이 책은 네 손에 닿으리라,
먼 나라의 어여쁜 내 사랑이여.

그러면 노래를 옭아맨 마법이 풀리고,
창백한 문자들이 너를 보리라.
애원하듯 네 아름다운 눈을 보고,
서러움과 사랑의 숨결을 속삭이리라.

로만체

I
슬픈 소년[22]

창백한 그 소년을 보면
누구나 마음이 아프지.
그 소년의 얼굴에는
고통과 고뇌가 새겨져 있어.

동정심 많은 바람이 불어
그의 뜨거운 이마를 식혀 주고,
평소엔 수줍어하던 소녀들도
웃음으로 그에게 기운을 주려 해.

22 이 시는 하이네가 1821년 가을에 베를린의 후원자 엘리제 폰 호엔하우젠에게 보낸 원고의 일부였다. 이 원고에서 하이네는 사랑하는 사람이 부유한 다른 남자와 결혼하는 상황을 구체적으로 다루고 있는데, 이는 1821년 2월 혹은 8월에 하이네가 아말리에의 결혼 소식을 접하게 된 것과 직접 관련이 있는 것으로 보인다. 도시의 소란을 벗어나 은둔을 찾는 상황은 이 로만체 전체의 정조인 멜랑콜리*Melancholie*의 시작을 알린다.

도시의 요란한 소음을 피해
그는 숲으로 달아나.
나뭇잎들이 즐겁게 속살대고
새들이 즐겁게 노래하는 숲으로.

하지만 이내 노랫소리 그치고,
나무도 나뭇잎도 슬프게 속삭여.
슬픈 소년이 숲을 향해
천천히 다가가기만 하면.

II
산의 목소리[23]

말 탄 사람이 처량하고 조용히
말을 몰며 계곡을 지나간다.
「아! 나는 지금 내 사랑의 품으로 가는 걸까,
아니면 어두운 무덤 속으로?」
산의 목소리가 대답했다.
「어두운 무덤 속으로!」

말 탄 사람은 계속 말을 몰며
깊은 한숨을 내쉰다.

23 메아리를 뜻한다. 메아리는 르네상스 시대와 17세기의 시에서 자주 등
장하며, 이 시에서 산의 목소리는 말 탄 사람이 하는 말의 마지막 구절을 되
풀이한다.

「나는 이토록 빨리 무덤에 가는구나,
괜찮아, 무덤 속엔 안식이 있지!」
그때 목소리가 말했다.
「무덤 속엔 안식이 있지!」

말 탄 사람의 뺨에서
짙은 번민의 눈물이 흘러내린다.
「내 안식은 무덤 속에만 있으니,
내 마음도 무덤 속에선 평안하리라.」
목소리가 공허하게 대답한다.
「무덤 속에선 평안하리라!」

III
두 형제[24]

성은 저기 산꼭대기 위,
밤의 장막에 뒤덮여 있다.
하지만 계곡에선 불꽃이 번쩍이고,
찬연한 칼들이 거칠게 부딪친다.

분노로 타올라 으르렁대며 저기서

24 알로이스 슈라이버Aloys Schreiber의 『라인 강 여행자들을 위한 안내서』에서 소재를 얻은 시다. 그 책에는 같은 여자를 사랑한 형제에 대한 「두 형제」라는 전설이 수록되어 있었는데, 이 전설은 동생이 형과의 갈등 끝에 고향을 떠났다가 돌아온 후에 형제가 다시 화해하여 둘 다 평생 결혼하지 않고 다정하게 살았고, 이로써 형제의 가문이 끊기는 것으로 끝난다.

칼싸움을 벌이는 건 두 형제구나.
형제가 칼을 들고 시비를 가리는 건
무슨 까닭인지 말해 다오.

백작의 딸 라우라의 반짝이는 눈빛이
형제의 싸움에 불을 붙였다.
사랑에 취한 두 사람은 불타올랐다,
고귀하고 어여쁜 소녀를 향해.

하지만 두 사람 중 누구를 향해
그녀의 마음이 돌아설까?
고민으로는 결정할 수 없으니
칼을 뽑아라, 칼이 결정하리라!

그들은 대담하고 무모하게 결투한다,
한 합 한 합 칼들이 부딪친다.
조심하라, 너희 거친 검들이여,
사악한 환영은 밤을 틈타 접근하니.

슬프구나! 슬프구나! 피 흘리는 형제들아!
슬프구나! 슬프구나! 피 흘리는 골짜기여!
두 전사(戰士)가 쓰러진다,
서로의 칼에 찔렸구나.

수많은 세기가 흐르고,
수많은 세대가 무덤을 덮는다.

황량한 성은 슬픈 눈으로
산 위 높은 곳에서 굽어본다.

하지만 밤이 되면 계곡 바닥에서
은밀하고 놀라운 움직임이 일어난다.
자정이 거기에 도착하면,
그 형제가 칼싸움을 벌이는 것이다.

IV
가난한 페터[25]

1

한스와 그레테가 춤을 추며 맴돌고,
기쁨에 겨워 환호한다.
페터는 가만히 말없이 서 있고,
백묵처럼 창백하다.

한스와 그레테는 신랑과 신부,
결혼식 장신구로 꾸며 빛이 난다.
가난한 페터는 손톱을 깨물며
평상복 차림으로 오락가락한다.

25 사랑하는 사람을 잃고 육체적, 심리적 기력이 소진되는 인물은 이 책에
서 자주 등장하는데, 여기서는 가난한 페터와 부유한 한스 사이의 사회적 대
조가 눈에 띈다.

페터는 나지막이 중얼거리며
서글픈 눈으로 두 사람을 본다.
「아! 내가 너무 이성적이지 않았다면
나를 해치고 말았을 거야.」

2

「내 가슴속에 자리 잡은 고통이
가슴을 찢어 놓으려고 해.
내가 있는 곳 가는 곳마다 따라와
나를 여기서 몰아내려 해.

내 사랑 곁으로 가고 싶구나,
그레테가 고통을 치료해 줄 것 같아.
하지만 그녀의 눈과 마주치면
나는 도망칠 수밖에 없네.

나는 산꼭대기로 올라가.
거기선 혼자일 수 있으니.
거기 위에서 가만히 서 있을 때면
나는 가만히 서서 울곤 하지.」

3

가난한 페터가 비틀거리며 지나간다.
느릿느릿, 시체처럼 창백하고 겁먹은 듯이.

사람들은 그를 보면 대부분
거의 걸음을 멈춘다.

소녀들이 서로 속삭인다.
「무덤에서 나온 사람 같잖아?」
아, 그게 아니야, 사랑스러운 아가씨들아,
그는 이제 무덤에 들어가 누우려는 거야.

사랑하는 이를 잃었으니
무덤이 그에겐 최고의 장소.
거기가 누워 있기 제일 좋으니
거기서 세상이 끝날 때까지 자려는 거야.

V
죄수의 노래[26]

나의 할머니가 리제에게 마법을 걸자,
사람들은 그녀를 화형에 처하려 했지.
관리가 아무리 문초해도
그녀는 자백하려 하지 않았어.

사람들이 그녀를 가마솥 안으로 밀어 넣자,
그녀는 살인이라고, 아프다고 소리 질렀지.

26 이 시는 교수형에 처해질 죄수가 자신의 처지를 동화 속의 세계와 연결
하여 떠올리는 환상을 그린다.

그리고 검은 연기가 피어올랐을 때,
그녀는 까마귀가 되어 하늘 높이 날아갔어.[27]

날개 달린 내 검은 할머니!
오, 탑에 갇힌 저를 찾아와 줘요!
창살 사이로 어서 날아들어 와
치즈와 케이크를 가져다줘요.

날개 달린 내 검은 할머니!
오, 한 가지 부탁만 들어줘요.
내일 내가 두둥실 하늘로 떠오를 때,
마녀[28]가 내 눈을 쪼아 먹지 않게 해줘요.

VI
보병들

러시아에서 포로로 잡혀 있다 풀려난
두 보병이 프랑스로 돌아가고 있었다.
독일군 숙영지에 도착했을 때,
그들은 고개를 떨구었다.

거기서 슬픈 소식을 들었기 때문에.

27 사람이 까마귀로 변하는 일은 그림 형제의 동화에서도 자주 찾아볼 수 있다. 「열두 형제」, 「일곱 마리 까마귀」, 「까마귀」 등이 그러하다.
28 여기서는 까마귀로 변한 리제를 말한다.

프랑스가 패배했고,
위대한 군대[29]는 패전하여 격파됐으며,
황제[30]가, 황제가 포로가 됐다고 했다.

이 비참한 소식을 듣고
두 보병은 함께 울었다.
한 사람이 말했다. 「너무 괴로워,
옛 상처가 타는 듯 따가워!」

다른 사람이 말했다. 「끝장났어,
나도 자네와 함께 죽고 싶지만,
내가 없으면 파멸하고 말
아내와 자식이 집에 있다네.」

「아내가 무슨 상관이고 자식이 무슨 상관인가,
나는 훨씬 더 원대한 것을 열망하네.
가족이야 배고프면 구걸하면 되지만
나의 황제, 나의 황제가 포로 신세라니!

형제여, 내 부탁 하나만 들어주게.
이제 내가 죽으면

29 프랑스인들은 1812년에 러시아로 진격한 프랑스 군대를 공식적으로
〈위대한 군대 *La Grande Armée*〉라고 불렀고, 후에 이 명칭은 계속 사용되었다.
30 나폴레옹을 가리킨다. 하이네는 나폴레옹이 민법전 *Code civil*을 공표
하여 유대인과 비(非)유대인의 동등함을 선언한 것에 감명받아 평생 나폴레
옹을 존경했다. 나폴레옹은 1815년에 연합군에 패배하여 귀국 후에 세인트
헬레나 섬으로 유배되었다.

내 몸을 프랑스로 가져가서
프랑스 땅에 묻어 줘.

붉은 리본에 달린 십자 훈장은
내 가슴 위에 놓아 주고,
손에는 소총을 쥐여 주고,
허리에는 칼도 채워 주게.

그렇게 무덤 속에 누워
보초처럼 가만히 귀 기울일 거야,
언젠가 대포가 포효하는 소리가,
히힝 우는 말의 발굽 소리가 들릴 때까지.

그때면 나의 황제가 내 무덤을 넘어가고,
수많은 칼들이 철컥대며 반짝거리겠지.
그러면 나는 황제를, 황제를 호위하기 위해!
무장하고 무덤에서 일어날 거야.」

VII
소식[31]

나의 하인이여! 일어나 속히 안장을 얹고,
네 말에 올라타라.

31 발라드 장르에 속하는 이 시는 하이네가 1822년에 집필한 비극 「윌리엄
래트클리프William Ratcliff」의 내용과 겹친다.

그리고 어서 숲과 들을 지나
덩컨 왕[32]의 성으로 달려가라.

거기서 마구간으로 몰래 들어가 기다려라,
마구간에서 일하는 소년이 너를 찾아낼 때까지.
그에게 내 물음을 전하여라,
「말해 줘, 덩컨 왕의 딸들 중 누가 신부지?」

소년이 〈갈색 머리 딸입니다〉라고 하거든
서둘러 내게 소식을 전하라.
하지만 그가 〈금발의 딸입니다〉라고 하거든
그리 서두를 필요 없다.

그런 후에 밧줄 장인에게 가서,
밧줄을 하나 사거라.
입을 꼭 다물고 천천히 말을 몰아,
그 밧줄을 내게 가져오라.

VIII
혼취(婚娶)

내 어여쁜 사랑, 난 혼자 가지 않아,
당신도 나와 함께 가야 해,

32 덩컨 왕은 「윌리엄 래트클리프」에서 여주인공 마리아를 사랑하다가
살해당하는 인물이다.

정답고 오래된 으스스한 초막으로,
그 음침하고 싸늘하고 음울한 집에서,
내 어머니가 문간에 웅크리고 앉아,
아들의 귀향을 기다리고 있어.

「내게서 떨어져, 그대 음산한 사내여!
누가 당신을 불렀지?
당신 숨결은 뜨거운데 손은 차가워,
당신 눈은 번쩍이는데 뺨은 창백해.[33]
하지만 나를 즐겁고 기쁘게 하는 건
장미 향기와 햇살이야.」

장미는 향기를 내뿜고 햇살은 내리쬐도록
내버려 둬, 내 귀여운 사랑!
하얗게 일렁이는 커다란 베일을 걸치고,
노래하는 칠현금의 현을 뜯으며,
결혼식 축가를 불러 줘.
밤바람이 가락을 읊어 줄 거야.

IX
돈 라미로[34]

「돈나 클라라! 돈나 클라라!

33 번쩍이는 눈은 악마의 특징이며, 창백한 뺨은 거절당한 구애자의 특징
이다.

오랫동안 뜨겁게 사랑한 나의 연인이여!
나를 파멸시키기로 작정했구나,
가차 없이 그렇게 하기로 작정했구나.

돈나 클라라! 돈나 클라라!
삶이란 선물은 이토록 달콤한데,
저 아래 어둡고 싸늘한 무덤 속은
소름 끼치도록 끔찍하구나.

돈나 클라라! 기뻐해, 내일이면
페르난도가 제단 앞에서
신랑의 자격으로 당신을 맞을 테니.
나를 결혼식에 초대해 줄래?」

「돈 라미로! 돈 라미로!
당신의 말이 나를 아프게 찔러,
저기서 내 뜻을 조롱하는
별들의 말보다 더 아프게.

돈 라미로! 돈 라미로!
음침한 우울일랑 떨쳐 버려.
하늘이 우리를 갈라놓았지만,
세상엔 여자들이 많고 많아.

34 이 시는 독일 낭만주의 문인 푸케의 기사 소설 『마술 반지』(1812)에 수록된 로만체 「돈나 클라라와 돈 가이페로스」의 영향을 받아 작성된 것이다. 주 164 참조.

돈 라미로, 수많은 무어인[35]들을
용감하게 물리친 당신,
이제 당신 자신을 이겨 봐.
내일 내 결혼식에 와.」

「돈나 클라라! 돈나 클라라!
그래, 맹세해, 그래, 갈게!
당신과 함께 윤무를 추고 싶어.
잘 자, 내일 갈게.」

「안녕!」── 창문이 덜컹 닫혔다.
라미로는 한숨을 쉬며 아래에 서 있었다,
오랫동안 화석이 된 듯 꼼짝도 하지 않았다.
그러다 결국 어둠 속으로 사라졌다.

결국 밤도 오랜 격투 끝에
낮에게 자리를 내주어야 한다.
다채로운 꽃밭처럼 톨레도[36]가
넓게 펼쳐져 있다.

화려한 건물들과 궁전들이
햇살을 받아 밝고 은은하게 빛난다,

35 이슬람교를 믿는 북아프리카 지역의 흑인들을 일컫는다. 이들은 여러 세
기 동안 스페인 지역을 지배하다가 1492년에야 이베리아 반도에서 물러났다.
36 스페인의 마드리드 남쪽에 있는 도시. 중세에 이슬람교와 기독교, 유
대교가 공생하면서 문화적으로 융성했다.

교회의 높고 둥근 지붕들이
금박을 입힌 듯 장엄하게 반짝인다.

축제를 알리는 종소리가
벌 떼 소리처럼 웅웅 울리고,
경건한 교회들에서 찬송가가
감미롭게 솟아오른다.

그런데 보라! 저기를 보라!
저기 시장 예배당에서
알록달록 차려입은 사람들이
북적대며 파도처럼 쏟아져 나온다.

기사들은 말끔하고, 여자들은 깔끔하며,
하인들은 화사하게 성장했구나,
종소리 맑게 울리고,
사이사이 오르간 소리가 흐른다.

그런데 경외하는 사람들이 터놓은,
그들 한가운데에 난 길을 걷는 것은
잘 치장한 젊은 신혼부부,
돈나 클라라와 돈 페르난도구나.

신랑의 궁전 대문까지
사람들은 북적대며 몰려간다.
거기서 오랜 관습에 따라

화려한 결혼식이 시작된다.

기사 연극과 흥겨운 식사가
요란한 환호 속에서 진행된다.
시간은 서둘러 달아나고,
밤이 세상에 내려앉는다.

하객들이 춤을 추러
홀 안에 모여들고,
가지각색의 화려한 옷들이
환한 등불 아래 반짝인다.

신랑과 신부인
돈나 클라라와 돈 페르난도는
단상의 의자에 앉아
달콤한 말을 주고받는다.

잘 꾸민 사람들의 물결이
홀 안에서 유쾌하게 넘실거리고,
큰북 소리가 요란하게 소용돌이치고,
트럼펫 소리가 울려 퍼진다.

「그런데 아름다운 여주인이여,
당신은 어째서 저기
홀 한구석을 쳐다보고 있지?」
신랑이 이상한 듯 물었다.

「보이지 않나요, 돈 페르난도?
저기 검은 외투를 입은 남자가?」
신랑이 다정하게 웃는다.
「아! 저건 그저 그림자일 뿐이야.」

하지만 그 그림자가 다가온다,
외투를 입은 남자였다.
라미로를 금방 알아본 클라라가,
격정에 휩싸여 인사한다.

춤은 이미 시작되어,
사람들이 왈츠의 격한 동작으로
경쾌하게 빙빙 돈다,
바닥이 울리며 진동한다.

「돈 라미로, 난 정말,
당신과 함께 춤추고 싶어.
하지만 밤처럼 검은 외투를
입고 오진 말았어야 했어.」

라미로는 뚫어져라 멍한 눈길로
사랑스러운 여인을 쳐다보더니,
그녀를 껴안으며 음산하게 말한다.
「당신이 내게 오라고 했잖아!」

그리고 어지러운 춤판 속으로

두 사람은 파고든다.
큰북 소리가 요란하게 소용돌이치고,
트럼펫 소리가 울려 퍼진다.

「당신 뺨이 눈처럼 하얗네!」
클라라가 남몰래 떨며 속삭인다.
「당신이 내게 오라고 했잖아!」
라미로의 목소리가 음침하게 울린다.

일렁이며 움직이는 무리들로 인해
홀 안의 촛불들이 깜빡거린다.
큰북 소리가 요란하게 소용돌이치고,
트럼펫 소리가 울려 퍼진다.

「당신 손이 얼음처럼 차가워!」[37]
두려움에 떨며 클라라가 속삭인다.
「당신이 내게 오라고 했잖아!」
둘은 북적대는 사람들 속을 표류한다.

「놔줘, 놔줘! 돈 라미로!
당신 숨결에서 송장 냄새가 나!」
다시 음침한 목소리가 대답한다.
「당신이 내게 오라고 했잖아!」

37 돈 라미로는 앞의 시 「혼취」에서의 음산한 사내와 여러모로 닮았다. 특히 어두운 외양과 창백한 뺨의 대비가 유사하다. 그러나 「혼취」에서의 음산한 사내는 불행을 가져오는 인물인 반면, 돈 라미로는 스스로 불행을 겪는다.

바닥이 김을 내며 달구어진다.
바이올린과 비올라 소리가 흥겹다.
미친 마법에라도 걸린 듯
홀 안의 모든 것이 어지러이 흔들린다.

「놔줘, 놔줘! 돈 라미로!」
애원하는 소리가 연신 들린다.
돈 라미로의 대답은 바뀌지 않는다.
「당신이 내게 오라고 했잖아!」

「이제 신의 이름으로 부탁해, 가줘!」
클라라가 단호한 목소리로 외쳤다.
그 말이 끝나기 무섭게
라미로는 사라지고 없었다.

밤에 에워싸인 채 오들오들 떨며
사색이 된 클라라가 멍하니 앞을 본다.
그녀가 기절하자 그 맑은 모습이
암흑의 제국으로 끌려갔다.

마침내 잠의 안개가 걷히고,
마침내 그녀가 속눈썹을 깜빡인다.
하지만 놀란 나머지 그녀는
사랑스러운 눈을 다시 감으려 한다.

깨고 보니 어느덧 춤은 시작되었고,

그녀는 줄곧 같은 자리에 앉아 있었다.
여전히 그녀는 신랑 곁에 있다.
신랑이 조심스레 부탁하듯 묻는다.

「말해 봐, 얼굴이 왜 이리 창백하지?
당신 눈빛은 왜 이리 어둡지?」
「라미로는……?」 클라라가 더듬거린다.
놀란 나머지 혀가 굳었다.

이마에 깊고 진지한 주름을 지으며
남편이 이제 그녀에게 알려 준다.
「여주인이여, 피 묻은 소식을 캐묻지 마,
라미로는 오늘 정오에 죽었어.」

X
벨샤자르[38]

벌써 자정이 다가오는 시각,

38 『구약 성서』의 「다니엘서」 5장에 따르면 바빌로니아의 왕이자 네부카
드네자르의 아들인 벨샤자르는 아버지가 예루살렘의 성전에서 약탈해 온 황
금 술잔에 술을 부어 마시던 중 신비로운 손이 벽에 불의 글씨를 쓰는 것을
보게 되었다. 마법사들과 점성가들을 불렀지만, 그들도 글씨를 해독하지 못
했다. 다니엘이 비로소 세 단어를 해독했는데 〈메네, 테켈, 페레스〉라는 말들
이었다. 그리고 벨샤자르는 살해된다. 하이네는 이 시에서 다니엘의 에피소
드는 빼고, 바빌론 왕이 유대인의 신을 모독하는 것과 그가 신하들에게 살해
당하는 것을 이야기의 중심에 놓았다.

82

바빌론은 무언의 정적에 잠겨 있었다.

다만 저 높은 곳 왕의 궁전에서만
불꽃이 타오르고 왕의 수행인들이 분주하구나.

저 높은 곳 왕의 홀에서
벨샤자르 왕이 향연을 베풀고 있었다.

신하들은 번들거리는 옷차림으로 줄지어 앉아
보글거리는 와인이 든 잔들을 비웠다.

잔들이 부딪치고 신하들은 환호했다.
완고한 왕이 좋아하는 소리였다.

왕의 두 뺨이 붉게 달아올랐고,
술기운이 무모한 용기를 키웠다.

맹목적인 용기가 왕을 잡아채자
그는 불경한 말로 신을 모욕한다.

오만하게 뻐기고 신을 마구 모독한다.
신하들 무리가 요란한 갈채를 쏟아 낸다.

왕이 호기롭게 보며 소리치자
시종이 급히 달려 나갔다가 되돌아온다.

시종은 황금 집기들을 머리에 잔뜩 이고 있었다.
여호와의 사원에서 강탈해 온 것들이었다.

왕은 독신(瀆神)의 손으로
술이 가득한 성배를 집어 들었다.

그는 급히 술잔을 깨끗이 비우고
거품 묻은 입으로 크게 외친다.

「여호와여! 너를 영원히 조롱하리라 ──
나는 바빌론의 왕이다!」

하지만 그 무서운 말의 울림이 사라지기도 전에
왕의 가슴에 남모르는 두려움이 들어섰다.

새된 웃음소리가 멈추었고,
홀 안은 쥐 죽은 듯 조용해졌다.

그런데 보라! 저길 보라! 하얀 벽에서
사람 손 같은 것이 솟아 나왔구나.

그 손이 썼다, 하얀 벽에다
불의 글씨를 썼다. 그리곤 사라졌다.

왕은 넋 나간 눈빛으로 거기 앉아 있었다.
무릎이 덜덜 떨리고 낯빛은 시체처럼 창백했다.

신하들 무리는 오싹한 두려움에 떨며,
말 한마디 없이 고요히 앉아 있었다.

마법사들이 왔지만 어느 누구도
벽에 적힌 불의 글씨를 이해하지 못했다.

그리고 벨샤자르는 그날 밤
자신의 신하에게 죽임을 당했다.

XI
연가 가인들[39]

노래 시합에 참석하기 위해
연가 가인들이 모여든다.
아, 희한한 싸움이고
아주 보기 드문 시합이구나!

거품을 일으키며 거칠게 끓어오르는
상상력이 연가 가인의 말(馬)이고,
예술은 그가 쓰는 방패이며,

39 하이네는 1819년 겨울 학기에 본 대학에서 아우구스트 빌헬름 슐레겔의 강의 〈독일의 언어 및 문학의 역사〉를 들었다. 슐레겔은 이 강의에서 독일 중세의 연가 가인(歌人)들인 민네젱거*Minnesänger*들도 다루었는데, 전하는 바에 따르면 그들은 13세기에 튀링겐 주의 도시 아이제나흐 근처에 있는 바르트부르크 성에서 시 경연을 펼쳤다고 한다. 이 시는 그와 관련된 슐레겔의 강의에서 착상을 얻은 것이다.

말(言)은 그의 칼이다.

어여쁜 여인들이 발랄하게,
양탄자 깔린 발코니에서 내려다본다.
하지만 올바른 월계관을 가진
바로 그 여인은 거기에 없다.

다른 사람들은 건강한 모습으로
시합장에 뛰어든다.
하지만 우리 연가 가인들은
이미 치명상[40]을 입고 거기로 온다.

그리고 심장의 바닥으로부터
노래의 피가 가장 힘차게 용솟음치는 자,
바로 그가 승자이니, 가장 아름다운 입이
그에게 최고의 찬사를 선물한다.

XII
창밖 보기[41]

창백한 하인리히가 지나갔다.
아름다운 헤트비히는 창가에 있었다.

---

40 거절당한 사랑으로 인한 마음의 상처를 말한다.
41 아름다운 여자가 창밖에 있는 창백한 연인을 내려다보는 〈창밖 보기〉
는 이 시집에서 다양하게 변주되면서 스무 번 넘게 반복되는 상황이다.

그녀가 나지막이 말한다. 「맙소사,
아래에 있는 저 사람은 유령처럼 창백해!」

아래의 남자가 눈을 들어 위를 보았다.
헤트비히의 창문을 간절하게 쳐다보았다.
사랑의 고통이 아름다운 헤트비히를 사로잡았고,
그녀 또한 유령처럼 창백해졌다.

사랑의 비탄에 빠진 아름다운 헤트비히는
이제 매일 창밖을 엿보았다.
그리고 곧 그녀는 하인리히의 품에 안겨 있었다.
매일 밤 유령의 시간이 되면.

XIII
상처 입은 기사[42]

나 옛이야기 하나 알고 있지.
그 이야기 둔중하고 음울하게 울리네.
한 기사가 사랑으로 상처 입어 누워 있어.
연인이 그를 배신한 거야.

가장 사랑하는 여인을 그는
부정(不貞)한 여자라고 경멸해야 하지.

42 이 시 역시 하이네가 본 대학에서 아우구스트 슐레겔의 강의를 통해 접
하게 된 중세 문학의 영향을 받아 집필한 것이다.

자신이 느끼는 사랑의 고통을
창피한 것이라 생각해야 해.

그는 말달려 시합장으로 가서
기사들에게 결투를 요구하고 싶어.
「내 사랑의 잘못을 흠잡는 자,
나와 싸울 준비를 하라!」

그러면 다들 침묵할 거야.
그 자신이 느끼는 고통만 빼고.
그러면 그는 어쩔 수 없이 창으로
자신의 한탄하는 가슴을 겨눠야 해.

XIV
항해

나는 돛대에 몸을 기댄 채,
물결 하나하나를 세었다.
안녕! 아름다운 나의 조국이여!
내 배는 빠르게 나아간다!

어여쁜 내 사랑의 집을 지나칠 때,
창유리들이 반짝인다.
눈이 빠지도록 쳐다보아도
내게 손 흔드는 이 없구나.

눈물이여, 눈에서 사라져라,
눈앞이 흐릿하구나.
병든 가슴이여, 아무리 아파도
찢어지지는 말아 다오.

XV
후회에 대한 소곡

울리히 님이 말 몰고 푸른 숲을 지나는데,
나뭇잎들 즐거이 살랑대는구나.
그는 나뭇가지 사이로 자신을 엿보는
사랑스러운 소녀의 모습을 발견한다.

귀공자가 말한다. 「꽃답고 발그레한
저 얼굴을 나는 잘 알아.
군중 속에서도 야외에서도
언제나 유혹하며 내 주위를 맴돌지.

귀엽고 상큼한 저 입술은
두 송이의 장미꽃이라네.
하지만 더러 흉측하고 쓰라린 말들이
저 입술 사이로 음험하게 새어 나오지.[43]

43 하이네는 여기서 이탈리아의 계관 시인 페트라르카Francesco Petrarca
(1304~1374) 이후의 연애시 전통에 따라 사랑하는 사람의 얼굴을 자세하게
묘사하고 있는데, 이 얼굴의 특징들은 처음에는 매혹적인 아름다움으로 나

그러니 저 입은 짙은 잎들 속에서
독 품은 뱀이 교활한 혀를 날름거리는
화사한 장미 덤불을
쏙 빼닮은 거야.

더없이 사랑스러운 저 뺨에 파인
더없이 사랑스러운 저 보조개는
미친 듯한 열정에 떠밀려
내가 파묻히는 구덩이라네.

더없이 아름다운 머리에서 흘러내리는
저 멋진 곱슬머리는
악마가 나를 사로잡는
신기한 그물이라네.

잔잔한 물결처럼 맑게 빛나는
저 푸른 눈동자를
나는 천국의 문이라 생각했지만
알고 보니 지옥의 문이었네.」

울리히 님이 계속 숲속을 달리는데,
나뭇잎들이 으스스하게 바스락댄다.
멀리 또 다른 형상이 보이는데,
창백하고 슬픈 모습이구나.

타나다가 이윽고 치명적인 유혹으로 드러난다. 연인은 성녀와 뱀의 두 가지
모습을 지니고 있다.

90

귀공자가 말한다. 「오 저건 내 어머니구나,
자애롭게 나를 사랑한 어머니,
하지만 난 못된 말과 행동으로
어머니의 삶을 쓰라리고 어둡게 했지!

오, 내 고통의 열기로
당신의 젖은 눈을 말릴 수 있다면!
오, 내 심장의 피로
당신의 창백한 뺨을 붉게 물들일 수 있다면!」

울리히 님은 계속 말을 몰고,
숲속에 어스름이 내리기 시작한다.
괴이한 소리들이 수없이 일어나고,
저녁 바람이 속삭인다.

귀공자는 자신의 말소리가
거듭거듭 메아리치는 것을 듣는다.
그건 숲의 새들이 비웃는 소리였다.
새들은 요란하게 지저귀며 노래한다.

「울리히 님이 멋진 노래를 하네,
후회에 대한 작은 노래를.
그 노래 끝까지 부르고 나면,
그는 처음부터 다시 부르지.」

XVI
여가수에게[44]
— 그녀가 옛 설화 시(詩)를 노래할 때

아직도 그 매혹적인 여인을
처음 본 순간이 생각나네!
그녀 목소리 부드럽게 울려 퍼져
남몰래 달콤하게 내 가슴 파고들더니
내 두 뺨에서 눈물이 흘러내렸지.
무슨 영문인지 알 수 없었어.

어떤 꿈이 나를 덮쳤어.
아직 어린아이인 내가
엄마의 경건한 방에서
작은 등불 아래 앉아 있는 듯했지.
난 아주 멋진 동화를 읽고 있었고,
밖은 바람 부는 밤이었어.

동화가 살아나기 시작해.
기사들이 무덤에서 솟아 나와.
론치스발[45]에서 전투가 벌어지고

44 이 시는 하이네의 가족과 친분이 있었던 여가수 카롤리네 슈테른
Karoline Stern을 염두에 두고 쓴 것이다. 카롤리네는 1816년에서 1819년 사
이에 라인란트 지방에서 공연했다.

45 스페인 북부에 있는 바스크족(族)의 마을 론세스바예스를 말하는, 드
물게 사용되는 독일어 표기다. 이곳은 778년 8월 15일에 일어난 론세스바예
스 전투로 유명하다. 당시 롤란트 백작이 이끌던 카를 대제의 프랑크 제국 군

롤란트 백작이 말을 타고 달려와.
수많은 용병(勇兵)들이 그와 함께 있는데,
사악한 가늘롱[46]도 거기 있구나.

가늘롱이 곤경에 빠뜨린 롤란트는
피를 철철 흘리며 숨을 헐떡이네.
그의 나팔 소리가 먼 곳에 있는
카를 대왕의 귀에 닿기도 전에,
기사는 이미 숨이 끊기네.
그리고 그가 죽자 내 꿈도 죽네.

나를 꿈에서 깨운 건,
요란하게 뒤엉킨 소리였어.
이제 전설의 노랫소리 끝나고,
사람들은 손뼉을 치면서
끝도 없이 〈브라보!〉라고 외쳤지.
여가수는 깊이 허리 숙여 인사했어.

대의 후위가 스페인의 바스크족에게 패하여 전멸하였고, 롤란트도 마지막에
죽는다. 그가 죽은 후에야 프랑크 군대의 본진이 도착한다. 중세 프랑스의
무훈시 『롤랑의 노래』는 이 전투를 배경으로 한다.
46 롤란트의 양아버지이자 카를 대제의 처남이다. 롤란트에 대한 개인적
원한 때문에 조국을 배신하고 론세스바예스 전투를 일으킨다.

XVII
두카텐에 대한 노래

내 황금 두카텐[47]들아,
말해, 어디들 있는 거냐?

냇물 속에서 즐겁고 힘차게
위아래로 돌아다니는
황금 물고기들과 함께 있느냐?

사랑스럽게 푸르른 초원에서
아침 이슬 반짝이며 밝게 빛나는
황금 꽃들과 함께 있느냐?

저기 위 푸르른 창공에서
반짝이는 햇살 속을 유영하는
황금 새들과 함께 있느냐?

반짝이는 무리를 지으며
매일 밤 하늘에서 웃음 짓는
황금 별들과 함께 있느냐?

아! 너희 황금 두카텐들아,
냇물의 물결 속에서 헤엄치지 마라,

47 유럽에서 13~18세기에 사용된 금화.

푸르른 초원에서 반짝거리지 마라,
푸르른 창공을 유영하지 마라,
하늘에서 환하게 웃음 짓지 마라.
믿어라! 나의 고리대금업자들이
너희를 갈퀴로 움켜쥐고 있다.

XVIII
파더보른 숲에서의 대화[48]

콘트라베이스와 바이올린 소리 같은 것이
저 멀리서 들려오지 않아?
아마도 저기서는 아름다운 여인들이
날개 달린 듯 가볍게 윤무를 추고 있을 거야.

「이런, 친구야, 잘못 들었군.
바이올린 소리는 들리지 않아.
돼지 새끼들이 꽥꽥거리고
돼지들이 꿀꿀거리는 소리일 뿐이야.」

사냥꾼들이 신나게 사냥하면서
호른 부는 소리가 들리지 않아?

48 하이네는 1820년 9월 베스트팔렌 지역을 여행하던 중에 파더보른 숲
을 거쳐 가게 되었다. 이 시는 그해 가을이나 겨울에 집필된 것으로 보인다.
서로 정면으로 대립되는 진술들을 통해 사랑에 대한 낭만적 이상화를 풍자
하고 있다.

온순한 양들이 풀 뜯는 게 보이고,
목동들이 부는 목적(牧笛) 소리도 들려.

「이런, 친구야, 네가 들은 건
호른 소리도, 목적 소리도 아냐.
돼지 모는 목동이 오는 것만 보여.
돼지들을 집으로 몰고 가는군.」

귀여운 노래 경연 소리 같은 것이
저 멀리서 들려오지 않아?
천사들이 날개로 그 소리를 향해
우렁찬 박수를 보내고 있어.

「이런, 친구야, 저기서 들려온 예쁜 소리는
노래 경연하는 소리가 아니야!
거위 지키는 소년들이 노래하며
거위 몰고 지나가는 소리라네.」

놀랍도록 상쾌하고 놀랍도록 맑은
종소리가 들려오지 않아?
믿음 깊은 신자들이 경건하게
마을 예배당으로 걸어가고 있어.

「이런, 친구야, 그건 황소들과 암소들이
딸랑거리는 방울 소리야.
소들이 어두운 우리를 향해

머리를 숙이고 가는 중이야.」

베일이 펄럭이는 게 보이지 않아?
살짝 고개를 끄덕이는 게 보이지 않아?
저기 애수에 젖은 눈빛으로
내 사랑하는 애인이 서 있는 게 보여.

「이런, 친구야, 저기서 끄덕이는 건
숲에서 사는 리제일 뿐이야.
창백하고 마른 모습으로 목발을 짚고
절룩거리며 초원으로 걸어가고 있어.」

그래, 친구야, 몽상가의 질문을
그렇게 비웃어도 좋아!
내가 가슴속에 단단히 품고 있는 것도
너는 착각이라고 말할 거야?

XIX
인생의 인사[49]

(방명록의 기록)

우리 지구는 넓은 국도,

49 비트겐슈타인 가문의 왕자 알렉산더에게 방명록의 형식으로 헌정한
시다. 그는 1820년에 하이네와 함께 본 대학을 다녔다. 하이네는 1820년 9월
에 본을 떠났고, 두 사람의 관계가 낳은 작품은 이것이 유일하다.

우리 인간은 행인이다.
사람들은 걷거나 말을 타고
주자(走者)나 파발꾼처럼 달리고 질주한다.

서로 지나치고, 고개를 끄덕이고,
화려한 마차에서 손수건을 흔들며 인사한다.
기꺼이 서로 껴안고 입을 맞추고 싶지만,
말들은 질주하며 달아나는구나.

친애하는 알렉산더 왕자여,
우리가 같은 역에서 만나기 무섭게
벌써 마부가 출발 나팔을 불어
금세 우리를 떼어 놓는구나.

XX
정말로[50]

햇빛과 함께 봄이 오면
싹이 트고 꽃이 피어나지.
달이 빛의 궤적에 오르면

50 이 시는 원래 하이네가 괴팅겐 대학에 다니던 시절에 사귄 친구이자 시인이었던 하인리히 슈트라우베Heinrich Straube(1794~1847)의 시에 대한 비판으로 작성되었다. 그의 시가 세상을 너무 조화롭게 묘사한다는 데 대한 비판이었는데, 시의 위치와 제목을 바꿈으로써 이 시는 자기비판으로도 이해될 수 있게 되었다. 1822년, 하이네는 시인 카를 이머만에게 보낸 편지에서 〈시는 결국 멋진 부차적인 것에 지나지 않는다〉라고 썼다.

별들이 뒤따라 헤엄치지.
가인이 예쁜 두 눈을 보면
맘 깊은 곳에서 노래가 솟아 나오지.
하지만 노래와 별과 꽃과
눈과 달빛과 햇빛이
제아무리 우리 맘에 들어도
그것만으론 세상을 이룰 수 없어.

소네트

A. W. v. 슐레겔에게[51]

숱한 꽃들로 장식한 크리놀린[52]을 입고,
화장한 볼에는 작은 점을 찍고,[53]
부리 구두[54]에 자수 장식을 늘어뜨리고,
탑처럼 세운 머리에 말벌처럼 허리를 잡아매고.

지난날 그렇게 치장한 가짜 뮤즈가
당신을 다정히 껴안으려고 왔지.

51 하이네는 1820년 여름에 아우구스트 빌헬름 슐레겔에게 바치는 세 편
의 소네트를 썼고, 이를 슐레겔에게 보여 주었다. 이 시는 슐레겔이 소네트들
을 문학적으로 검토해 준 데 대한 감사의 뜻을 전하기 위해 집필한 것이다.
『노래의 책』에는 소네트들 가운데 이것 하나만 수록되었다.
52 속치마에 종(鐘)이나 닭장 모양의 버팀대를 넣은 18~19세기의 부인
용 스커트.
53 바로크 시대의 프랑스에서 유행하여 유럽으로 퍼져 나간 화장법으로
서, 뽀얀 피부색을 강조하기 위해 이마나 뺨, 윗입술 위에 작은 점을 찍었다.
54 중세에 유행하던 단화. 굽이 없고 앞쪽 끝이 길고 뾰족하게, 대개 위쪽
으로 휜 모양으로 튀어나와 있었다. 이런 복식과 치장들은 슐레겔 이전 독일
문학의 로코코 취향을 지적하고 있다.

하지만 당신은 그녀를 피했고,
어두운 충동에 이끌려 계속 방황했지.

그러다 오래된 숲속에서 성을 발견했어.
성 안에서는 너무나 아름다운 처녀가
어여쁜 대리석상(像)처럼 마법의 잠에 빠져 있었어.

하지만 당신의 인사에 마법은 곧장 풀렸고,
독일의 진짜 뮤즈가 웃으며 깨어나
사랑에 취해 당신 품에 안겼지.[55]

내 어머니 B. 하이네께[56]
[결혼 전 성(姓) v. 겔더른께]

1

저는 늘 머리를 꼿꼿이 세우고 살지요,
제 심성도 좀 뻣뻣하고 완강해요.
설령 왕이 제 얼굴을 노려본다 해도,
저는 눈을 내리깔지 않을 겁니다.

---

55 로코코 문학과 달리 꾸밈없고 소박한 민중 문학과 슐레겔이 주도한 새로운 낭만적, 민족적인 문학이 진정한 독일 문학의 자격을 갖추고 있다는 생각을 표현하고 있다.

56 하이네는 1820년 초에서 1821년 가을까지 소네트 집필에 몰두했다. 그 기간에 그는 1821년 2월에서 3월까지 한 번 부모님을 방문했다.

하지만, 어머니, 솔직히 말씀드릴게요.
제 자만심이 아무리 크게 부풀어 올라도,
축복처럼 달고 편안한 어머니 곁에 서면
소심하게 순종하는 마음이 생기곤 해요.

은밀히 나를 제압하는 건 당신의 정신인가요?
만물을 대담하게 꿰뚫고 번쩍이면서
태양까지 날아오르는 당신의 정신인가요?[57]

아니면 그토록 나를 사랑한 아름다운 가슴을
내가 여러 행동으로 아프게 했던
그런 기억들이 나를 괴롭히는 건가요?[58]

2

어리석은 망상을 좇느라 당신을 떠났지요,[59]
난 온 세상 끝까지 가고 싶었어요,
그리고 사랑을 발견할지 알고 싶었죠,
그 사랑을 애틋하게 껴안고 싶었어요.

57 하이네에게 어머니는 이성과 건강을 체현한 인물이었다. 그의 『회상록
Memoiren』에 따르면 어머니는 하이네가 소설을 읽거나 극장을 방문하지 못
하도록 했다고 한다. 아들이 환상이나 낭만적인 꿈에 좇는 것을 원하지 않았
기 때문이었다.

58 하이네의 『회상록』에 따르면 그가 이 소네트들을 쓰던 시기에 어머니
는 어려운 가정 형편에도 불구하고 아들의 학비를 마련하기 위해 소중히 간
직해 온 장신구들까지 내다 팔았다고 한다.

59 실제로 하이네가 이렇게 집을 떠난 일은 없었다. 귀향의 모티프를 도
입하기 위해 설정한 상황이다.

사랑을 찾아 온 골목을 뒤졌고,
모든 문 앞에서 두 손을 내뻗었죠,
그리고 작은 사랑의 베풂을 구걸했어요,
하지만 돌아온 건 냉소와 차가운 증오였을 뿐.

사랑을 찾아 끝없이 헤매었어요,
하지만 어디에도 사랑은 없었죠,
병들고 슬픔에 잠겨 집을 향해 돌아섰어요.

돌아온 나를 향해 당신이 다가왔어요,
그리고 아! 당신의 눈 속에서 찰랑거리는 건,
오랫동안 찾아 헤맨 그 달콤한 사랑이었어요.

H. S.[60]에게

당신의 작은 책[61]을 황급히 펼치니,
소년 시절의 꿈에서나 어린 시절에
내가 보았던 수많은 황금 그림들,
그 익숙한 그림들이 인사합니다.

독일의 신앙이 세운 경건한 대성당[62]이

---

60 하인리히 슈트라우베를 가리킨다. 주 50 참조.
61 슈트라우베가 J. P. 폰 호른탈과 함께 편집하여 1818년에 발표한 잡지
『뷘셸루테(마술 지팡이)』를 말한다. 이 잡지에는 낭만주의자들이 다수 필자
로 참가하여 독일의 민중 문학과 중세 문학을 소개했다.

하늘을 향해 당당히 솟은 걸 다시 봅니다.
종소리와 오르간 소리가 들려옵니다.
간간이 사랑의 달콤한 탄식 소리도 들려요.

날쌘 난쟁이들[63]이 대성당을 타고 올라
예쁜 꽃 장식과 조각품들을 떼어 내는
버릇없는 모습도 잘 보이네요.

하지만 참나무 잎사귀들을 따버리고
주위의 푸른 장식들을 없애 버려도
새봄이 오면 새잎이 돋을 겁니다.[64]

크리스티안 S.[65]에게 보내는
프레스코 소네트[66]

1

나는 겉은 금이고 속은 모래인 덩어리를 위해

62 쾰른 대성당을 말하는 것으로 여겨진다. 하이네는 일찍부터 이 성당을 찬미했다.

63 시 「어리석음의 아들은 언제나 꿈꾸었지」(1820)에서 하이네는 당대의 독일인들을 거대한 과거 위에서 기어다니는 난쟁이로 묘사했다.

64 쾰른 대성당의 증축 공사를 말하는 것으로 보인다.

65 Christian Sethe(1798~1857). 하이네가 소년 시절부터 가깝게 지내던 친구이다. 두 사람은 본에서 대학 시절도 함께 보냈으며, 이후에도 하이네는 내밀하고 사적인 이야기들을 제테에게 털어놓았다. 하이네가 이 시집의 최종본에 제테의 이름을 남겨 놓은 것도 그에 대한 시인의 특별한 애착을 보여 준다.

함께 춤을 추지도, 향을 피우지도 않아.[67]
은밀히 내 이름을 찢어발기려는 놈이
악수를 청해도 받아 주지 않아.[68]

나는 뻔뻔스럽게 치부를 자랑해 대는
반반한 창녀 앞에서 몸을 굽히지 않아.
천민들이 헛된 우상을 실은 승리의 마차에
말을 매도 나는 덩달아 잡아끌지 않아.[69]

떡갈나무[70]는 비바람에 쓰러지지만
시냇가의 갈대는 몸을 휘어

66 〈프레스코 소네트〉라는 말은 하이네가 여기서 처음 쓴 말인데, 하이네는 이 말의 뜻에 대해 어디서도 설명하지 않았다. 프레스코가 회벽에 신속하게 그리는 그림이라는 것을 생각하면, 아마도 이 말은 즉흥적인 생각과 정서를 조탁 없이 스케치하듯 즉시 그려 내는 소네트라는 뜻일 것이다.

67 백성들이 스스로 만든 금송아지 앞에서 춤추는 것을 본 모세가 그 우상을 파괴한 것과 연결되는 표현이다. 「출애굽기」 32장 20절은 다음과 같다. 〈모세는 백성이 만든 금송아지를 불로 녹인 다음, 그 금을 갈아서 가루로 만들었다.〉

68 하이네는 1821년 1월에 괴팅겐 대학으로부터 6개월 정학 처분을 받았다. 어떤 학생으로부터 유대인이라는 이유로 모욕을 당한 하이네가 결투를 청한 것이 이유였다. 같은 달에 그는 〈순결 규정〉을 어겼다 하여 대학생 조직인 부르셴샤프트에서도 축출되었다. 이 구절은 그러한 경험과 관련된 것으로 보인다.

69 『구약 성서』의 「이사야서」 45장 20절과 관련된 구절로 보인다. 〈다른 나라에서 피해 온 사람들아, 다 함께 모여 오너라. 나무 우상을 들고 다니는 사람들은 자신이 무슨 일을 하고 있는지 모른다. 그들은 구원하지도 못하는 신에게 기도한다.〉

70 떡갈나무는 견고함과 영속성의 상징으로서, 하이네는 독일이 떡갈나무와 같은 성질을 갖기를 원했다. 그러나 이 시는 당대의 독일인들이 우둔하고 어리석게 행동하고 있음을 비판한다.

계속 서 있다는 걸 알아.

하지만 그런 갈대는 결국 무엇이 되지?
기껏해야 멋쟁이가 쓰는 지팡이가 되거나,
구두닦이가 쓰는 먼지떨이가 되지.

2

거지 행세를 할 테니, 가면을 다오.
그러면 거짓 가면을 쓰고
화려한 모습으로 뻐겨 대는 협잡꾼들이
나를 한패로 착각하지 않겠지.

천박한 말과 행실을 다오.
천민처럼 타락한 듯 행동해야지.
흐리멍덩한 건달들이 젠체하며 뽐내는
멋진 정신의 섬광을 모조리 부정해야지.[71]

그렇게 성대한 가장무도회에서 춤을 출 거야.
독일 기사와 승려와 왕들 한가운데에서
광대의 인사를 받으며, 알아보는 사람 없이.

71 하이네는 1822년, 크리스티안 제테에게 보낸 편지에서 무한한 자부심과
자신감을 드러낸다. 〈나는 지금 살아 있는 자들 가운데 가장 학식이 높다…….
독일에서 나는 그 누구보다 아는 게 많지만, 단지 내 지식을 뽐내지 않을 뿐
이다.〉이 시 역시 동시대인들의 우둔함을 조롱하고 있다.

모두들 목검으로 나를 두들겨 패겠지.
그게 바로 재미야. 가면을 벗으면
그 멍청이들 모두 입을 다물 테니.

$$3^{72}$$

염소 상판을 하고 나를 노려보는
몰취미한 얼간이들을 향해, 나는 웃는다.
뻔뻔스럽고 음흉하게 나를 염탐하고
놀란 듯 쳐다보는 여우들을 향해, 나는 웃는다.

의기양양한 정신의 심판자인 양 건방을 떠는
숙련된 원숭이들을 향해, 나는 웃는다.[73]
독을 탄 무기[74]로 나를 협박하는
비겁한 악한들을 향해, 나는 웃는다.

설령 행복의 모든 수단들을
운명의 손이 산산조각 내어
우리 발 앞에 내팽개친다 해도

몸속 심장이 갈기갈기 찢기고

72 하이네는 1821년에 슈트라우베에게 보낸 한 편지에서 이 시가 함부르크 사람들을 비판하는 것이라고 밝힌 바 있다.
73 무지하고 편협한 판사들에 대한 조롱이다. 더 일반적으로는 자신의 더 큰 잘못은 보지 못한 채 남들을 꾸짖는 자들을 가리킨다.
74 소문을 말한다. 하이네가 함부르크에서 머물던 시절, 그곳에서 그에 대한 악한 소문들이 퍼졌고, 이에 맞서 하이네는 여러 차례 자신을 방어해야 했다.

찢기고 토막 나고 난도질당해도
멋지고 날카로운 웃음은 우리에게 남아 있으니.

4

내 머릿속에서 멋진 동화가 돌아다니네,
동화 속에서 멋진 노래가 울려 퍼지네.
노래 속에서 아름답고 사랑스러운 소녀가
살아 움직이고 활짝 피어나네.

그 소녀 속에 작은 심장이 사네.
그 심장 속엔 사랑이 타오르지 않네.
이 냉혹하고 쌀쌀한 마음속에
교만과 오만이 깃들었네.

들리니, 그 동화가 내 머릿속에서 울리는 게?
작은 노래가 심각하고 오싹하게 윙윙대는 게?
소녀가 나지막이, 나지막이 킥킥 웃는 게?

나는 다만 머리가 터져 버릴까 두려워.
그리고 아! 내가 제정신을 잃어버린다면
그건 정말 끔찍하게 슬픈 일일 거야.

5

고요하고 서글픈 저녁이 되면

오래전 사라진 노래가 나를 에워싸네,
눈물이 뺨을 타고 흘러내리고,
가슴의 옛 상처에서 피가 솟구치네.

그리고 마법의 거울을 들여다보듯
내 사랑의 모습이 다시 보이네.
붉은 코르셋을 입고 작업대 앞에 앉은
그녀의 행복한 주위엔 정적만 흐를 뿐.

그런데 그녀가 갑자기 의자에서 벌떡 일어나
세상에서 가장 아름다운 머리카락을 잘라
내게 건네주네 ── 난 기뻐서 소스라쳐!

메피스토가 내 기쁨을 망쳐 버렸네.
그는 그 머리카락으로 질긴 밧줄을 꼬아
여러 해 전부터 날 이리저리 끌고 다니네.

6

「1년 전에 너를 다시 만났을 때,
넌 나를 반기며 키스해 주지 않았어.」
이렇게 말하자 내 사랑은 붉은 입술로
내 입술에 가장 멋진 키스를 해주었지.

그리곤 귀엽게 웃으며 창가에 서 있던
은매화 덤불의 가지를 꺾었어.

「이걸 가져가 신선한 풀밭에 심고 그 위엔
잔을 놓아둬.」 그녀가 말하고 고개를 끄덕였지.

오래전 일이야. 가지는 화분에서 죽었어.
그녀를 못 본 지도 벌써 여러 해.
하지만 여전히 그 키스는 머릿속에서 불타네.

먼 곳에서 지내던 나는 얼마 전
그녀의 집으로 가보았지. 밤새도록 나는
그녀 집 앞에 서 있다가 아침에야 거길 떠났지.

7

친구여, 화난 악마의 찌푸린 얼굴을 조심해,
하지만 더 무서운 건 온유한 천사의 찌푸린 얼굴.
언젠가 그런 얼굴이 내게 달콤하게 뽀뽀해 주었어,
하지만 다가가자 날카로운 발톱이 느껴졌어.

친구여, 까맣고 늙은 고양이를 조심해,
하지만 더 무서운 건 하얗고 어린 고양이들.
언젠가 난 그런 고양이를 애인으로 삼았지,
하지만 그 애인이 내 심장을 할퀴었어.

오 사랑스러운 얼굴이여, 한없이 어여쁜 소녀여!
어떻게 네 맑은 눈동자가 나를 속였지?
어떻게 네 앞발이 내 심장을 찢어 놓았지?

오 내 작은 고양이의 한없이 부드러운 앞발이여!
불타는 너의 입술에 키스할 수 있다면,
그러면서 내 심장이 피 흘릴 수 있다면!

8[75]

넌 자주 보았지, 내가 분칠한 고양이들과
안경 쓴 삽살개들,[76] 그 악한들과 싸우는 것을.
그들은 내 깨끗한 이름을 더럽히고
혀를 놀려 날 파멸로 몰아넣고 싶어 했지.

넌 자주 보았지, 현학자들이 내게 아양을 떨고
방울 모자[77]를 쓴 자들이 나를 에워싸고,
독사들이 내 심장 주위에 똬리를 트는 것을.
넌 보았어, 천 개의 상처에서 내 피가 솟는 것을.

넌 하지만 탑처럼 꿋꿋하게 서 있었어.
네 머리는 내게 폭풍 속 등대였고,
네 충실한 심장은 내게 훌륭한 항구였지.

그 항구 주위엔 거친 파도가 치고
그리로 대피할 수 있는 배는 몹시 드물지만,

---

75 시인을 둘러싼 복마전 같은 환경을 풍자하는 시다. 지나치게 공격적인
비평가들도, 과장된 찬사를 늘어놓는 지인들도 모두 시인의 적이다.
76 대학교의 하급 직원들을 가리키는 대학생들의 표현.
77 원래 어릿광대들이 방울 달린 모자를 썼다. 여기서는 아첨꾼들을 말한다.

일단 그곳에 닿으면 안전하게 잠들 수 있어.[78]

9

울고 싶지만 울 수가 없구나.
힘차게 일어서고 싶지만 그럴 수가 없구나.
역겹게 씩씩대고 찍찍거리는 벌레들 사이에서
이렇게 바닥에 들러붙어 있어야 하는구나.

내 화사한 생명의 빛, 내 어여쁜 사랑을
어디로든 따라가 곁에 머물고 싶지만,
황홀하고 달콤한 그녀 숨결 속에서 살고 싶지만,
내 병든 심장이 찢어지니 그럴 수가 없구나.

나는 느낀다, 찢어진 심장에서 내 뜨거운 피가
흘러나오고 힘이 빠져나가는 것을,
갈수록 눈앞이 흐릿해지는구나.

남몰래 전율하며 나는 갈망한다,
조용한 그림자들이 부드러운 팔을 뻗어,
다정하게 나를 안아 주는 저 안개의 나라를.

---

78 이 시집에서 편안한 잠과 안전한 평화를 가져다주는 것으로서 우정이
거론되는 경우는 드물다. 이어지는 소네트에서처럼 영원한 잠으로서의 죽음
에 대한 갈망이 더 자주 나타난다.

서정적 간주곡

Lyrisches Intermezzo

1822~1823

서시

푹 꺼진 두 뺨이 눈처럼 창백하고,
슬픔에 젖어 말이 없는 기사가 있었어.
흐릿한 꿈에 취한 채[79] 비틀거리며,
그는 이리저리 헤매고 있었지.
그 모습이 너무나 어설프고, 어색하고, 서툴러서,
그가 비트적거리며 지나갈 때면
주변의 꽃들과 아가씨들이 킥킥대며 웃었어.

그는 집의 가장 어두운 구석에 앉아 있곤 했어.
사람들을 피해 숨었던 거야.
거기서 그는 애타게 두 팔을 뻗었어.
하지만 한마디도 하지 않았지.
그런데 자정이 다가오면[80]
이상한 노래와 소리가 시작되었어 ―

79 이 기사의 음울함과 꿈은 돈키호테를 연상시킨다. 하이네는 어린 시절
부터 『돈키호테』를 즐겨 읽었다.

그때 문 두드리는 소리가 들렸어.

넘실거리는 파도 거품 옷을 입은[81]
그의 애인이 살그머니 들어와서,
장미처럼 화사하고 찬란한 그녀는
장신구로 뒤덮인 베일을 쓰고 있었어.
날씬한 몸 위로 금발의 곱슬머리가 찰랑거렸어.
두 사람의 눈이 달콤한 힘에 끌려 인사하고 ─
그들은 서로를 끌어안았지.

기사는 그녀를 사랑의 힘으로 껴안았어.
어설펐던 그가 열정에 휩싸이고,
창백한 낯이 붉게 물들고, 꿈꾸던 그가 깨어났어.
수줍어하던 그가 점점 더 대담해졌어.
하지만 그녀는 아주 짓궂게 그를 놀렸지.
다이아몬드가 박힌 하얀 베일로
살며시 그의 머리를 덮어 버렸어.

기사는 갑자기 마술에 걸려
수정으로 만든 물속 궁전에 서 있어.
깜짝 놀란 그는 눈이 멀 것만 같아.
궁전의 찬란함과 장식 때문에 눈이 부셔.
하지만 물의 요정이 다정하게 그를 껴안아.

80 여기서 꿈이 시작된다. 자정과 새벽 사이의 시간은 환상과 시적 자유
의 시간이다.
81 그리스 신화의 아프로디테를 암시한다.

기사가 신랑이고 요정이 신부야.
요정이 거느린 처녀들이 치터를 연주해.

처녀들은 연주하고 아주 아름답게 노래하면서,
발을 들어 올려 춤을 춰.
기사는 정신을 잃어버릴 것 같아,
사랑스러운 요정을 더 세게 끌어안아.
그때 갑자기 불이 꺼지고,
기사는 다시 외로이 집에 앉아 있어.[82]
시인의 황량하고 작은 방 안에.

I

너무나 아름다운 5월에
모든 꽃봉오리들 피어날 때
내 가슴속에서
사랑이 움텄네.[83]

너무나 아름다운 5월에
모든 새들이 노래할 때
나 그녀에게 고백했네.

[82] 이 기사는 환상 속에서 하나의 세계를 만들어 낼 수 있지만, 이 세계는 현실과 접촉하는 즉시 사라져 버린다. 기사의 이러한 특징은 세상과 섞이지 못하는 시인과 유사하다.

[83] 사랑의 시작을 한 해의 시작인 봄과 연결시키는 것은 오랜 전통이었다. 「서정적 간주곡」에서는 계절이 자주 사랑의 동반자 역할을 한다.

내 그리움과 열망을.

II

수많은 꽃들이 내 눈물에서
싹을 틔워 활짝 피어나고[84]
내 한숨들은 밤꾀꼬리들의
합창이 되리라.

네가 나를 사랑한다면, 내 사랑이여,
그 꽃들 모두 네게 선물하리라.
그리고 네 창문 앞에서
밤꾀꼬리의 노랫소리 울려 퍼지리.

III

장미와 백합과 비둘기와 태양, 그 모두를
나는 사랑의 기쁨에 젖어 사랑했었지.
이젠 그것들을 사랑하지 않아.
작고 곱고 순수한 한 사람만 사랑할 뿐.
모든 사랑의 샘물인 그녀가,
장미와 백합과 비둘기와 태양이라네.[85]

84 〈사랑하는 사람의 눈물에서 피어나는 꽃〉이라는 모티프는 독일의 민중 문학과 낭만주의 시에서 애용되었다.

IV

네 눈을 보고 있으면,
내 모든 고통과 아픔이 사라져.[86]
네 입술에 입맞춤하면,
난 더할 수 없이 건강해져.[87]

네 가슴에 몸을 기대면,
천상의 기쁨이 쏟아져.
하지만 네가 〈너를 사랑해!〉라고 말하면
나는 쓰라린 눈물을 흘려야 해.[88]

V

네 얼굴은 사랑스럽고 아름다워.
얼마 전 꿈에서 본 네 얼굴.
그 얼굴 너무나 부드럽고 천사 같지만,
너무나 창백해, 아프도록 창백해.

입술만은 빨갛지만,

85 과장법의 수사학이 적용되었다.
86 하이네의 시에서 사랑하는 이의 눈이 기쁨을 주는 경우는 매우 드물다. 대개는 시적 화자에게 슬픔을 준다.
87 건강을 주는 연인의 키스는 독일 민요에서 자주 반복되는 모티프였다.
88 하이네의 시에서는 마지막 구절에서 사태의 진상을 폭로하는 반전이 일어나는 경우가 많다.

곧 죽음이 창백하게 키스할 거야.
착한 눈에서 퍼져 나오는
천상의 빛이 사라질 거야.[89]

VI

네 뺨이 내 뺨에 닿으면
눈물이 하나 되어 흘러내리리!
네 가슴을 내 가슴에 꼭 누르면
불꽃이 하나 되어 피어오르리!

그 커다란 불꽃 속으로
우리 눈물이 강물 되어 흐르면,
내 두 팔로 너를 힘차게 껴안으면,
나는 사랑의 갈망으로 죽으리라![90]

VII

백합 꽃받침 속에
내 영혼을 담그리라.

89 간주곡 4번과 주제가 연결된다. 그러나 여기서는 빨간색과 하얀색, 삶
과 죽음이 대비되는 가운데 후자가 우세하다. 이런 점에서 3번까지 이어지던
봄의 시들과 대비된다.
90 여기서 사랑은 기력과 생명력을 급속히 소모하는 행위다.

백합은 내 사랑의 노래를
소리 내어 속삭이리라.

그 노래 떨리며 전율하리라.
너무나 달콤한 어떤 때에
그녀가 내게 해준
그 입술의 키스처럼.

VIII

하늘 높이 별들은 꼼짝 않고
수천 년의 세월 동안
사랑의 고통을 느끼며
서로 바라만 보네.[91]

너무나 풍요롭고 아름답게
별들은 말하지만
어떤 어문학자도[92]
그 언어를 이해 못 하지.

---

91 하이네의 시에서 별들은 연인들의 사랑에 대한 증인이 되는 경우가 많
지만, 이처럼 스스로 사랑하는 존재로 등장하여 인간의 감정을 알레고리적
으로 묘사하는 데 쓰이기도 한다.
92 이 〈어문학자〉라는 말이나 다음 연에서의 〈문법〉이라는 말은 의도적
으로 분위기를 깨기 위해 사용된 것이다. 환상과 현실을 대비시키면서 동시
에 연결하기 위한 기법이다.

하지만 난 그 언어를 배웠고
결코 다시는 잊지 않으리.
가슴 깊이 사랑하는 얼굴이
내게 문법을 알려 주었네.[93]

IX

노래의 날개 위에
내 사랑, 그대를 싣고 날아가리.
갠지스 강변 들판[94]의
너무나 아름다운 그곳으로.

거기 고요한 달빛 아래
붉게 피어난 정원이 있네.
그곳에선 연꽃들이
다정한 누이를 기다리고 있네.

제비꽃들 방실 웃고 재잘대며

93 별을 보는 연인의 표정이 별들에게 언어를 부여해 준다는 뜻이다. 따라서 연인의 표정이 냉담하면 별들 또한 차갑고 말 없는 존재가 될 수 있다.

94 독일에서는 1820년 무렵 인도에 대한 숭배가 널리 퍼져 있었다. 타국의 문화에 대한 존중을 설파하면서 일찍이 식민주의를 비판한 철학자 헤르더 Johann Gottfried von Herder(1744~1803)는 인도의 자연과 인간을 찬양하였는데, 이에 자극을 받은 낭만주의자들이 인도에 대한 열광을 드러내었다. 하이네도 청소년 시절에 헤르더의 글을 읽었다. 인도에 대한 이상화는 9, 10, 42, 43번 간주곡에서 나타난다. 이 시에서 갠지스 강은 순결한 시원의 낙원으로 이상화된다.

고개 들어 별들을 보고,
장미꽃들 서로에게 귓속말로
향기로운 동화들을 속삭이네.

착하고 영리한 영양들이
껑충 뛰어와 귀 기울이고,
멀리 신성한 강에서는
물결이 일어나 찰랑대네.

그곳 야자수 아래에
우리 함께 앉아서
사랑과 안식을 마시며
행복한 꿈을 꾸리라.

X

연꽃은 찬란한 태양이
두렵기만 하여
고개를 숙인 채 꿈꾸며
밤을 기다리네.[95]

연꽃의 연인인 달이

95 여기서 연꽃은 지극히 섬세하여 따가운 햇볕을 두려워하는 꽃이다. 이
상화된 갠지스 강의 환경에서조차 연꽃은 고통받는 존재이며, 오로지 달빛에
서만 안식을 얻는다.

달빛으로 연꽃을 깨우고,
연꽃은 착한 얼굴을
다정히 달에게 보여 주네.

연꽃은 환하게 피어나 반짝이며
말없이 하늘을 쳐다보네.
사랑과 사랑의 고통 때문에
향기를 피우고 울면서 떠네.[96]

XI

웅장한 대성당이 있는
거대하고 신성한 쾰른이
아름다운 라인 강 물결에
자신을 비추는구나.

성당 안 금빛 가죽 위에
그림[97] 하나 그려져 있네.
그 그림 내 거친 삶에
다정한 빛을 비춰 주는구나.

96 연꽃은 달이 뜨면 사랑을 느끼며 향기를 피우고, 달이 사라지면 고통을 느끼며 운다는 뜻이다.

97 슈테판 로흐너Stefan Lochner(1400?~1451)가 1440년경에 그린 수태고지의 그림을 말한다. 이 그림은 실제로는 가죽이 아니라 나무 위에 그려진 것이다. 하이네는 초기 시에서 성모 마리아를 천상의 여성성, 순결한 아름다움, 고통을 감내하는 모성(母性)의 화신으로 여러 번 묘사한 바 있다.

우리의 단정한 여인 주위로
꽃들과 천사들이 떠 있는데,
그녀 눈과 입술과 두 뺨이
내 사랑과 꼭 닮았구나.[98]

XII

네가 나를 사랑하지 않아도
난 아무렇지 않아.
네 얼굴을 쳐다만 보아도
난 왕처럼 기쁘니까.

귀엽고 빨간 네 입술이
정녕 나를 미워한다고 말해도
그 입술에 키스하게 해주면
내 사랑아, 나는 괜찮아.[99]

XIII

오 맹세 대신 키스만 해줘,

98 부활의 기적을 연상시키는 이 구절에서는 신비로운 종교적 세계와 에
로틱한 사랑이 내밀하게 결합되고 있다. 이로써 하이네의 시에서는 드물게도
사랑이 이상화된다.
99 연인의 거짓됨에 대해 사랑으로 반항한다는 태도는 여기서 처음 나타난다.

여자의 맹세는 믿지 않으니!
네 말도 달콤하지만
너와의 뜨거운 키스가 더 달콤해!
말은 헛된 환상과 입김일 뿐,
난 너와 나눈 그 키스만 믿어.

◆

오 자꾸 맹세해 줘, 내 사랑,
네 말을 그대로 믿으니!
네 가슴에 털썩 몸을 맡기고
난 행복하다고 믿을 거야.
난 믿어, 내 사랑, 네가 날 사랑한다고,
영원히, 영원보다 더 오래.[100]

XIV

가슴 깊이 사랑하는 두 눈을 위해
가장 아름다운 칸초네를 지으리라.
가슴 깊이 사랑하는 작은 입을 위해
가장 멋진 3운구법을 구사하리라.

가슴 깊이 사랑하는 귀여운 볼을 위해
가장 수려한 8행시들을 쓰리라.

[100] 앞의 시에 이어 여기서도 연인의 거짓됨에 대해 의도적인 자기기만으로 맞서는 태도가 나타나고 있다. 이 자기기만은 속은 자의 복수다.

내 사랑에게 심장이 있다면
그 심장에 예쁜 소네트를 바치리라.[101]

XV

세상은 어리석고 눈멀었구나,
갈수록 더 멍청해지는구나!
사랑하는 이여, 세상은 말하지,
너는 성질이 못됐다고.

세상은 어리석고 눈멀었구나,
너를 영원히 알아보지 못할 거야.
세상은 몰라, 네 키스가 얼마나 달콤한지,
얼마나 날 행복하게 하면서 타오르는지.

XVI

내 사랑, 오늘은 말해 줘.
네가 무더운 여름날에
시인의 머리에서 솟아나는,
그런 환상이 아닌지.

101 칸초네, 3운구법, 8행시, 소네트는 이탈리아에서 유래하는 운율 형태들
이다. 여기서 하이네는 대상을 소중하게 생각하는 마음을 표현하기 위해 이 운
율들을 거론하고 있다. 그러나 하이네는 이 운율 형태로 시를 거의 쓰지 않았다.

아니야, 그토록 귀여운 입을,
그토록 마법처럼 빛나는 눈을,
그토록 다정하고 사랑스러운 소녀를
시인은 만들어 낼 수 없어.

바실리스크[102]와 흡혈귀,
린트부름[103]과 괴물들,
그런 무서운 환상의 동물들은
시인의 불꽃이 만들어 낼 수 있지.

하지만 너와 너의 술수들,
너의 상냥한 얼굴,
착한 체하는 눈빛,
그런 건 시인도 만들지 못해.

XVII[104]

파도의 거품에서 태어난 여인처럼[105]

---

102 신화에 등장하는 동물로서, 머리와 몸통은 수탉의 형상이고 하체는 뱀의 꼬리와 같다. 눈길로 상대방을 굳게 하거나 죽일 수 있고, 내뱉는 입김도 치명적이다.

103 용을 닮은 상상의 동물로서, 흔히 짧은 다리와 작은 날개, 뱀의 꼬리를 지니고 있다.

104 집필 시기가 1821년 여름과 가을 사이로 추정되는 17번에서 19번까지의 시들은 같은 해 8월 15일에 아말리에 하이네가 결혼한 것과 관련이 있는 것으로 보인다.

내 사랑은 아름다운 광채 속에 빛나는구나.
그녀는 낯선 남자의 선택을 받은
귀여운 신부이니까.

마음아, 참을성 많은 내 마음아,
배신을 원망하지 마라.
견뎌라, 견뎌라, 그리고 용서해라,
그 사랑스러운 바보가 저지른 일을.

XVIII

원망하지 않아, 마음이 무너져도,
영영 잃어버린 사랑아! 원망하지 않아.
너 화려한 다이아몬드로 꾸며 빛나도
네 마음의 밤에는 빛 한 줄기 스며들지 않으니.[106]

오래전부터 그걸 알아, 꿈속에서 널 보았으니.
네 마음의 방을 뒤덮은 밤을 보았어.
네 심장을 물어뜯는 뱀을 보았어.
내 사랑, 네가 얼마나 비참한지도 보았어.

---

105 우라노스의 피와 정자가 바다와 만나 일어난 거품 속에서 태어난 비너스를 암시한다.

106 연인이 다른 사람과 결혼한 것은 그녀의 거짓된 마음 때문이며, 따라서 결혼은 그녀에게 행복을 줄 수 없다는 것. 그러나 그녀를 사랑한 애인 또한 불행하기는 마찬가지다.

XIX

그래, 넌 비참하고 난 원망하지 않아.
내 사랑, 우린 둘 다 비참해야 해!
죽음이 병든 우리 심장을 찢을 때까지
내 사랑, 우린 둘 다 비참해야 해.

잘 보고 있어, 네 입가에 조롱이 맴도는 것을.
네 눈이 고집스레 번쩍이는 것을.
자만심으로 네 가슴이 부푼 것을.
하지만 너도 나처럼 비참해.

네 입은 고통 때문에 남몰래 일그러지고,
감춰진 눈물 때문에 눈빛이 흐리구나.
뽐내는 가슴은 상처를 숨기고 있어.
내 사랑, 우린 둘 다 비참해야 해.

XX

플루트와 바이올린 연주되고
요란한 트럼펫이 불쑥 끼어든다.
누구보다 사랑하는 나의 여인이
결혼식 윤무를 추는구나.

팀파니와 샬마이[107] 소리가

우르릉거리며 진동한다.
그 사이로 착한 천사들이
훌쩍거리며 신음하는구나.

XXI

이렇게 너는 까맣게 잊었구나,
그토록 오래 내가 네 마음을 가졌던 것을.
네 가슴은 너무나 달콤하고 거짓되고 작지.
그보다 더 달콤하고 거짓된 건 없을 거야.

이렇게 너는 내 가슴을 짓누르던
사랑과 고통을 잊었구나.
모르겠어, 사랑이 고통보다 컸던가?
내가 아는 건 둘 다 컸다는 것뿐!

XXII

내 가슴이 얼마나 깊은 상처를 입었는지
꽃들이, 작은 꽃들이 안다면
내 고통을 가라앉히려고
나와 함께 울어 줄 거야.

107 원뿔형의 관으로 된 더블 리드의 목관 취주 악기로서 소리가 매우 크고 날카롭다.

내가 얼마나 슬프고 아픈지
밤꾀꼬리들이 안다면
힘 솟는 노래들을
즐거이 불러 줄 거야.

황금빛 작은 별이
내 아픔을 안다면
하늘에서 내려와
위로의 말을 해줄 거야.

그들은 모두 알지 못하지.
내 고통을 아는 건 꼭 한 사람뿐.
다름 아닌 바로 그녀가 내 가슴을,
내 가슴을 찢어 놓았으니까.

XXIII

왜 이렇게 장미들이 창백한지
오 내 사랑, 말해 줘, 왜 그런지.
푸른 풀밭에 핀 파란 제비꽃들은
왜 이렇게 말이 없는 거지?

하늘을 나는 저 종달새들은
왜 저토록 슬프게 노래하는 거지?
왜 이렇게 쑥국화에서

시체의 냄새가 나는 거지?

들판에 비치는 햇빛은
왜 이렇게 차갑고 싸늘하지?
대지는 또 왜 이렇게
무덤처럼 칙칙하고 황량하지?[108]

왜 내가 이렇게 아프고 우울한지
내 사랑아, 말해 줘, 왜 이런지.
오 말해 줘, 더없이 사랑하는 사람아,
왜 너는 나를 떠났지?

XXIV

그들은 네게 이것저것 떠벌리고
험담을 늘어놓았지.[109]
하지만 무엇이 내 영혼을
괴롭히는지는 말하지 않았어.

그들은 요란을 떨면서
딱하다는 듯 고개 저었지.

108 앞의 시에서는 자연이 나와 공감해 주지 않은 반면, 이 시에서는 자연
이 화자의 고통에 공감하고 있다.

109 하이네는 함부르크에 살던 시절에 친척들의 험담을 접하곤 했다. 어
리석은 주위 세계에 대한 비판은 간주곡 24번과 크리스티안 S.에게 보내는
프레스코 소네트 3번에서도 나타난다.

그들은 나를 못된 놈이라 했고,
너는 그 모든 걸 믿었어.

하지만 가장 나쁜 것,
그걸 그들은 몰랐어.
가장 나쁘고 가장 어리석은 것,[110]
그걸 난 가슴속에 숨겨 놓았지.

XXV

보리수 피어나고 밤꾀꼬리 노래했지.
태양은 다정하고 즐겁게 웃어 주었지.
그때 넌 내게 키스하고, 두 팔로 날 끌어안았지.
그때 넌 봉긋한 가슴으로 나를 눌렀지.

나뭇잎 떨어지고 까마귀는 공허하게 소리쳤지.
태양은 언짢아하는 눈빛으로 인사했지.
그때 우린 서로 싸늘하게 말했지. 「안녕!」
그때 넌 아주 공손하게 무릎 굽혀 인사했지.[111]

110 연인을 향한 어리석고 맹목적인 사랑을 고수하는 것을 말한다.
111 여기서 연인은 피상적인 예절만 아는 자동인형처럼 나타난다.

XXVI

우린 서로 깊은 감정을 느꼈지만
서로 아주 단정하게 대해 주었어.
우린 자주 〈엄마 아빠〉 놀이를 했지만
서로 붙잡고 때리며 싸우진 않았어.
우린 함께 환호하고 장난치고
서로 다정히 입 맞추고 안아 주었어.
마지막에 우리는 아이처럼 즐겁게
숲과 골짜기에서 숨바꼭질했어.
우린 너무 꼭꼭 숨어서
영영 서로를 찾지 못했어.[112]

XXVII

넌 가장 오래 날 믿어 주었고
나를 위해 헌신했어.
내가 힘들어하고 번민할 때
나를 위로해 주었어.

내게 먹고 마실 것을 주었고
돈을 빌려주었어.
내게 옷을 마련해 주었고

---

112 이별을 두 사람이 함께 연출한 놀이처럼 가볍게 묘사하는 것은 「서정적 간주곡」 전체에서 이 시가 유일하다.

여행을 위한 통행증도 만들어 줬어.

내 사랑! 하느님이 오랫동안 너를
더위와 추위로부터 보호해 주시기를,
네가 내게 베풀어 준 친절함에
영원히 보답하지 않으시기를![113]

XXVIII

대지는 오랫동안 인색했지만
5월이 되자 너그러워졌어.
모두가 웃고 환호하고 기뻐하지만
나는 웃음이 나오지 않아.

꽃들이 싹트고 종소리 울려 퍼지고
새들은 동화에서처럼 말하지만
난 그 말들이 맘에 들지 않아.
모든 게 비참할 뿐이야.

북적대는 인간들도 따분하기만 해.
평소엔 괜찮던 친구들도 그래.

113 앞에서 여성이 대부분 비판적으로 그려진 것과는 반대로 이 시에서의
여성은 충실하고 따뜻하며 화자에 대한 믿음을 마지막까지 버리지 않는 존
재다. 그러나 시의 끝에서 화자는 오히려 이 여성의 미래를 저주하는데, 이는
그녀에게 감사하는 마음으로 인해 미련을 버리지 못할 것에 대한 두려움 때
문일 수도 있다.

너무나 어여쁘고 다정한 내 사랑을
사람들이 부인이라 부르기 때문이야.[114]

XXIX

내가 오래, 그토록 오래 지체하며
낯선 나라에서 열광하고 꿈꾸는 사이,
내 사랑은 지루해지기 시작했네.
그래서 그녀는 혼례복을 짓고
다정스레 두 팔로 껴안았네.
세상에서 가장 멍청한 신랑 녀석을.[115]

내 사랑은 아름답고 상냥하지.
어여쁜 그녀 모습 아직 눈에 선하네.
언제나 변함없이 달떠 꽃피어 나던
제비꽃 눈동자와 장밋빛 볼.[116]
그런 사랑을 두고 떠난 건
세상에서 가장 멍청한 짓이었네.

114 전통적으로 민중 문학에서 자주 등장하던 사랑의 소재들, 예컨대 초
봄의 꽃들, 동화의 세계, 우정, 그리고 고통스러운 결별까지도 아이러니와 패
러디의 기법을 통해 비판적 거리를 두고 서술되고 있다.

115 연인이 다른 남자와 결혼한 이유로서 이 시집 안에서는 새로운 모티
프가 제시되고 있다. 그러나 이 모티프는 그리스 신화의 페넬로페에서부터
독일 민요까지 전통적인 사랑 시에서 자주 등장한 바 있다.

116 의도적으로 진부한 표현이 사용되었다. 이로써 연인에 대한 일정한 거
리가 생겨나고, 화자의 고통도 객관화된다.

XXX

제비꽃처럼 파란 눈동자,
장미처럼 빨간 볼,
백합처럼 새하얀 작은 손,
지금도 변함없이 모두 피어나는데
조그만 가슴만이 시들었구나.

XXXI

세상은 이렇게 아름답고 하늘은 이렇게 푸르구나.
바람은 이렇게 잔잔하고 포근하고,
새봄의 풀밭에 핀 이슬 머금은 꽃들
반짝이며 빛을 뿜내는구나.
사람들은 어디서나 환호하는데
나는 무덤 속에 누워
내 사랑 죽은 몸을 껴안고 싶네.

XXXII

어여쁜 내 사랑, 네가 무덤에,
캄캄한 무덤에 누워 있다면
나도 너 있는 곳으로 내려가
네 몸을 껴안으리라.

입 맞추고 감싸 안고 거칠게 부둥켜안으리,
차갑고 창백하고 말 없는 너를!
환호하고 전율하고 나지막이 흐느끼다
나 또한 죽은 몸이 되리라.

자정이 되어 죽은 자들 일어나
공중에서 무리 지어 춤추어도
우리 둘은 무덤 속에 남아
너의 품에 나 안겨 있으리라.

죽은 자들 일어나고 심판의 날이
그들을 고통이나 쾌락으로 이끌어도
우리 둘은 모든 걸 잊고
부둥켜안은 채 누워 있으리라.[117]

XXXIII[118]

북방의 황량한 언덕 위에
가문비나무 한 그루 외로이 서 있네.
얼음과 눈의 하얀 이불 덮고

117 죽은 연인과 함께 무덤 속에 누워 있고 싶다는 진술은 이 시집에서도
여러 번 반복된다. 밤과 무덤은 낭만주의 시대에 유행하던 소재였다. 괴테는
『파우스트』 2부 1막에서 밤과 무덤을 소재로 삼는 문학을 조롱하기도 했다.
118 이 시는 하이네의 시 가운데 가장 많이 작곡되고 낭독되는 시에 속한
다. 1885~1886년에 발행된 에른스트 샬리에의 『가곡 대목록』에 따르면 그
때까지 이미 121회 작곡되었다.

거기서 꾸벅꾸벅 졸고 있네.

그 나무 꿈꾸는 건 야자수라네.
머나먼 동쪽 어느 나라의
뜨거운 암벽에 외로이 서서
말없이 슬픔에 잠긴 야자수라네.

XXXIV

(머리가 말한다)
아, 나 정녕 발판이라면,
내 사랑이 발을 올려놓는!
그녀가 아무리 짓밟아도
나 아무 불평하지 않을 텐데.

(심장이 말한다)
아, 나 정녕 바늘꽂이라면,
그녀가 바늘을 꽂아 두는!
그녀가 아무리 찔러도
나 찔리는 걸 기뻐할 텐데.

(노래가 말한다)
아, 나 정녕 종이띠라면,
그녀가 컬페이퍼[119]로 사용하는!
남몰래 그녀에게 속삭여 줄 텐데,

내 안에 살아 숨 쉬는 것에 대해.

XXXV

내 사랑 나를 떠난 후에
난 웃음을 모두 잃었네.
몇 놈들이 값싼 농담을 해도
난 웃을 수 없었네.

그녀를 잃어버린 후에
나는 울음도 멈춰 버리네.
괴로워 심장이 터질 듯해도
난 울 수 없네.

XXXVI

내 크나큰 고통으로
작은 노래들[120]을 만든다.
노래들 소리 내어 날갯짓하며
그녀 가슴을 향해 날아간다.[121]

119 머리를 지질 때 머리카락을 마는 종이.
120 하이네는 「서정적 간주곡」에 수록된 시들을 늘 〈작은 노래들〉이라고
불렀다.
121 민요 「이 몸이 새라면Wenn ich ein Vöglein wär」과 비슷한 모티프다.

노래들은 그녀를 찾아갔지만
다시 돌아와 탄식한다.
탄식하면서도 말하지 않는다.
그녀 가슴속에서 무엇을 보았는지를.

XXXVII

나들이옷 입은 속물들이
숲과 들에서 산책하네.
환호하고 새끼 염소처럼 깡충거리며
아름다운 자연에게 인사하네.

낭만적으로 피어나는 모든 것들을
두 눈 깜빡이며 관찰하네.
귀를 쫑긋 세우고
참새들 노랫소리 빨아들이네.

하지만 난 검은 커튼으로
내 방 창문을 가려.
나의 유령들은 심지어
낮에도 나를 찾아오네.

내 옛사랑이 나타나네.
저승에서 올라온 그녀는
곁에 앉아 눈물 흘리며

내 마음을 흔들어 놓네.

XXXVIII[122]

잊힌 시절의 여러 영상들이
무덤에서 빠져나와
내가 네 곁에서 살던
옛 시절 모습을 보여 주는구나.

낮이면 나는 꿈에 잠긴 채
휘청거리며 거리를 돌아다녔지.
사람들이 날 이상하게 보았어.
슬픔에 젖어 말을 잃은 나를.

거리가 텅 비는 밤이
내겐 더 좋았지.
나와 내 그림자 둘이서
말없이 이리저리 돌아다녔어.

되울리는 발걸음 소리 들으며
나는 다리를 건너갔어.
구름 사이로 나타난 달이
진지한 눈빛으로 내게 인사했지.

122 여기서부터 애수에 젖어 과거를 돌이키는 회상의 노래들이 시작된다.
이 시들은 이 연작의 첫 부분을 차지했던 봄의 노래들과 대비된다.

네 집 앞에서 걸음을 멈추고
난 위쪽을 올려다보았어.
그리고 네 창문을 노려보았지 —
마음이 너무나 아팠어.

난 알아, 네가 창문 밖을
자주 내다본 것을.
달빛 아래 기둥처럼 서 있던
나를 내려다본 것을.

XXXIX

한 청년이 한 처녀를 사랑했지만,
그녀는 다른 남자를 선택했어.
그 남자는 다른 여자를 사랑했고,
그 여자와 결혼해 버렸지.[123]

처녀는 화가 나서
연이 닿은 첫 번째 남자와
결혼해 버렸지.
청년은 고통에 빠졌어.

이건 오래된 이야기[124]지만

123 이는 하이네와 아말리에의 상황과 흡사하다. 하이네는 아말리에를
사랑했고, 아말리에는 다른 남자를 사랑했으나 결혼은 또 다른 남자와 했다.

세상에서 영원히 반복되지.
누구든 똑같은 일을 당하면
가슴이 갈기갈기 찢어질 거야.

XL

언젠가 내 사랑이 불렀던
그 노래 다시 들을 때마다
거칠게 밀려드는 아픔에
내 가슴 찢어질 듯해.

어두운 갈망이 나를 부추겨
숲속 언덕 위로 데리고 가고,
걷잡을 수 없는 나의 슬픔은
거기서 눈물로 녹아내리네.

XLI

두 뺨이 촉촉하고 창백한
어느 공주의 꿈을 꾸었어.
푸르른 보리수 아래에 앉아
우린 사랑으로 서로를 안았지.

124 하이네는 슈트라우베에게 보낸 한 편지에서도 아말리에와 관련하여
〈이건 오래된 이야기〉라는 똑같은 표현을 썼다.

「난 네 아버지의 왕좌도
황금 왕홀도 원하지 않아.
다이아몬드 박힌 왕관도 싫어.[125]
어여쁜 사람아, 내가 원하는 건 너뿐이야.」

「그럴 리가 없어.」 그녀가 내게 말했어.
「난 무덤 속에 누워 있잖아.
밤에만 너를 찾아오고 있어.
너를 너무나 사랑하니까.」

XLII

내 사랑아, 우리는 다정하게
가벼운 거룻배에 앉아 있었지.
고요한 밤, 우리는 물길 따라
멀리 떠내려갔어.

아름다운 유령의 섬[126]이
달빛 아래 꿈꾸듯 누워 있었지.
거기서 아름다운 소리 울리고,
안개가 물결치며 춤을 추었어.

125 왕홀(王笏)과 왕관은 하이네의 삼촌이자 아말리에의 아버지인 잘로몬
하이네의 부를 뜻한다고 볼 수도 있다. 그렇다면 공주는 아말리에를 말한다.
126 이 유령의 섬은 명부(冥府)의 세계와 인도의 아름다운 자연을 결합시
키고 있다.

소리는 점점 더 아름다워졌고,
안개의 춤도 더 화려해졌어.
하지만 우리는 거기를 지나
드넓은 바다로 쓸쓸히 나아갔지.

XLIII

오래된 동화[127]에서 하얀 손이
내게 손짓하는구나.
거기서 마법의 나라를
노래하고 얘기하는 소리 들리네.

황금빛 석양 속에서
큰 꽃들이 그리움에 애태우고[128]
신부 같은 얼굴로
서로를 다정히 바라보는 곳 —

나무들이 모두 말을 하고
합창단처럼 노래하며,
요란한 샘물들이
무곡(舞曲)처럼 솟구치는 곳 —

127 이 시집에서 〈노래〉라는 낭만적 단어는 흔히 쓰라리거나 풍자적인 생
각을 불러일으키는 반면, 〈동화〉라는 단어는 항상 행복했던 시절 혹은 순수
했던 황금시대에 대한 시적 환상을 낳는다.
128 이 큰 꽃들은 간주곡 9번과 10번에서 언급된 연꽃을 떠올리게 한다.

한 번도 들어 보지 못한
사랑의 노래 울려 퍼지니
너무나 달콤한 그리움이
너무나 달콤하게 유혹하는 곳![129]

아, 그곳에 갈 수 있다면,
거기서 기쁨으로 마음 채우고
모든 고통에서 벗어나
자유와 행복을 누릴 수 있다면![130]

아, 나는 그 환희의 나라를
자주 꿈속에서 만나는구나.
하지만 아침이 밝아 오면
허망한 거품처럼 사라져 버리네.

XLIV

나 너를 사랑했고 지금도 사랑해!
세상이 모두 무너진다 해도
내 사랑의 불꽃은
폐허 위로 솟아오를 거야.

129 〈너무나 달콤하다〉는 상투적 표현을 두 번 반복한 것은 이 표현을 패
러디하려는 의도에서 비롯된 것이라고 볼 수 있다.

130 이 연은 간주곡 9번의 마지막 연과 눈에 띄게 비슷하다. 이 마법의 나
라는 동화 속의 인도에 있다고 할 수 있다.

XLV

반짝이는 여름날 아침에
나는 정원을 거닐고 있어.
꽃들이 속삭이듯 말하지만
나는 말없이 걷기만 하지.[131]

꽃들은 속삭이듯 말하면서
나를 측은하게 바라보네.
「우리의 자매를 미워하진 마,
슬픔에 잠긴 창백한 사람아!」

XLVI

어둠의 찬란함을 뽐내며
내 사랑이 빛나네.
여름밤에 펼쳐지는 동화처럼
슬프고 우울하게.

「마법의 정원에서 두 연인이
말없이 외따로 거닌다.
밤꾀꼬리들 노래하고
달빛은 가물거린다.

131 이 시집에서 아침은 대개 꿈과 기만적 환상의 끝을 의미하는데, 여기서는 드물게도 꽃들이 말하는 꿈의 상황이 아침에 전개된다.

처녀는 초상처럼 멈추어 서고
기사는 그녀 앞에 무릎 꿇는다.
그때 황야의 거인이 나타나자
겁먹은 처녀는 도망친다.

기사는 피 흘리며 쓰러지고
거인은 비틀대며 집으로 돌아간다.」 —132
내가 무덤에 묻히고 나면
이 동화도 끝을 맞으리.

XLVII

그들은 나를 괴롭혔지,
화가 나 파리해지도록.
어떤 이는 나를 사랑해서,
어떤 이는 나를 미워해서.

그들은 내 빵에 독을 섞고
내 술잔에 독을 부었지.
어떤 이는 나를 사랑해서,
어떤 이는 나를 미워해서.133

132 마법의 정원, 연인, 밤꾀꼬리, 달빛, 기사와 거인의 싸움 등은 모두 중세 연애 문학의 모티프들이다.

133 여기서 언급하는 〈그들〉이란 주로 아말리에를 하이네로부터 떼어 놓을 작정으로 하이네에 대한 나쁜 소문을 퍼뜨리고 그를 소홀히 대접한 함부르크의 친지들을 가리키는 것으로 보인다. 하이네가 쓴 편지에 따르면 이 친

하지만 나를 가장 괴롭히고
화나게 하고 슬프게 한 그녀는
전혀 나를 사랑하지도,
미워하지도 않았어.

XLVIII

네 조그만 두 뺨엔
뜨거운 여름 한창이지만,
네 조그만 가슴엔
차가운 겨울 한창이구나.

사랑하고 사랑하는 나의 사람아,
이젠 그렇지 않을 거야!
네 뺨엔 겨울이 찾아오고
네 가슴엔 여름이 깃들 거야.

XLIX

두 사람이 헤어질 때면
서로 손을 맞잡고
눈물을 흘리며

지들 가운데 일부는 하이네에 대한 애정 때문에 그와 같은 행동을 벌였다고
한다.

한없이 한숨짓지.

우린 울지 않았어.
비통한 한숨도 짓지 않았어.
눈물과 한숨은
나중에야 나왔지.

L

다탁(茶卓) 앞에 앉아 차를 마시며
그들은 사랑에 대해 떠들어 댔어.[134]
남자들, 그들은 운치를 뽐냈고
여자들은 감정이 섬세했어.

「사랑은 플라토닉해야 합니다.」
삐쩍 마른 고문관이 말했어.
그의 부인은 비꼬는 듯 웃으면서도
「아!」 하고 한숨지었어.

성당 참사 회원이 입을 한껏 벌렸어.
「사랑이 너무 거칠어지면

134 이 시집의 시에서 도입부에 거론되는 〈그들〉은 대개 화자의 화를 돋
운 사람들이다. 여러 상황을 고려하건대 여기서의 〈그들〉은 베를린의 다회
(茶會)에 모인 사람들을 말하는 것으로 보인다. 하이네는 이 시를 쓴 시기에
작성한 한 편지에서 다회를 채찍질이라고 불렀다.

건강을 해치게 되지요.」
처녀가 조심스레 물었어. 「왜요?」

백작 부인이 서글프게 말했어.
「사랑은 열정이지요!」
그러면서 자비로운 태도로
남작에게 찻잔을 건넸어.

거기엔 빈 의자가 하나 있었지.
내 사랑아, 네가 빠졌던 거야.
내 사랑, 너는 네 사랑에 대해
아주 예쁘게 말했을 텐데.

LI

내 노래에 독이 섞여 있구나 —
어찌 안 그럴 수 있을까?
피어나는 나의 삶 속에
네가 독을 부어 넣었으니.

내 노래에 독이 섞여 있구나 —
어찌 안 그럴 수 있을까?
나는 가슴속에 수많은 뱀과[135]

135 개인적인 적들과 거짓된 친구들을 말한다.

내 사랑, 너를 품고 있으니.

LII

오래된 꿈을 다시 꾸었어.
5월의 어느 밤이었어.
우리는 보리수 아래에 앉아
영원히 변치 말자 맹세했어.

맹세에 맹세를 거듭했어.
킥킥 웃고 애무하고 입맞춤했어.
그 맹세 내가 잊지 않도록
너는 내 손을 깨물었어.

오 눈이 맑은 내 사랑이여!
오 아름답고 잘 무는 내 사랑이여!
맹세를 제대로 하였으니
깨물 것까진 없었어![136]

LIII

산꼭대기에 올라서면

---

136 여기서도 애인은 독을 품은 뱀의 모습을 지니고 있다.

내 마음 울적해지네.
「이 몸이 새라면!」[137]
수천 번 한숨짓네.

이 몸이 제비[138]라면
내 사랑, 네게 날아가리.
그리고 너의 창턱에
내 작은 집을 지으리.

이 몸이 밤꾀꼬리[139]라면
내 사랑, 네게 날아가리.
밤마다 푸르른 보리수에 앉아
내 노래를 네게 들려주리.

이 몸이 피리새[140]라면
곧장 네 가슴으로 날아가리.
너는 피리새를 좋아하니
피리새의 고통도 없애 주리.

137 이 시는 민요 「이 몸이 새라면」을 패러디한다.
138 제비는 행복을 가져다주는 영리한 새로 통하며, 창턱에 즐겨 집을 짓
는다.
139 밤꾀꼬리는 사랑의 갈망을 뜻한다.
140 피리새는 바보, 멍청이를 의미하며, 맹목적이고 순진한 애인을 뜻하
기도 한다.

LIV

명랑한 푸른 숲 사이로
내가 탄 마차가 천천히 굴러간다.
햇살 속에 신비롭게 피어오르는
꽃들 만발한 계곡을 거쳐.

마차에 앉아 생각하고 꿈꾸며
나는 내 사랑을 떠올린다.
그때 세 개의 그림자 형상들이
마차를 향해 고개 끄덕이며 인사한다.

그것들 껑충 뛰며 인상을 찌푸린다.
비웃듯이, 그러나 아주 은밀하게.
그리고 안개처럼 어울려 소용돌이치더니
킥킥대며 홀연히 앞서 사라진다.[141]

LV

꿈속에서 나는 울었어.
네가 무덤 속에 묻혀 있는 꿈이었어.
잠에서 깬 후에도 여전히
눈물이 뺨을 타고 흘러내렸어.

141 이 시는 「서정적 간주곡」의 마지막 부분을 구성하는 황량한 꿈과 가을과 밤의 영상들의 서곡 기능을 한다.

꿈속에서 나는 울었어.
네가 나를 떠나는 꿈이었어.
잠에서 깬 후에도 오랫동안
쓰라린 울음을 멈출 수 없었어.

꿈속에서 나는 울었어.
여전히 네가 날 사랑하는 꿈이었어.
잠에서 깬 후에도 여전히
쏟아지는 눈물을 멈출 수 없었어.

LVI

매일 밤 꿈속에서 너를 봐.
넌 내게 다정하게 인사하지.
나는 목 놓아 울면서
사랑스러운 네 발 앞에 쓰러져.

넌 슬픈 눈으로 나를 바라보며
귀여운 금발 머리를 가로젓고,
진주 같은 눈물방울들이
네 눈에서 하염없이 흘러내려.

넌 내게 무언가 은밀하게 속삭이고
측백나무 꽃다발을 건네주지.
잠에서 깨어 보면 꽃다발 간데없고

네가 한 말도 기억나지 않아.

LVII

바람이 윙윙대며 울부짖는다.
비 내리고 바람 부는 이 가을밤,
내 사랑은 지금 어느 곳에서
겁에 질려 가엾게 떨고 있을까?

그녀가 쓸쓸한 작은 방에서[142]
창가에 기대서 있는 게 보인다.
두 눈에 눈물 가득한 채
그녀는 밤을 응시한다.

LVIII

가을바람이 나무를 흔들어 대는
이 밤 축축하고 차갑구나.
나는 회색 외투로 몸을 감싼 채
말을 타고 외로이 숲을 달린다.

그렇게 달리는데 생각이

142 연인이 초라한 환경에 처한 것으로 묘사되는 경우는 이 시집에서 드
물다.

나를 앞서 먼저 달려 나간다.
생각은 나를 가볍고 가뿐히 들어
내 사랑의 집으로 데려가는구나.

개들이 짖어 대고 하인들은
촛불을 흔들며 나타난다.
나는 박차를 철걱거리며
나선형 계단을 뛰어오른다.

양탄자 깔린 환한 방은
향기롭고 따뜻하구나.
거기 어여쁜 사람 날 기다리고 있네 ―
나는 그녀의 품을 향해 달려든다.

바람에 나뭇잎들 사각거리고
떡갈나무가 이렇게 말한다.
「어리석은 기사여, 무엇하러
그런 어리석은 꿈을 꾸는가?」

LIX

드높은 하늘에서 반짝이던
별 하나 떨어져 내리네!
내 눈앞에서 떨어지는
그 별은 사랑의 별이라네.

사과나무에서 사과꽃들과
이파리들이 우수수 떨어지네!
장난스러운 바람이 불어와
그것들 가지고 노는구나.

연못에선 백조들 노래하며[143]
이리저리 헤엄을 치네.
노랫소리 점점 잦아들더니
백조들 물 무덤 속으로 사라지네.

참으로 고요하고 어둡구나![144]
잎과 꽃들 흩날려 사라지고,
별은 바스락대며 조각나 흩어지고,
백조의 노래도 잠잠해졌구나.

LX[145]

꿈의 신이 나를 거대한 성으로 데리고 갔다.

143 고대와 중세의 문학에서 즐겨 사용되던 백조 노래라는 모티프가 이
시집에서는 여기서 딱 한 번 나타난다.
144 모든 한시적인 것들이 흩어져 사라진 후에 남는 것은 생명도 사랑도
없는 밤뿐이다. 여기서 텅 빈 밤은 사랑의 별이 떨어진 후의 고독을 의미한다.
145 간주곡 60번과 64번은 앞의 연작 「꿈의 영상들」을 보충하는 시들로
서 1822년 2월에 발표되었다. 60~64번까지의 시들은 「꿈의 영상들」의 비극
적이고 음울한 정조를 복원시키고 있어서 「서정적 간주곡」의 보다 가벼운 분
위기와 차이가 있다.

야릇한 마법의 향기와 은은한 빛 속에서
가지각색의 사람들이 물결을 이루어
미로처럼 뒤얽힌 방들을 몰려다녔다.
손을 내뻗고 겁에 질려 울면서
창백한 무리들이 나가는 문을 찾았다.
처녀들과 기사들 모습 도드라지고,
나는 군중에 떠밀려 오락가락했다.

그러다 갑자기 혼자가 된 나는
무리가 홀연 사라진 걸 보고 놀란다.
이상하게 뒤얽힌 방들 사이로
나는 돌아다니고 뛰고 걷는다.
발에 힘이 빠지고 두려움과 고통에 사로잡혀
나는 영원히 문을 못 찾을 듯하다.
그때 겨우 마지막 문에 도착하여
나가려고 한다 ─ 오 맙소사, 저건 누구인가!

문 앞에 선 사람은 내 사랑이었다.
입가에는 고통이, 이마에는 걱정이 서려 있었다.
그녀가 되돌아가라고 손짓한다.
경고하는 건지 화가 난 건지 알 수 없는데
그녀 눈에서 달콤한 불길이 일어나
내 가슴과 머리를 파헤치고 지나간다.
엄격하고 이상하게, 그러나 다정하게
그녀 나를 쳐다볼 때, 나 잠을 깬다.

LXI

한밤중은 차갑고 고요했어.
나는 탄식하며 숲속을 헤맸어.
그리고 나무들을 흔들어 깨웠어.[146]
나무들은 동정하듯 고개를 흔들었어.

LXII

스스로 목숨을 끊은 사람은
네거리에 묻히게 되지.
거기선 파란 꽃[147]이 피어나.
불쌍한 죄인의 꽃이.

네거리에 서서 난 한숨지었어.
밤은 차갑고 고요했어.
달빛 아래 그 꽃 산들거렸어.
불쌍한 죄인의 꽃이.

---

146 하이네의 친구였던 하인리히 슈트라우베에 따르면 사람이 영면할 때 집 안의 모든 사람을 흔들어 깨워야 한다는 오래된 믿음이 있었다고 한다. 여기서의 화자는 자살하기 전에 이 믿음에 따라 나무들을 흔들어 깨우는 것으로 볼 수 있다. 숲속이어서 사람이 없기 때문에 나무들을 깨운 것이다.

147 국화과 식물인 치커리를 말한다. 독일의 민요에 따르면 길가에 붙박인 듯 서서 사랑하는 사람이 돌아오기를 기다리던 충실한 신부가 이 꽃으로 변했다고 한다. 이 꽃은 흔히 길가에 피어나는데, 중세에는 자살한 사람을 도시 앞의 길가에 묻었다. 이에 따라 여기서는 불행한 사랑과 자살이 연결되었다.

LXIII

나 어디에 있든 침울하고 갑갑한
어둠이 나를 에워싸네.
내 사랑, 반짝이는 너의 눈빛이
나를 밝혀 주지 않은 후론.

달콤한 사랑의 별이 발산하던
금빛 찬란함이 나를 떠났네.
내 발아래 심연이 입을 벌리는구나 ──
오래된 밤이여, 나를 받아 다오!

LXIV

밤이 내 눈을 뒤덮었고
입조차 꼼짝할 수 없었다.
머리와 가슴이 굳은 채
나는 무덤 속에 누워 있었다.

얼마나 오래 잠들어 있었는지
나는 짐작조차 할 수 없다.
잠에서 깨어나 보니 누군가
내 무덤을 두드리고 있었다.

「일어나지 않을래, 하인리히?

영원한 날이 밝았어.
죽은 자들은 되살아났고
영원한 기쁨이 시작되었어.」

내 사랑아, 일어날 수가 없어.
여전히 앞이 안 보여서.
눈물 때문에 내 눈이
완전히 멀어 버렸어.

「키스해 줄게, 하인리히,
밤이 네 눈을 떠나도록.
눈을 떠 천사들을 보고
하늘의 찬란함도 봐야지.」

내 사랑아, 일어날 수가 없어.
여전히 피가 흘러내려서.
네가 날 선 말로
내 가슴 찔렀던 그 자리에서.

「아주 조심스럽게, 하인리히,
내 손을 네 가슴에 얹을게.
그러면 피가 멈추고
모든 고통이 사라질 거야.」

내 사랑아, 일어날 수가 없어.
머리에서도 피가 흘러서.

내가 너를 빼앗겼을 때
이 머리에 총을 쐈거든.

「내 머리카락으로, 하인리히,
머리의 상처를 막아 줄게.
흐르는 피를 멎게 하고
네 머리를 낫게 해줄게.」

그 말 너무 따뜻하고 다정하여
나는 거절할 수 없었다.
몸을 일으켜 세워
그녀에게 다가가려고 했다.

그때 상처가 다시 터지더니
머리와 가슴에서 핏줄기가
거칠게 쏟아져 나왔다.
그리고 보라! ── 나는 잠에서 깨어났다.

LXV

해묵은 나쁜 노래들과
무섭고 불쾌한 꿈들
이제 모두 묻어 버리자.
커다란 관을 가져오라.

관 속에 많은 것을 넣을 테지만
그게 무엇인지 아직 말하지 않겠다.
관은 하이델베르크의 맥주 통보다
훨씬 더 커야 한다.

그리고 상여를 가지고 오라.
견고하고 두꺼운 널빤지로 만든 것을.
상여도 마인츠의 다리보다
훨씬 더 길어야 한다.

그리고 열두 명의 거인을 데리고 오라.
라인 강변 쾰른 대성당의
성(聖) 크리스토프[148]보다 그들은
훨씬 더 힘이 세어야 한다.

거인들은 관을 운반하여
바다에 빠뜨려야 한다.
그렇게 거대한 관은
거대한 무덤에 묻어야 하니까.

너희는 아는가, 그 관이 왜
그토록 크고 무거울지를?
나는 내 사랑과 고통 또한
거기 넣을 것이기 때문이다.

148 높이 373센티미터의 응회암 석상으로 15세기 말에 제작되었다.

귀향

Die Heimkehr

1823~1824

I

지독하게 어두운 나의 방을
한때 어여쁜 형상이 밝혀 주었다.
이제 그 어여쁜 형상 사라지고
내 주위엔 온통 어둠뿐.

아이들은 어둠에 휩싸이면
마음이 불안해지는 법.
무서움을 떨쳐 내려고
아이들은 소리 높여 노래 부른다.

어리석은 아이인 나는 지금
어둠 속에서 노래 부른다.
내 노래 흥겹지는 않지만
무서움은 사라지게 해주는구나.

II

내 마음이 왜 이리 슬픈지
영문을 알 수 없네.
옛날의 이야기 하나가
자꾸만 떠오르네.

바람 서늘하고 날 저무는데
라인 강 고요히 흐르네.
산봉우리 저녁 햇살에
눈부시게 반짝이네.

저 위에 경이롭게 앉아 있는
너무나 아름다운 처녀가
황금빛 장신구 반짝이며
황금빛 머리카락 빗고 있네.

황금 빗으로 머리 빗으며
그녀가 노래 부르네.
그 노래 선율 참으로
경이롭고 강력하구나.

그 노래 격한 슬픔으로
작은 배의 뱃사공 사로잡네.
그 사람 암초는 보지 않고
산봉우리만 올려다보네.

결국 뱃사공과 그 배를
물결이 삼켜 버리겠지.
그리고 그건 노래를 부른
로렐라이의 소행이야.

III

내 마음, 내 마음 이렇게 슬픈데
5월은 명랑하게 빛나는구나.
나는 높이 솟은 옛 성루 위
보리수에 기대서 있다.[149]

저 아래엔 도시의 푸른 해자(垓字)
말없이 고요히 흐르고 있다.
한 소년이 거룻배를 타고
낚시하며 휘파람 분다.

그 너머로는 갖가지 형상들이
조그맣고 다정하게 보이는구나.
여러 정자와 정원과 사람들,
그리고 황소와 초원과 숲.

149 하이네의 동생 막시밀리안 하이네에 따르면, 여기서 묘사되는 풍경은
하이네가 1822년에서 1826년까지 살았던 뤼네부르크의 성루 주변 풍경과
일치한다고 한다.

처녀들은 빨래를 하다가
풀밭 뛰어다니며 노는구나.
물레방아는 금강석 가루 흩뿌리고,
그 쿵덕대는 소리 어렴풋이 들린다.

오래된 잿빛 탑 옆에는
초소 하나가 서 있구나.
빨간 제복[150]을 입은 청년이
그 앞에서 오락가락한다.

청년이 움직이는 소총이
붉은 햇살에 반짝거린다.
그가 받들어총, 어깨총을 한다.
그가 나를 사살해 주면 좋겠다.

IV

숲속을 걸으며 울고 있는데
저 높이 나뭇가지에 앉은 지빠귀
포르르 날아오르며 멋지게 노래하네.
「무엇이 그렇게 슬퍼?」

「애야, 네 자매인 제비들이

150 당시 하노버 왕국 병사의 제복이 빨간색이었다.

네게 말해 줄 수 있을 거야.
내 사랑의 창가에 능숙히 지어 놓은
그 둥지가 제비들의 집이니까.」

V

젖은 밤, 세찬 바람 불고
하늘엔 별 하나 없구나.
나무들 부르짖는 숲속을
나는 말없이 걸어간다.

멀리 외진 산지기 오두막에서
작은 불빛 하나 가물거린다.
불빛이여, 나를 유혹하지 마라.
거긴 지긋지긋한 곳이니까.

거기 가죽 팔걸이의자엔
눈먼 할머니가 앉아 있지.
스산하고 석상처럼 굳어 있는
그 할머니 한마디도 하지 않아.

산지기의 빨간 머리 아들은
욕해 대며 이리저리 서성이다
소총을 벽에다 내던지고는
분노와 경멸의 웃음을 터트리지.

물레 잣던 아름다운 딸은
눈물로 아마포를 흠뻑 적시고
아버지가 키우는 오소리는
낑낑대며 그녀 발에 달라붙지.

VI[151]

여행 중에 나는 우연히
내 사랑의 가족을 만났다.
여동생과 아버지와 어머니,
그들은 날 보고 반가워했다.

그들은 내 안부를 묻더니
곧바로 이렇게 말했다.
내 모습 예전 그대로지만
얼굴이 창백하다고.

나는 여러 아주머니들과
재미없는 녀석들 안부를 묻고
온순하게 짖어 대던 작은 개도
잘 지내는지 물어보았다.

151 하이네의 여동생 샤를로테 하이네가 1823년 7월 22일에 올린 결혼식
을 계기로 함부르크에서 이루어진 큰 가족 모임 이후에 집필된 시다. 당시 하
이네는 함부르크에 2주 동안 머물렀다.

시집간 내 사랑[152]의 안부도
지나가듯 물어보았다.
그들은 친절하게 대답했다.
그녀가 지금 임신 중이라고.

나는 다정히 축하해 주며
정성을 담아 나지막이 말했다.
그녀에게 나의 충심을 담은
수천 번의 인사를 전해 달라고.

그때 여동생이 불쑥 말했다.
「온순하던 그 작은 개는
자란 후에 미쳐 버렸고,
라인 강에 빠져 죽었어요.」

여동생은 내 사랑을 닮았다.
특히 웃음을 지을 때면.
나를 이토록 비참하게 만든
언니의 눈을 쏙 빼닮았다.

VII[153]

우리는 어부의 집 옆에 앉아

152 아말리에는 1821년에 결혼했다.

바다를 바라보았다.
저녁 안개 몰려와
하늘로 피어올랐다.

등대에는 차례로
등불이 켜지고
바다 먼 곳엔 아직
배 한 척 떠 있었다.

우리는 폭풍과 난파와
어부들에 대해 이야기했다.
하늘과 물, 걱정과 기쁨 사이를
떠도는 그들의 삶에 대해.

우리는 이야기했다.
먼 나라의 해변, 북방과 남방,
기이한 종족들과
그들의 기이한 풍속에 대해.

향기롭게 반짝이는 갠지스 강변엔
거대한 나무들 꽃을 피우고
아름답고 조용한 사람들이
연꽃들 앞에 무릎을 꿇지.

153 「귀향」의 7~12번까지, 그리고 14번 시는 하이네가 1823년 7월 23일
부터 9월 1일까지 북해 연안의 항구 도시 쿡스하펜에 체류한 것을 계기로 작
성되었다.

라플란드[154]의 더러운 사람들은
납작한 머리와 큰 입에 키가 작아.
불가에 웅크려 앉아 생선을 구우며
꽥꽥 소리를 질러 대지.

소녀들은 진지하게 듣는다.
이윽고 아무도 말하지 않고
배도 어디론가 사라졌구나.
어둠이 아주 깊어졌구나.

VIII

아름다운 어부의 딸이여,
거룻배 저어 물가에 대고
여기로 와 내 곁에 앉아.
우리 서로 손을 매만지자.

네 머리 내 가슴에 누이고
너무 무서워하진 마.
너는 매일 두려움 없이
거친 바다에 몸 맡기잖아.

내 가슴은 바다와 똑같아.

154 스칸디나비아 반도의 북부 지역.

폭풍과 밀물과 썰물이 있지.
그리고 그 깊은 바닥에는
예쁜 진주들이 쉬고 있어.

IX

달이 떠올라
물결 비춘다.
내 사랑 끌어안으니
우리 가슴 부푸네.

사랑스러운 사람의 품에 안겨
나는 호젓이 해변에서 쉰다.
「바람결에 무슨 소리 들리니?
왜 하얀 손을 떨고 있니?」

「저건 바람 소리가 아니라
인어들의 노랫소리야.
인어들은 내 자매들이야.
언젠가 바다가 삼켜 버린.」

X

바람이 바지를 입는구나,

하얀 물로 지은 바지를!¹⁵⁵
바람은 힘껏 물결 때리고
울부짖고 휘몰아치며 날뛴다.

검은 하늘에서 빗줄기가
거칠게 쏟아져 내리니
오랜 밤이 오랜 바다를
익사시키려는 듯하구나.

돛대에 매달린 갈매기들
목 놓아 울부짖고 아우성친다.
파닥거리며 겁에 질린 목소리로
불행을 예언하려 하는구나.

XI

폭풍이 춤곡을 연주하는구나.
휘파람 불고 으르렁대고 포효한다.
이런! 배가 마구 요동친다!
이 밤, 유쾌하고 거칠구나.

일렁이는 물의 산맥을
날뛰는 바다가 일으킨다.

155 회오리바람이 만들어 내는 물기둥을 말한다.

여기선 검은 심연이 입 벌리고
저기선 하얀 거품 하늘로 치솟네.

욕설과 구토와 기도의 소리가
객실로부터 울려 퍼진다.
돛대를 꽉 붙잡은 채 나는
후회한다. 그냥 집에 있을걸.

XII

날은 차츰 저물어 가고
안개가 바다를 뒤덮는다.
파도들 신비롭게 출렁이다가
저기서 하얗게 치솟는구나.

물결 헤치고 나온 인어가
해변에 있는 내 옆에 앉는다.
몸을 감싼 베일 위로
하얀 가슴 솟아 있구나.

인어가 너무 세게 끌어안아
나는 거의 아플 지경이다 ――
「아름다운 물의 요정이여,
날 너무 세게 안고 있어!」

「나 두 팔로 당신을
이렇게 힘껏 끌어안는 건
몸을 데우기 위해서야.
저녁이 너무 추워.」

높이 뜬 어스레한 구름 사이로
달은 점점 창백하게 내려다본다.
「아름다운 물의 요정이여,
네 눈빛이 점점 더 흐려지고 젖어 가!」

「더 흐려지고 젖어 가는 건 아냐.
내 눈이 흐리고 젖어 있는 건
물결 사이로 빠져나올 때
물방울 하나가 눈에 남아서야.」

갈매기들 구슬프게 울어 대고
바다는 요란하게 날뛴다 —
「아름다운 물의 요정이여,
네 가슴이 요동치며 뛰고 있어!」

「내 가슴이 요동치며 뛰는 건,
뛰면서 요동치는 건,
당신을 너무나 사랑해서야,
그대 사랑스러운 사람이여!」

XIII

사랑스러운 어린 소녀여,
아침에 네 집을 지나칠 때
네 모습 창가에 보이면
나는 몹시 즐거워.

짙은 갈색 눈으로 너는
나를 찬찬히 살펴보지.
「낯설고 병든 이여,
당신은 누군가요, 뭘 원하나요?」

「난 독일 땅에서 잘 알려진
독일의 시인이랍니다.
가장 훌륭한 사람들을 꼽을 땐
내 이름도 함께 등장하지요.

어린 소녀여, 내가 원하는 건
독일 땅의 여러 사람들도 원해요.
가장 아픈 고통들을 꼽을 땐
내 고통도 함께 등장하지요.」

XIV

바다는 마지막 저녁 햇살에

저 멀리까지 반짝거렸고
외로이 서 있는 어부의 집에
우리 둘만 말없이 앉아 있었네.

안개 피어오르고 물 불어나고
갈매기 이리저리 날아다녔네.
네 눈에선 사무치는 사랑을 담은
눈물방울들 뚝뚝 떨어져 내렸네.

그 눈물 네 손 위에 떨어지고
나는 네 앞에 무릎을 꿇어
너의 새하얀 손에 묻은
그 눈물 모두 마셔 버렸지.

그때부터 내 몸은 야위어 가고
그리움에 영혼도 죽어 가네.
가엾은 그녀가 흘린 그 눈물
독이 되어 나를 병들게 했네.

XV

저기 저 산 위에
멋진 성 하나 서 있지.
거기 사는 예쁜 세 아가씨들,
모두 나를 사랑하고 있어.

토요일엔 예테가 내게 키스하고
일요일엔 율리아가,
월요일엔 쿠니군데가 키스해.
그녀에게 눌려 죽을 뻔했어.

하지만 화요일엔 나의 세 아가씨들
성에서 파티를 열곤 했지.
이웃의 신사와 숙녀들이
마차와 말을 타고 성으로 왔어.

하지만 나는 초대받지 못했어.
너희들 그건 잘못한 거야!
속닥거리기 좋아하는 아주머니들
그걸 알고 킥킥 웃어 대었지.

XVI

저 멀리 지평선에
안개에 싸인 풍경처럼
석양에 물든 도시가
탑들과 함께 나타나네.[156]

축축한 바람이 불어와

156 함부르크를 말한다. 함부르크의 도시 문장에는 세 개의 탑이 그려져
있다.

잿빛 수로[157]에 잔물결 일으키고
내가 탄 배의 사공은
서글픈 박자로 노를 젓는다.

태양이 다시 한 번 빛 뿌리며
땅을 박차고 솟아올라
내가 그녀를 잃어버린
그 자리를 보여 주는구나.[158]

XVII

크고 신비로운 도시여,
잘 있었느냐.
한때 너는 내 사랑을
품 안에 품고 있었지.

말하라, 탑들과 성문들이여,
내 사랑은 어디 있느냐?
너희에게 그녀를 맡겨 놓았으니
너희가 책임을 져야 한다.

탑들은 죄가 없구나.

157 함부르크를 관통하는 엘베 강을 말한다.
158 하이네의 삼촌인 잘로몬 하이네의 별장이 엘베 강변에 있었다. 이 별
장의 정원에서 하이네는 사촌 아말리에에게 사랑을 고백했지만 거절당했다.

내 사랑이 가방과 상자들 꾸려
황급히 도시를 떠나던 그때[159]
탑들은 꼼짝할 수 없었으니.

하지만 성문들은 내 사랑이
조용히 달아나게 내버려 뒀다.
어리석은 여자가 무엇을 원하든
성문은 언제나 다 들어주지.

XVIII

나 이렇게 옛길을 다시 걷는다.
너무나 익숙한 골목길들을.
내 사랑이 살던 집에 와보니
그 집 텅 비고 쓸쓸하구나.

거리가 끔찍하게 좁구나!
포석들 상태도 형편없구나!
집들도 머리 위로 무너질 것 같다!
나는 황급히 그곳을 떠난다!

XIX

나 그 방에 들어갔었다.
그녀가 내게 사랑을 맹세했고
한때 눈물을 쏟았던 그 방에.
이젠 거기 뱀들이 기어다녔다.

XX

밤은 고요하고 골목길 텅 비었구나.
이 집에 내 사랑이 살았었지.
그녀 도시를 떠난 지 오랜데
이 집은 여전히 한곳에 서 있구나.

저기 또 한 남자 서서 올려다보며
고통에 휩싸여 두 손 모아 흔드네.
그 사람 얼굴을 보자 소름이 끼친다 —
달이 보여 준 건 나 자신의 형상.

너 도플갱어야! 파리한 놈아!
내 사랑의 고통을 왜 흉내 내느냐?
수많은 밤 바로 이 자리에서
한때 나를 괴롭혔던 그 고통을.

XXI

나 이렇게 살아 있는 것 알면서도
너는 어떻게 편안히 자는 거지?
옛날의 분노가 되살아나면
내 멍에를 때려 부술 거야.

너 그 옛 노래 아니?
옛날에 어떤 죽은 소년이
깊은 밤 사랑하는 여인을
자기 무덤으로 불러들였다는.

너무나 아름답고 귀여운 사람아,
나의 이 말을 잘 들어 둬.
나는 살아 있고, 모든 죽은 자들보다
훨씬 더 강력한 힘을 갖고 있어!

XXII

처녀가 잠들어 있는 방 안에
달빛이 떨면서 비쳐 드네.
밖에선 왈츠 가락 같은
노랫소리 연주 소리 들리네.

「아래에서 누가 내 평온을 방해하는지

창밖을 한번 내다봐야겠어.」
거기선 죽은 자의 해골이 서서
바이올린 켜며 노래하고 있네.

「넌 나와 춤추겠다 약속해 놓고
그 약속을 지키지 않았어.
오늘 교회 묘지에서 무도회 열리니
우리 같이 가서 춤을 추자.」

해골은 처녀를 강력히 사로잡아
그녀를 집 밖으로 꾀어내네.
그녀는 앞에서 노래하고 연주하는
해골을 뒤따라 걸어가네.

해골은 연주하고 춤추고 깡충 뛰고
뼈다귀들 부딪쳐 달그락대네.
달빛에 비치는 두개골을
음산하게 자꾸 주억거리네.

XXIII

어두운 꿈속에 서서 나는
그녀의 초상을 응시했다.
내가 사랑하던 그 얼굴이
서서히 살아나기 시작했다.

189

그녀 입가에 경이롭게
웃음 한 조각 서리고
슬픈 눈물 맺힌 듯
두 눈이 반짝였다.

그리고 나의 눈물도
빰을 타고 흘러내렸다 ─
아, 나는 믿을 수가 없네,
내가 너를 잃었다는 걸!

XXIV

나는 불쌍한 아틀라스! 세상을,
고통의 온 세상을 짊어져야 한다.
짊어질 수 없는 걸 짊어진 나는
가슴 속 심장이 터져 버릴 것 같다.

너 오만한 심장이여! 네가 원한 것이다!
행복을, 가없는 행복을 갖지 못한다면
불행을 원했지, 너 오만한 심장이여.
그래서 이제 너는 불행하구나.

XXV

계절은 왔다가 또 지나가고
사람들 차례로 무덤에 묻히지만
내 가슴이 품고 있는 사랑은
영원히 사라지지 않으리라.

단 한 번 그대를 다시 볼 수 있다면
그대 앞에 무릎 꿇고 주저앉아
죽음을 맞으며 이렇게 말하리라.
「부인, 당신을 사랑합니다!」[160]

XXVI

꿈을 꾸었다. 달빛이 슬펐고
별들도 슬프게 빛났다.
나는 꿈에 실려 수백 마일 떨어진,
내 사랑이 사는 도시로 갔다.

그리고 그녀 집에 도착한 나는
그녀의 작은 발이 밟고 또 밟은,
그녀의 긴 옷자락이 거듭 스쳐 간
돌계단에 입을 맞추었다.

160 귀부인에 대한 사랑을 지켜 오다가 죽는 순간에야 비로소 그 부인 앞
에서 사랑을 고백하는 남자의 모티프는 중세의 궁정 문학에서 따온 것이다.

밤은 길었고, 밤은 차가웠다.
계단의 돌들도 아주 차가웠다.
누군가 달빛에 비친 창백한 모습으로
창가에 서서 바깥을 내다보고 있었다.

XXVII

이 눈물 한 방울 왜 맺히는가?
눈앞을 이렇게 흐려 놓으면서.
옛날에 생긴 눈물 한 방울
지금까지 내 눈에 남아 있었구나.

이 눈물에게도 언젠가 자매들이 있었지.
무수히 반짝이던 그 자매들
모두 내 고통 내 기쁨과 함께
밤과 바람에 실려 흩어졌네.

푸르른 작은 별들도
안개처럼 흩어져 사라졌구나.
내 가슴에 그 기쁨과 고통을
미소로 전해 주던 별들.

아, 나의 사랑마저도
덧없는 입김처럼 사라졌네!
오래된 쓸쓸한 눈물아,

너도 이제 그만 사라지거라!

XXVIII

창백한 가을 반달이
구름 사이로 내다본다.
교회 묘지엔 적막한 목사관이
몹시도 쓸쓸하게 서 있다.

어머니는 성경을 읽고
아들은 등불을 쳐다본다.
큰딸은 졸려서 기지개 켜고
어린 딸은 이렇게 말한다.

「아이고 하느님, 여기서는
하루하루가 너무 지겨워!
장례식이라도 열려야
구경할 게 있을 텐데.」

어머니가 책 읽으며 말한다.
「기대하지 마, 네 아버지를
저 묘지 문 옆에 묻은 후로
기껏 네 명이 죽었어.」

큰딸이 하품하며 말한다.

「난 여기서 굶어 죽긴 싫어.
내일 백작님께 갈 거야.
그분은 날 사랑하고 부자거든.」

아들이 웃음을 터뜨린다.
「별(星) 여관에서 술 마시는 세 사냥꾼은
황금을 만들 줄 아는데
그 비밀을 내게 기꺼이 알려 줘.」

어머니가 아들의 야윈 얼굴에
성경을 냅다 집어 던진다.
「하느님의 저주를 받을 놈아,
노상강도가 되겠다는 거냐!」

그때 바깥에서 누군가
창문 두드리며 손짓한다.
검은 목사 예복을 입은
죽은 아버지가 바깥에 서 있다.

XXIX

날씨가 나쁘구나.
비 내리고 폭풍 치고 눈 내린다.
나는 창가에 앉아
바깥의 어둠을 내다본다.

저기 외로운 불빛 하나
어슴푸레 빛나며 천천히 나아간다.
작은 엄마가 작은 등불 들고
비척대며 길을 건너간다.

아마도 밀가루와 달걀과
버터를 사서 가는 듯하다.
큰딸에게 먹이려고
케이크를 만들려는 것이리라.

딸은 집의 팔걸이의자에 앉아
불빛을 보며 졸린 듯 눈 깜빡인다.
흘러내린 금발 머리카락이
귀여운 얼굴 위로 물결친다.

XXX

내가 쓰라린 사랑의 고통 때문에
괴로워한다고 사람들은 생각하지.
결국은 나 자신 또한
그들처럼 생각하게 되었어.

커다란 눈의 작은 소녀야,
난 언제나 네게 말했지.
말할 수 없이 너를 사랑한다고,

사랑이 내 가슴을 갉아먹는다고.

하지만 아무도 없는 방 안에서만
나는 그렇게 말했어.
아! 네 앞에선 난 언제나
한마디 말도 하지 못했어.

나쁜 천사들이 내 입을
꽉 닫아 놓았던 거야.
아! 나쁜 천사들 때문에
나 지금 이토록 비참하구나.

XXXI

너의 새하얀 백합 손가락에
다시 한 번 입 맞추고
그 손가락 내 가슴에 꼭 누른 채
고요히 흐느끼며 스러질 수 있다면!

너의 맑은 제비꽃 눈동자가
밤낮으로 눈앞에 아른거리네.
의문 하나가 나를 괴롭히네.
무얼까, 이 달콤하고 파란 수수께끼는?

XXXII

「사랑에 빠진 네 모습을 보고
그녀는 아무 말도 하지 않았니?
그녀의 눈동자 속에서 너는
한 번도 사랑을 읽을 수 없었니?

너는 그녀의 눈동자 속에서
한 번도 영혼을 알아보지 못했니?
내 소중한 친구야, 평소에 너는
이런 일에 바보가 아니잖아.」

XXXIII

두 사람은 서로 사랑했지만
아무도 고백하려 하지 않았지.
서로를 미워하듯 바라봤지만
사랑 때문에 죽을 것만 같았어.

결국 둘은 서로 헤어졌고
가끔 꿈속에서만 다시 만났지.
그들 죽은 지 이미 오래,
두 사람은 거의 아무것도 몰랐어.

XXXIV

내가 너희에게 고통을 하소연했을 때,
너희는 하품만 하고 아무 말도 안 했지.
하지만 그 고통을 멋진 시로 그렸을 때,
너희는 내게 뜨거운 찬사를 보냈지.

XXXV

내가 악마를 부르니 그가 왔다.
나는 놀라서 그를 쳐다보았다.
그는 흉측하지도 다리를 절지도 않는다.[161]
사랑스럽고 매력적인 남자다.
한창 나이의 사나이로서
정중하고 공손하고 처세에 능숙하다.
그는 재치 있는 외교관이며
교회와 국가에 대해 능변을 펼친다.
좀 창백하지만 그도 그럴 것이
산스크리트어[162]와 헤겔[163]을 공부 중인 것이다.

---

161 기독교의 악마는 흔히 염소나 말의 다리를 달고 절룩거리며 걷는 모습으로 묘사된다.

162 하이네는 1821년과 1822년 겨울 학기에 베를린에서 산스크리트어와 문학 강의를 들었다. 그 후로 인도 문학을 열성적으로 공부했고, 초기작에서는 이 공부의 흔적이 자주 나타난다.

163 하이네는 1822년과 1823년 겨울 학기에 헤겔이 개설한 세계사의 철학 강의에 참석했고, 그와 개인적으로도 알게 되었다. 이후 헤겔의 사상은 하

그가 좋아하는 시인은 여전히 푸케[164]이지만
이제 비평은 하지 않을 생각이다.
비평은 존경하는 할머니 헤카테[165]에게
모조리 맡겨 놓았다.
그는 나의 법률 공부를 칭찬했는데
예전엔 그도 법률 공부를 했다.
그는 나와의 우정을 소중히 생각한다며
고개를 끄덕이다 내게 물었다.
우리가 이미 스페인 공사의 집에서
한 번 만난 적이 있지 않으냐고.
그의 얼굴을 찬찬히 살펴보고 나는
그가 옛날에 알던 사람임을 깨달았다.[166]

XXXVI

친구여, 악마를 우습게 여기지 마라.
인생의 행로는 참으로 짧고
영원한 저주는
우중(愚衆)의 단순한 망상이 아니니.

이네의 작품에 오래도록 영향을 미쳤다.
　　164 Friedrich de la Motte Fouqué(1777~1843). 낭만주의 시대의 문인
으로서, 당대에 상당한 영향을 미쳤고 하이네도 그를 모범으로 삼았다.
　　165 그리스 신화에 등장하는 밤과 지하 세계의 여신이지만, 여기서는 주
로 비평문들을 싣던 당대의 문학잡지 『헤카테』를 지칭한다.
　　166 하이네는 이 사람이 어떤 실존 인물을 지칭하는지에 대해 말하지 않
았다.

친구여, 너의 빚을 갚아라.
인생의 행로는 참으로 길고
너는 지금껏 자주 그랬듯이
앞으로도 더러 빚을 져야 할 테니.

XXXVII

동방에서 온 성스러운 세 왕이
도시마다 이렇게 묻고 다녔다.
「사랑스러운 소년들, 소녀들아,
베들레헴으로 가는 길이 어디냐?」

젊은이든 늙은이든 길을 몰랐다.
왕들은 계속 길을 걸었다.
사랑스럽고 명랑하게 빛나는
금빛 별 하나를 좇아갔다.

요셉의 집 위에서 별이 멈추자
그들은 집 안으로 들어갔다.
송아지는 음매 울고, 아기는 울부짖고,
성스러운 세 왕은 노래를 불렀다.

XXXVIII

아이야, 우린 아이들이었지.[167]
조그맣고 즐거운 아이들이었어.
우리는 닭장에 기어들어 가
짚 속에 몸을 숨겼어.

우리는 수탉처럼 울어 댔지.
사람들이 지나갈 때
〈꼬끼오!〉 하고 울면 그들은
수탉이 외치는 거라고 생각했어.

우리 집 마당에 있던 상자들에
온통 벽지를 바르고
그 안에서 함께 살면서
고상한 가정을 꾸렸어.

이웃집에 살던 고양이가
우리 집에 자주 놀러 왔지.
우린 허리를 숙이고 무릎을 꿇고
아주 공손한 인사말을 했지.

염려하는 다정한 말투로

167 이 시는 하이네가 어린 시절 뒤셀도르프의 생가에서 여동생 샤를로테와 함께 놀던 시절을 회상하는 내용이다. 하이네는 샤를로테와 말이 가장 잘 통하고, 그녀와 함께 있을 때 가장 마음이 편하다고 느꼈다.

고양이의 안부를 물었어.
그 후로 늙은 고양이를 만나면
자주 똑같은 말을 해주었지.

나이 든 사람들처럼 함께 앉아
분별 있는 말들을 주고받았고,
우리가 젊었을 땐 모든 것들이
훨씬 더 좋았다며 투덜거렸어.

우린 불평했지. 사랑과 신의와 믿음이
세상에서 자취를 감추었다고,
커피가 너무 비싸졌다고,
갈수록 돈이 부족하다고! — — —

그렇게 놀던 어린 시절 지나가고
모든 것들 우릴 지나쳐 사라졌구나.
돈과 세상과 시절들도,
믿음과 사랑과 신의도.

XXXIX

울적한 마음으로 나는
옛 시절을 떠올리며 그리워한다.
그때는 세상이 살기 좋았고
사람들은 평화로운 나날을 보냈지.

하지만 이제 모든 게 달라졌구나.
모두 서로 밀친다! 고생뿐이다!
하늘에선 하느님이 죽었고,
땅에선 악마가 죽었다.

온 세상이 음울하게 찌푸리고 있다.
지독하게 뒤얽히고 썩고 차가워졌다.
조금의 사랑마저 남지 않았다면
어디에도 기댈 곳 없었으리라.

XL

검은 구름의 베일 사이로
달이 비집고 나와 빛을 던지듯
어두운 시절로부터 내게
환한 그림 하나 떠오른다.

우린 모두 어엿이 갑판에 앉아
라인 강을 타고 내려갔다.
여름의 푸르른 강변이
저녁 햇살에 타오르고 있었다.

생각에 잠긴 채 나는 아름답고 사랑스러운
어느 숙녀의 발치에 앉아 있었다.
그녀의 어여쁘고 창백한 얼굴에

황금빛 태양이 붉게 어른거렸다.

류트가 울리고 소년들 노래하니
참으로 멋지고 흥겨웠다!
하늘이 더욱 푸르러졌고
영혼도 드넓게 펼쳐졌다.

산과 성, 숲과 들판이
동화처럼 우리 곁을 지나갔다 —
그리고 나는 보았다, 그 모든 것들이
아름다운 여인의 눈에서 반짝이는 것을.

XLI

꿈속에서 내 사랑을 보았다.
근심과 걱정에 휩싸여 있었다.
평소에 만발하던 그녀의 몸은
시들고 쇠락한 모습이었다.

그녀는 한 아이를 안아 들고
다른 아이는 손을 잡고 이끌었다.
걸음걸이와 눈빛과 옷차림엔
가난과 고생이 묻어 있었다.

휘청이며 시장을 가로지르다

그녀는 나를 만나게 되었다.
그녀는 나를 보고, 나는 조용히
그리고 비통하게 그녀에게 말한다.

「나와 함께 내 집으로 가.
당신은 창백하고 병들었어.
내가 열심히 일해서 당신에게
먹을 것과 마실 것을 마련해 줄게.

내가 돌보고 보호해 줄 거야.
당신 곁에 있는 아이들을.
하지만 누구보다 바로 당신을,
불행에 빠진 가여운 당신을.

내가 당신을 사랑했다는 건
끝까지 말하지 않을 거야.
어느 날 당신이 죽으면 나는
당신 무덤 위에서 울 거야.」

XLII[168]

「소중한 친구여! 흘러간 옛 노래를

168 하이네는 그의 초기 시들이 사랑의 고통만 일면적으로 부각시킨다는
비난을 종종 들어야 했다. 이 시는 이런 비난에 대해 자기 아이러니로 대답하
고 있다.

끝없이 연주해 봐야 무슨 소용인가?
옛사랑의 알을 품은 채
그렇게 영원히 앉아 있을 건가?

아! 그건 끝없는 장광설일 뿐.
병아리들은 껍질을 까고 나와
삐악삐악 울고 파닥거리지.
넌 그것들을 책 속에 가두고 있어.」

XLIII

너희들 마음 졸이지 마라.
내가 방금 부른 노래에서
오래된 고통의 소리가
때때로 소리 되어 들린다 해도.

기다려라, 내 고통이 자아내는
이 메아리도 점점 잦아드리니.
그리하여 새로운 노래의 봄이
치유된 가슴에서 싹트리니.

XLIV

이제 내가 정신을 차리고

모든 어리석음을 내던질 때야.
오랫동안 나는 희극 배우가 되어
너와 함께 희극을 공연했지.

아주 낭만적인 양식으로
무대의 화려한 세트를 꾸몄고
내 기사 망토는 금빛 찬란했어.
나는 아주 멋진 감정들을 느꼈어.

이제 그 정신 나간 쓰레기들을
모조리 벗어 내던졌지만
여전히 기분은 비참하구나.
희극을 계속 공연하는 것처럼.

오 하느님! 장난치면서 무의식중에
나는 내 느낌을 말해 버렸습니다.
내 가슴속의 죽음과 싸우는
죽어 가는 검객을 연기했습니다.[169]

XLV

비스와미트라 왕은
한순간도 추구를 멈출 줄 몰랐다.

---

169 어리석고 나르시시즘적인 낭만주의를 거부한 결과, 죽음의 위협을
받게 되었다는 뜻이다.

그는 전투와 참회를 통해
바시슈타의 암소를 가지려 했다.[170]

오, 비스와미트라 왕이여,
그저 암소 한 마리를 얻기 위해
그토록 많은 전투와 참회를 하다니
오, 당신은 놀라운 황소군요!

XLVI

가슴아, 내 가슴아, 애태우지 마라.
그리고 네 운명을 견뎌 내어라.
겨울이 네게서 앗아 간 것을
새봄이 네게 되돌려 주리니.

네게 남은 게 얼마나 많으냐,
세상은 아직 얼마나 아름다우냐!
그리고 가슴아, 넌 네 맘에 드는
모든 걸, 그 모든 걸 사랑해도 좋아!

170 고대 인도의 대서사시 『라마야나』에 등장하는 비스와미트라 왕은 바
시슈타가 가진 암소 난디니를 빼앗으려고 했다. 난디니는 속세의 모든 재화
들을 만들어 주는 신성한 암소였다. 그런데 난디니가 무수한 병사들을 만들
어 내자 전쟁이 시작되었고, 난디니가 만들어 낸 병사들이 비스와미트라 왕
의 병사들에게 승리하였다. 전쟁에서 패한 후, 비스와미트라 왕은 천 년 동안
참회의 생활을 한다.

XLVII

너는 한 송이 꽃과 같이
귀엽고 아름답고 순결하구나.
너를 바라보고 있노라면
애수가 가슴에 스며든다.

너의 머리에 두 손을 얹고
주님께 기도해야 할 것만 같아.
언제나 네가 귀엽고 아름답고
순결하게 남아 있게 해달라고.[171]

XLVIII

내 사랑아! 너를 망치기 싫어.
그래서 너의 사랑스러운 가슴이
날 향한 사랑으로 타오르지 않도록
이렇게 안간힘을 쓰고 있어.

하지만 그게 너무 쉬워서
내 마음 울적해질 것 같아.
때론 이런 생각을 하게 돼.
그래도 날 사랑하면 좋겠다고!

171 이 작은 시는 지극히 큰 사랑을 받아 1885년까지 무려 222번이나 작곡되었다. 그때까지 「로렐라이」는 39번 작곡되었다.

XLIX

밤과 베개에 파묻혀
잠자리에 누워 있노라면
귀엽고 우아하고 사랑스러운
그 모습 눈앞에 아른거리네.

살그머니 졸음이 찾아와
나의 눈이 감기자마자
그 모습 나의 꿈속으로
살금살금 스며들어 오네.

아침에 꿈에서 깨어나도
그 모습 또렷이 남아 있네.
그러면 나는 하루가 다 가도록
그 모습 가슴에 품고 다니네.

L

조그만 입술이 붉은 소녀야,
두 눈 귀엽고 맑은 소녀야,
사랑스러운 나의 작은 소녀야,
나는 언제나 네 생각뿐이야.

오늘처럼 긴 겨울 저녁엔

너와 함께 있고 싶구나.
우리 둘만의 작은 방에서
네 곁에 앉아 얘기하고 싶어.

네 조그맣고 하얀 손으로
내 입가를 누르고 싶고,
네 조그맣고 하얀 손을
내 눈물로 적시고 싶어.

LI

바깥에선 눈이 높이 쌓이고
우박이 쏟아지고 폭풍이 몰아쳐
창문이 덜컹대며 흔들린다 해도
나 아무 불평도 하지 않으리.
내 사랑의 모습과 명랑한 봄을
내 가슴속에 간직하고 있으니.

LII

누구는 마리아에게 기도하고
누구는 바울과 베드로에게 기도하지만
나는 오직 네게만 기도하리라,
너, 나의 아름다운 태양이여.

내게 키스해 다오, 내게 기쁨을 다오.
나를 따뜻하게, 나를 자비롭게 대해 다오.
소녀들 중에 가장 아름다운 태양이여,
태양 아래 가장 아름다운 소녀여!

LIII

나의 창백한 얼굴이 네게
사랑의 고통을 일러 주지 않아?
이 자존심 센 입술이 네게
구걸하는 말을 털어놓길 원해?

오, 이 입은 너무 자존심이 세지.
키스하고 농담만 할 수 있을 뿐이야.
내가 고통으로 죽을 지경이라도
아마 비웃는 말만 내뱉을 거야.

LIV

소중한 친구여, 사랑에 빠졌구나.
새로운 고통에 괴로워하는구나.
네 머리는 점점 더 어두워지고
네 가슴은 점점 더 밝아질 거야.

소중한 친구여, 사랑에 빠졌구나.
하지만 인정하지 않으려 하는구나.
그래도 나는 네 조끼 사이로
벌써 심장이 활활 타는 게 보여.

LV

나는 네 옆에 머무르면서
네 곁에서 쉬고 싶었어.
넌 내게서 달아나야 했지.
할 일이 무척 많았으니까.

나는 말했지, 내 영혼은
오롯이 네게 빠져 있다고.
너는 큰 소리로 웃으면서
무릎 굽혀 내게 절했어.

넌 내가 사랑의 환멸을
더욱 뼈저리게 느끼게 했고
결국 나를 떠날 때에도
작별의 키스조차 하지 않았어.

내 처지가 아무리 비참해도
자살할 거라고 생각하진 마.
내 사랑아, 이 모든 것들을

나는 벌써 한 번 겪어 보았어.

LVI

너의 두 눈은 사파이어,
귀엽고 어여쁜 사파이어.
오, 네 눈이 사랑으로 인사하는
그 남자 세 배로 행복하리라.

네 마음, 그건 다이아몬드,
고귀한 빛 뿌리는 다이아몬드.
오, 그 마음이 사랑의 빛 전하는
그 남자 세 배로 행복하리라.

너의 입술은 루비,
그보다 더 아름다운 건 없어.
오, 그 입술이 사랑을 고백하는
그 남자 세 배로 행복하리라.

오, 내가 그 행복한 남자를 안다면,
오, 그가 푸르른 숲속에서
혼자 있는 걸 보게 된다면,
그의 행복은 곧장 끝나리라.

LVII

내가 한 사랑의 거짓말들이
네 가슴에 나를 꽁꽁 묶었네.
내가 자은 실에 스스로 묶여
내 농담이 진담이 되어 버렸네.

이제 네가 너무나 떳떳하게
장난치듯 나를 떠나 버리면
지옥의 힘들이 내게 다가오고
정말로 나는 나를 쏠 거야.

LVIII

세상과 삶이 너무 파편적이구나!
독일 대학교수에게 가봐야겠다.
그는 삶을 조합해 낼 줄 알고
그걸로 그럴듯한 체계를 만들어.
그의 나이트캡과 잠옷 조각들로
세계 건물의 빈틈을 메우지.[172]

172 체계를 만들어 내기 좋아하는 독일 대학의 철학 교수들을 풍자하는
시로서, 하이네가 특히 염두에 둔 사람들은 괴팅겐 대학의 철학 교수들이다.

LIX

밤낮으로 생각하고 고민하면서
오랫동안 나는 골치를 앓았어.
그런데 사랑스러운 네 눈동자가
마침내 결심할 수 있게 해주었어.

이제 달콤하고 영리한 광채를 띤
네 눈이 반짝이는 곳에 머물 거야.
다시 한 번 사랑을 하게 될 줄은
꿈에도 생각하지 못했지.[173]

LX

그들은 오늘 밤 파티를 연다.
온 집 안에 불빛 휘황찬란하다.
저기 위쪽 환한 창가에
실루엣 하나 움직이는구나.

너는 나를 보지 못해, 나는
여기 아래쪽 어둠 속에 있으니.
내 어두운 가슴속은
더욱더 들여다볼 수 없지.

173 하이네는 1823년에 함부르크를 방문했다가 아말리에에 대한 옛사랑
이 되살아나는 것을 느꼈다. 이 시는 이때의 감정을 바탕으로 하고 있다.

내 어두운 가슴은 널 사랑해.
널 사랑하며 무너져 내려.
무너지고 경련하고 피 흘리지만,
너는 그걸 보지 않고 있어.

LXI

단 하나의 단어에 내 고통을
모조리 쏟아부을 수 있다면
명랑한 바람에게 그 말을 줄 텐데.
바람은 그 말 싣고 명랑하게 날아갈 텐데.

바람이 네게 전해 줄 거야, 내 사랑,
고통으로 충만한 그 말을.
언제나 넌 그 말을 듣게 될 거야.
어디서나 넌 그 말을 듣게 될 거야.

밤에 졸음이 몰려와
네가 눈을 감기 무섭게
내 말이 너를 뒤쫓을 거야.
꿈속 가장 깊은 곳까지.

LXII

너는 다이아몬드와 진주와
사람들이 탐내는 모든 걸 가졌어.
가장 아름다운 눈도 가졌어 —
내 사랑아, 뭘 더 원하니?

너의 아름다운 두 눈에
나는 헤아릴 수 없이 많은
영원한 시들을 지어 바쳤어 —
내 사랑아, 뭘 더 원하니?

그 아름다운 두 눈으로
너는 나를 몹시도 괴롭혔고
나를 파멸로 이끌었어 —
내 사랑아, 뭘 더 원하니?

LXIII

처음으로 사랑하는 사람은
불행하다 해도 신이라네.
하지만 또 한 번 불행하게
사랑하는 사람은 바보라네.

내가 그런 바보야, 나는 또 한 번

대답 없는 사랑에 빠졌구나!
해와 달과 별들이 깔깔 웃고
나도 같이 웃으며 — 죽어 가네.

LXIV

그들은 내게 충고와 가르침을 주었고
온갖 명예를 쏟아부어 주었고
그저 기다리기만 하면 된다며
나를 보호해 주려고 하였다.

하지만 아무리 그들이 보호해 주어도
나는 굶어 뒈지고 말았을 것이다.
한 성실한 사나이가 다가와
씩씩하게 나를 건사해 주지 않았다면.

성실한 사나이! 그가 먹을 걸 주었다!
결코 그 사실을 잊지 않으리라!
그에게 키스할 수 없어 아쉽구나!
바로 나 자신이 그 성실한 사나이이니.

LXV[174]

이 사랑스러운 젊은이는

더없는 존경을 받을 만하다.
그는 자주 나를 불러
굴과 라인산(産) 와인과 리큐어를 대접한다.

상의와 바지를 기품 있게 입고
넥타이는 더욱더 기품 있게 맨다.
그런 모습으로 아침마다 와서
그는 내게 안부를 묻는다.

내가 아주 유명하다고도 하고
고상하고 위트가 있다고도 한다.
열성적으로 부지런하게 그는
내게 봉사하고 도움을 주고자 한다.

저녁에 모임이 있을 때면
여러 숙녀들 앞에 서서
열띤 표정을 지으며
나의 멋진 시들을 낭독한다.

오, 얼마나 기쁜 일인가,
이런 젊은이가 아직도 있다니.
날이 갈수록 훌륭한 사람들을

174 이 시는 하이네가 뤼네부르크에서 살던 시절, 특히 1823년 겨울 무렵에 여러모로 그에게 도움을 주었던 루돌프 크리스티아니Carl Rudolf Ferdinand Christiani(1797~1858)에게 바치는 시로 간주된다. 하이네의 재능을 높이 평가한 크리스티아니는 뤼네부르크 태생의 변호사로서, 고위 공무원이기도 했다.

만나기 어려워지는 이 시대에.

LXVI

꿈을 꾼다. 나는 하느님이 되어
저기 위 하늘나라에 앉아 있다.
내 주위에 둘러앉은 천사들이
나의 시들을 칭송하고 있다.

나는 몇 굴덴[175]씩이나 하는
케이크와 초콜릿 과자를 먹고[176]
카르디날[177]을 들이켜는데도
빚이 한 푼도 없다.

하지만 지루해서 죽을 지경이다.
땅에 있는 게 나았을 것 같다.
내가 하느님이 아니었다면
미치고 말았을지도 모른다.

「키다리 천사 가브리엘이여,

175 독일에서 14~19세기에 주로 유통된 금화. 나중에는 은화 굴덴도 생
겨났다.
176 이 시는 하이네가 베를린 대학에 다니던 1821년 말과 1822년 초 사이
에 작성된 것으로 추정된다. 그는 베를린의 카페와 제과점에서 판매하는 과
자들을 매우 좋아했다.
177 백포도주에 설탕과 레몬 껍질을 넣어 만든 차가운 음료.

가거라, 어서 달음박질하여
내 소중한 친구 오이겐[178]을
이리로 데리고 올라오너라.

대학교로 가서 찾지 말고
토카이 와인[179] 잔 곁에서 찾아라.[180]
헤트비히 성당[181]에서 찾지 말고
맘젤 마이어[182]에서 찾아라.」

그러자 천사는 날개를 펼치고
아래쪽을 향해 날아간다.
그리고 그를 붙잡아 올라온다.
내 친구, 그 장난꾸러기를.

「잘 왔네, 자네. 내가 하느님이야.
내가 지상을 지배한다고!
자네에게 늘 말했지 않나,
나는 번듯한 일을 하게 될 거라고.

나는 매일 기적을 행하지.

178 하이네가 베를린의 대학 시절에 사귀었던 폴란드 귀족 오이겐 폰 브
레차Eugen von Breza를 말한다. 하이네는 그의 초청을 받고 1822년에 폴란
드를 여행했다.
179 주로 헝가리에서 생산되는 매우 전통적인 와인.
180 하이네의 편지에 따르면 오이겐은 공부를 하기 싫어했다고 한다.
181 베를린에 있는 가톨릭 성당. 오이겐은 가톨릭 신도였다.
182 당시 베를린에 있던 카페.

자네가 아주 좋아할 기적들을.
자네를 즐겁게 해주려고 오늘
베를린 시(市)에 선물을 주려고 해.

길거리의 포석들이 지금
두 쪽으로 쪼개지고
신선하고 깨끗한 굴들이
하나씩 그 안에 들어 있게 하라.

레몬즙으로 만든 비를 뿌려
이슬 내리듯 굴들을 적시게 하고
도로의 하수구에서는
최고급 라인산 와인이 흐르게 하라.

베를린 사람들이 기뻐하는구나.
벌써 먹으려고 달려드네.
지방 법원에서 일하는 나리들도
하수구에 몰려 퍼마시네.

시인들도 하느님이 선사한
엄청난 음식에 기뻐하는구나!
소위들과 사관후보생들도
길바닥을 핥아 대고 있네.

소위들과 사관후보생들은
아주 영리한 사람들이지.

매일 오늘과 같은 기적이
일어나는 건 아니라고 생각하지.」

LXVII

화사한 6월에 너희를 떠났지.
1월에 돌아와 다시 보는구나.
그때 너희는 폭염 속에 앉아 있었는데
지금은 서늘하고 차갑기까지 하네.

나 곧 다시 떠났다가 되돌아올 때면
너희는 따뜻하지도 차갑지도 않을 거야.
그리고 너희들의 무덤 위를 거니는
나의 가슴은 가난하고 늙었을 거야.

LXVIII

아름다운 입술로부터 밀려나고,
우리를 껴안던 예쁜 팔에서도 쫓겨났네.
하루라도 더 머물렀으면 좋으련만
마부가 벌써 말을 끌고 왔네.

그대여, 이게 인생이야! 끝없는 한탄,
끝없는 작별, 끝없는 헤어짐이지!

네 가슴이 내 가슴을 껴안을 순 없었을까?
네 눈동자도 날 붙잡을 순 없었던 걸까?

LXIX

우리는 단둘이서 밤새도록
캄캄한 우편 마차를 타고 달렸지.
서로의 가슴에 몸을 기댄 채
우리는 농담하며 웃었지.

하지만 아침이 밝아 왔을 때
그대여, 우리는 얼마나 놀랐던지!
우리 둘 사이에 아모르가,
그 눈먼[183] 승객이 앉아 있었으니.

LXX

그 근사한 계집아이가
어디에 묵는지 누가 알겠어.
빗속에서 욕을 내뱉으며
나는 온 도시를 뒤진다.

183 로마 신화에서 사랑의 신인 아모르는 우의화(寓意畵)에서 맹인으로
묘사되곤 한다. 사랑을 결정하는 것은 눈이 아니라 상상이라는 뜻에서다.

이 여관에서 저 여관으로
정신없이 뛰어다녔고
막돼먹은 종업원들 하나하나
붙잡고 물었지만 허사였다.

그때 창가에 선 그녀를 발견한다.
그녀는 손짓하며 깔깔 웃는다.
소녀야, 내가 어찌 알겠어,
네가 그런 고급 호텔에 묵는지를!

LXXI

마치 흐릿한 꿈들처럼
집들은 길게 줄지어 서 있다.
외투 속에 몸을 깊이 파묻고
나는 말없이 지나간다.

대성당의 탑으로부터
자정을 알리는 종소리 울린다.
매력과 키스를 간직한 채
내 사랑은 지금 날 기다린다.

달은 나의 길 안내자,
다정하게 내 앞길을 비춰 준다.
드디어 그녀 집에 도착한 나는

즐겁게 하늘을 향해 소리친다.

「고마워, 내 오랜 친구야,
내 길을 밝게 비춰 주어서.
이제 너를 놓아줄게.
이제 나머지 세상을 비추렴!

그리고 쓸쓸히 고통을 한탄하는
사랑에 빠진 남자를 만나거든
지난날 네가 나를 위로해 주었듯
그렇게 그를 위로해 주렴.」

LXXII

네가 나의 아내가 되고 나면
사람들이 너를 부러워할 거야.
너는 그저 즐겁게 놀기만 하고
재미와 기쁨만 누리게 될 거야.

네가 화를 내고 소란을 피워도
나는 너그럽게 참아 줄 거야.
하지만 내 시를 칭찬하지 않으면
나는 너와 이혼해 버릴 거야.

LXXIII

눈처럼 새하얀 너의 어깨에
나의 머리를 기대어 놓았지.
네 마음이 무엇을 그리워하는지
나는 몰래 엿들을 수 있어.

푸른 경기병들[184]이 나팔을 불며
성문 안으로 말 타고 오네.
내일 너는 나를 떠날 거야,
온 마음 다 바쳐 사랑하는 사람아.

네가 내일 나를 떠날지라도
오늘은 아직 내 사람이야.
너의 아름다운 두 팔 안에서
두 배의 행복을 느끼고 싶어.

LXXIV

푸른 경기병들이 나팔을 불며
성문 밖으로 말 타고 가네.
내 사랑아, 지금 네게로 가서
장미 꽃다발을 전해 주겠어.

184 뒤셀도르프에 1820년부터 1848년까지 주둔하던 베스트팔렌 경기병.
제1연대의 경기병들은 푸른색 상의를 입었고, 칼라와 소매는 하늘색이었다.

그건 정말 아수라장이었어!
군인들 득실대고 온 나라가 괴로웠지!
심지어 너의 작은 가슴조차
수많은 병사들의 숙영지가 되었지.

LXXV

나도 젊은 시절에
사랑의 불길에 휩싸여
쓰라린 고통들을 맛보았어.
하지만 장작은 너무 비싸고
불은 꺼지려고 하지.
마 프와![185] 잘된 일이야.

명심해 둬, 아름다운 처녀여,
어리석은 눈물일랑 떨쳐 버려.
어리석은 사랑의 슬픔도 잊어.
네게 목숨이 남아 있다면
지난날의 사랑일랑 잊어버려.
마 프와! 내 품속에서 그렇게 해.

185 원문에서 프랑스어로 〈단연코〉, 〈맹세코〉의 뜻인 〈Ma foi〉라는 표현
을 직접 썼다.

LXXVI

정말로 넌 나를 싫어해?
정말로 넌 아주 변해 버린 거야?
온 세상 사람들에게 하소연할 거야.
네가 나를 이렇게 못되게 대한다고.

오 너 배은망덕한 입술이여,
말해 봐, 아름답던 시절에
그토록 다정히 네게 키스하던
그 남자를 어떻게 욕할 수 있니?

LXXVII

아, 지난날 내게 다정히 인사하던
그 눈동자 지금도 여전하구나!
내 삶을 달콤하게 물들이던
그 입술 지금도 여전하구나!

지난날 내가 그토록 즐겨 듣던
그 목소리 또한 여전하구나!
여전하지 않은 건 나뿐이로구나.
나는 다른 사람이 되어 귀향했다.

아름답고 새하얀 두 팔에

다정히 꼭 끌어안긴 채
난 지금 그녀 가슴에 누워 있다.
시큰둥한 기분으로 지겨워하며.

LXXVIII

너희가 날 이해한 적 드물고
내가 너희를 이해한 적도 드물다.[186]
오물 속에서 만났을 때만
우리는 서로를 즉시 이해했다.

LXXIX[187]

내가 입을 떼자
고자(鼓子)들이 불평했지.
그들은 투덜대며 말했어.
내 노래가 너무 거칠다고.

186 여기서 〈너희〉가 누구를 의미하는지는 불확실하다. 『여행 화첩』이 발
표되기 전까지 하이네는 자신의 작품을 냉대하는 독일 독자들을 향해 자주
불만을 터트린 바 있는데, 여기서의 〈너희〉는 그런 독일 독자들을 가리키는
것일 수 있다.

187 하이네가 1824년 5월 24일 크리스티아니에게 보낸 편지에 수록된 시
다. 이 편지에서 하이네는 자신의 작품을 혹평하는 사람들에 대한 불만을 털
어놓았다.

그리고 그들은 한꺼번에
앵앵대는 목소리를 높였지.
그 트레몰로는 수정처럼
섬세하고 순수하게 울렸어.

그들은 사랑의 갈망과 사랑과
사랑의 분출에 대해 노래했어.
숙녀들은 그 멋들어진 예술에
눈물 속을 헤엄쳐 다녔지.

LXXX

살라망카 성벽[188] 위의 공기는
상쾌하고 싱그럽다.
여름 저녁, 나는 거기서
내 어여쁜 돈나[189]와 산책한다.

아름다운 그녀의 날씬한 몸을
나의 두 팔로 감싸 안고
행복한 손가락으로 그녀의
당돌하게 솟은 가슴을 느낀다.

188 당시에 괴팅겐에 있던 성벽 산책로가 살라망카 성벽으로 불리었다.
괴팅겐과 살라망카는 유명한 대학 도시들이었다.
189 원문에서 숙녀, 부인 등을 뜻하는 이탈리아어 Dònna를 그대로 썼다.

하지만 불안한 속삭임이
보리수들 사이를 스쳐 가고
아래쪽 물방아 옆 거뭇한 개천에선
무서운 나쁜 꿈들이 웅얼댄다.

「아, 세뇨라, 예감이 안 좋아요.
조만간 퇴학당할 것 같아요.[190]
다시는 살라망카의 성벽 위를
함께 산책할 수 없을 거예요.」

LXXXI

미남이라고 불리기도 하는
돈 엔리케스가 내 옆방에 산다.
우리 두 사람 사이에는
얇은 벽 하나가 있을 뿐이다.

그가 예외 없이 개들을 데리고
박차를 끌고 콧수염을 배배 꼬며
거리를 성큼성큼 걸어갈 때면
살라망카의 숙녀들이 흥분한다.

하지만 조용한 저녁이 되면

190 하이네가 1821년 1월에 괴팅겐 대학으로부터 받은 6개월 정학 처분을
연상시킨다.

그는 혼자 방 안에 앉아
두 손으로는 기타를 잡고
넋으로는 달콤한 꿈을 꾼다.

그는 떨면서 기타 줄을 퉁기고
즉흥곡을 연주하기 시작한다.
아! 뚱땅대며 지지배배 떠드는 그 소리는
숙취로 인한 두통처럼 날 괴롭힌다.

LXXXII

널 보자마자 네 눈빛과 목소리에서
네가 날 좋아한다는 걸 알 수 있었어.
어머니가, 그 심술궂은 분이 없었더라면
아마 우린 당장 키스했을 거야.

나는 내일 다시 이 작은 도시를 떠나.
익숙한 발걸음으로 재빨리 걸어갈 거야.
그러면 금발의 내 소녀가 창가에서 엿보겠지.
나는 위쪽을 보며 다정하게 인사할 거야.

LXXXIII

해는 벌써 산 위로 떠오르고

멀리 양 떼들 종소리 울리네.
내 사랑, 나의 양, 나의 태양과 환희여,
한 번만 더 너를 볼 수 있다면!

나는 살피는 표정으로 위를 쳐다봐 ―
안녕, 내 사랑, 나 여길 떠나고 있어!
안 보이는구나! 커튼들 모두 가만히 있네.
그녀는 아직 자고 있구나 ― 내 꿈을 꾸고 있을까?

LXXXIV

할레[191]의 시장에는
커다란 사자 두 마리가 서 있다.
이봐, 할레의 고집 센 사자들아,
어쩌다 그렇게 온순해졌느냐![192]

할레의 시장에는
커다란 거인[193]이 서 있다.
그는 칼을 든 채 꼼짝도 하지 않는다.

191 독일 작센안할트 주의 남부에 있는 도시. 할레 대학은 가장 오래된 대학 중 하나다. 하이네는 1824년 9월에 이 도시를 방문했다. 그해 3월에 할레의 저항적인 대학생들이 탄압을 받고 재판에 회부되어 유죄 판결을 받았다. 이 시는 『노래의 책』에서 유일하게 당대의 정치 상황을 주제로 삼고 있다.
192 이 사자들은 대학생 조직이었던 부르셴샤프트를 말한다.
193 할레의 시장 광장에 있는 붉은 탑*Roter Turm* 아래에 서 있는 롤란트상(像)을 말한다. 높이는 4미터가량 되며, 도시의 독립성을 상징한다.

겁을 먹고 돌이 되어 버렸다.

할레의 시장에는
커다란 교회가 서 있다.
부르셴샤프트와 란츠만샤프트[194]가
거기서 기도를 드린다.[195]

LXXXV

숲과 푸른 들판 위로
여름 저녁이 땅거미 드리우고
푸른 하늘에선 황금빛 달이
향긋하고 상쾌한 달빛 뿌리네.

냇가에선 귀뚜라미 찌륵찌륵 울고
물속에선 무엇인가 아른거리네.
고요함 속에서 방랑자의 귀에
물 찰싹대는 소리, 숨소리 들리네.

저기 냇가에서 아름다운 요정이
홀로 몸을 씻고 있구나.
하얗고 사랑스러운 두 팔과 목덜미
달빛 아래 은은히 빛나네.

194 당시의 대학생 조직들이다.
195 탄압을 받은 대학생들은 경건하게 참회하고 회개할 것을 요구받았다.

LXXXVI

낯선 길들은 밤으로 덮여 있고
마음은 병들고 팔다리 피곤하다 ―
아, 저기, 고요한 은총처럼,
어여쁜 달아, 너의 빛 흘러내리네.

어여쁜 달아, 너의 빛이
밤의 공포를 물리쳐 주네.
나의 고통이 녹아내리고
눈물이 맺혀 흘러내리네.[196]

LXXXVII

죽음, 그건 서늘한 밤이고
삶은 무더운 낮이지.
벌써 어두워지고 나는 졸리다.
낮이 나를 지치게 하였다.

내 침대 위로 나무 한 그루 솟고
그 안에서 어린 밤꾀꼬리 노래한다.
밤꾀꼬리는 순결한 사랑을 노래하고
나는 꿈속에서도 그 노랫소리 듣는다.

196 이 시는 1825년에 〈방랑의 노래〉라는 제목으로 처음 잡지에 발표된
후, 계속 이 제목으로 불리게 되었다.

LXXXVIII

「말해 다오, 언젠가 마법의 불길이
네 가슴을 놀랍게 사로잡던 그때,
네가 그토록 아름답게 노래했던
너의 그 아름다운 사람은 어디 있느냐?」

그 불길은 꺼졌고
내 마음 차갑고 처연하다.
이 작은 책은 내 사랑의
재를 담은 유골 단지다.

신들의 황혼

5월이 왔다. 황금빛 햇살과
비단결 같은 대기와 흥겨운 향기를 갖추고서.
5월은 하얀 꽃들로 다정히 유혹하고
수천의 파란 제비꽃 눈동자로 인사하고
햇살과 아침 이슬을 촘촘히 짜 넣은
꽃들 만발한 푸르른 양탄자를 펼쳐 놓고
사랑스러운 사람들을 어서 오라 부른다.
멍청한 무리들은 곧장 부름에 응한다.
남자들은 난징 바지[197]와 반들거리는

197 여기서 난징은 중국의 도시 난징에서 이름을 따온 중국산 무명천을
말한다. 19세기에 난징 무명은 가벼운 여름 옷감으로 각광받았다.

금단추가 달린 나들이용 재킷을 입고
여자들은 순결한 백색의 옷을 입는다.
청년들은 꼬불거리는 봄 콧수염을 기르고
처녀들은 가슴을 봉긋 세운다.
도시의 시인들은 종이와 연필과
긴 손잡이 달린 안경을 주머니에 넣는다.
무리들은 뒤엉킨 채 환호를 지르며
성문 앞 푸른 풀밭에 자리를 잡고
무럭무럭 자라는 나무를 보고 놀라고
형형색색의 상냥한 꽃들과 놀면서
명랑한 새들의 노랫소리에 귀 기울이고
푸르게 펼쳐진 하늘을 향해 환호한다.

5월은 내게도 왔다. 5월은 세 번
내 문을 두드리며 외쳤다. 「난 5월이야,
창백한 몽상가여, 나와 봐, 키스해 줄게!」
나는 문빗장을 지른 채 외쳤다.
날 유혹해도 소용없어, 너 고약한 손님아,
나는 너를 간파했어, 세상의 구조를
간파했어, 너무 많이 너무 깊이 보아서
모든 기쁨이 사라지고 말았어.
영원한 고통이 내 가슴에 자리 잡았어.
나는 인간의 집들과 가슴들을 에워싼
돌처럼 딱딱한 껍질을 꿰뚫어 본다.
그 안에서 온갖 거짓과 불행을 본다.
얼굴들에서 아주 나쁜 생각들을 읽는다.

부끄러운 듯 홍조를 띤 처녀의 볼에서
은밀한 욕망이 탐욕스레 떠는 걸 본다.
열정으로 의기양양한 청년의 머리에서는
알록달록한 어릿광대의 모자가 깔깔댄다.
이 세상에서 나는 허튼 모습과
쇠약한 그림자들만 볼 뿐이다.
세상은 정신 병원이거나 일반 병원일 뿐.
수정인 척하는 늙은 대지의 바닥을
꿰뚫어 보고 나는 끔찍함을 발견한다.
5월은 흥겨운 신록으로 그 끔찍함을
덮으려고 헛되이 노력하고 있다.
지하의 좁다란 관에 묻힌 사자(死者)들을 본다.
두 손을 모으고 두 눈을 뜬 채로
하얀 수의를 입고 하얀 얼굴을 하고 있는
그들의 입에서 노란 벌레들 기어 나온다.
재미를 보려고 데리고 온 애인과 함께
아들이 아버지의 무덤 위에 앉는다 ──
주위에서 밤꾀꼬리들 조롱의 노래 부른다 ──
하늘거리는 풀꽃들이 음흉하게 웃는다 ──
죽은 아버지가 무덤 속에서 꿈틀댄다 ──
늙은 어머니 대지는 고통스레 경련한다.

너 가련한 대지여, 네 고통을 알고 있다!
네 가슴속에서 불길이 이글거리고
네 수천의 핏줄에서 피가 흘러내리고
네 상처가 쩍 벌어지는 것을 본다.

불꽃과 연기와 피가 거칠게 솟구치는 것을 본다.
너의 반항적인 거구의 아들들이,
그 태고의 악당들이 시뻘건 횃불을 휘두르며
시커먼 목구멍을 빠져나오는 것을 본다.
그들은 쇠로 만든 사다리를 세우고
천상의 향연을 향해 거칠게 돌진한다.
시커먼 난쟁이들이 뒤따라 오른다 —
모든 황금 별들이 바스락대며 흩어진다.
신의 천막에 드리워진 황금 커튼을
파렴치한 손들이 찢어 내자
경건한 천사들이 울면서 곤두박질친다.
신은 창백한 얼굴로 왕좌에 앉아
왕관을 벗어던지고 머리카락을 쥐어뜯는다.
거친 무리들이 점점 더 닥쳐온다.
거인들은 드넓은 하늘나라에 내던진다,
시뻘건 횃불들을. 난쟁이들은
불타는 채찍으로 천사들의 등을 후려친다 —
천사들은 고통에 몸을 비틀고 뒤튼다.
그리고 머리채를 붙잡혀 내던져진다 —
나의 천사가 저기 있구나.
금발의 곱슬머리에 사랑스러운 모습,
입가엔 영원한 사랑이 서려 있고
푸른 눈동자엔 행복이 넘실거린다 —
지독히 추한 시커먼 요괴 하나가
내 창백한 천사를 땅에서 낚아채어
고아한 팔다리를 히죽대며 훑어보더니

정겨운 포옹으로 그를 세차게 휘감는다 ─
날카로운 비명이 온 우주를 뒤흔들고,
기둥이 쓰러지고 땅과 하늘이 무너진다.
그리고 태고의 밤이 세상을 지배한다.

래트클리프[198]

꿈의 신이 나를 어떤 풍경 속으로 데려갔다.
거기선 수양버들이 길고 푸른 팔들로
내게 인사했고, 꽃들이 총명한 누이의 눈으로
조용히 나를 바라보았다.
새들 지저귀는 소리가 친숙하게 울려 퍼졌고,
개 짖는 소리조차 이전에 들어 본 것 같았다.
목소리와 형체들이 오래된 친구처럼 내게 인사했다.
그곳의 모든 것들이 내게는 낯설게,
놀랍도록 이상하게 낯설게 느껴졌는데도.
시골풍의 깔끔한 집 앞에 나는 서 있었다.
가슴은 요동쳤지만 머릿속은 평온했다.
나는 내 여행복에 묻은 먼지들을
평온한 몸짓으로 털어 내었다.
초인종이 날카롭게 울리자 문이 열렸다.

198 하이네가 1823년에 발표한 비극 「윌리엄 래트클리프William Ratcliff」
의 주인공이다. 하이네 자신은 이 비극에 높은 가치를 부여했지만, 좋은 평가
를 받지 못했고 하이네 생전에 공연되지도 않았다.

남자들과 여자들, 낯익은 수많은 얼굴들이
거기 있었다. 모두의 얼굴에 소리 없는 근심과
감추듯 억누른 걱정이 감돌았다.
어딘가 당황한 듯이, 거의 조의를 표하는 얼굴로
그들은 나를 보았다. 미지의 재앙을
예감한 것처럼 나의 영혼이 몸서리쳤다.
나는 늙은 마그리트[199]를 금방 알아보았다.
묻듯이 그녀를 쳐다봤지만, 그녀는 말이 없었다.
「마리아[200]는 어디 있죠?」 내가 물었지만
그녀는 말은 않고 내 손을 살그머니 잡더니
호화롭고 화려하고 쥐 죽은 듯 조용한
수많은 길고 환한 방들을 지나갔다.
마침내 나를 어떤 어둑한 방 안으로 이끌더니
내 눈을 외면한 채 어떤 형체를 가리켰다.
소파에 앉아 있는 그 형체를 향해 나는 물었다.
「당신이 마리아인가요?」 그렇게 묻는
내 말소리가 너무 결연하여 나 스스로 놀랐다.
냉담하고 생기 없는 목소리가 울렸다.
「사람들은 나를 그렇게 부르지요.」
찌르는 듯한 고통에 내 몸이 오싹해졌다.
그 공허하고 싸늘한 음성은 바로
예전엔 그토록 달콤하던 마리아의 목소리였다!

---

199 비극 「윌리엄 래트클리프」에서와 마찬가지로 여주인공 마리아의 하
녀이자 유모다.
200 「윌리엄 래트클리프」에서 마리아는 래트클리프의 사랑을 거부하여
그에 의해 살해된다.

색 바랜 자주색 옷을 너절하게 입고,
가슴은 축 늘어지고, 눈은 게슴츠레 흐릿하고,
허연 얼굴의 두 뺨 근육이 가죽처럼 굳은
저 여자, 아, 저 여자는 다름 아닌,
한때 그토록 아름다웠고 꽃처럼 어여뻤던,
너무나 사랑스러웠던 마리아가 아닌가!
「여행을 참 오래 했군요!」 그녀가 크게 말했다.
차갑고 섬뜩하게 친근한 목소리로.
「많이 안정된 모습이군요, 사랑하는 친구.
건강해졌네요, 엉덩이와 장딴지가 탄탄하니
튼튼한 게 분명해요.」 누렇고 창백한 입가에서
감상에 젖은 미소가 떨고 있었다.
당황한 내 입에서 이런 말이 나왔다.
「당신이 결혼했다고 사람들이 그러던데?」
「아하!」 그녀가 요란하게 웃으며 무심하게 말했다.
「내게 가죽으로 싸놓은 나무 지팡이가 있는데,
그게 스스로 내 남편이라 해요. 하지만 나무는
나무일 뿐이죠!」 그녀의 소리 없는 역겨운 웃음에
서늘한 두려움이 내 영혼을 타고 흘러내렸다.
의심이 나를 덮쳤다. — 이게 정말 그 순결했던,
꽃처럼 순결했던 마리아의 입술이란 말인가?
그런데 그녀는 벌떡 일어나더니
의자에서 캐시미어 목도리를 집어 목에 두르고
내 팔에 매달리며 나를 잡아당겼다.
열려 있는 대문 밖으로 나를 이끌고
들판과 수풀과 풀밭을 거쳐 나아갔다.

붉게 타오르던 태양은 이미 낮게 가라앉았고,
그 보랏빛 햇살이 나무들과 꽃들과
멀리서 장엄하게 흐르는 강물 위를
찬연하게 비추고 있었다.
「저기 푸른 물속에서 커다란 황금빛 눈이
헤엄치는 게 보여요?」 마리아가 급하게 외쳤다.
「쉿, 불쌍한 사람!」 나는 이렇게 말하고
어스름 속에서 신비로운 움직임을 보았다.
들판에서 안개 같은 형상들이 솟아오르더니
하얗고 부드러운 팔로 서로를 휘감았다.
제비꽃들은 서로를 다정하게 바라보았고,
백합들은 그리움에 모두 고개를 떨구었다.
장미들이 한꺼번에 관능의 열기를 뿜어냈고,
패랭이꽃들은 스스로의 입김 속에 불타려 했다.
황홀한 향기에 모든 꽃들이 취하고,
모두가 고요한 환희의 눈물을 흘리고,
이렇게 환호했다. 「사랑! 사랑! 사랑!」
나비들은 팔랑거리며 날갯짓을 했고,
반짝이는 꽃무지들은 고운 요정 노래를 흥얼거렸고,
저녁 바람은 속삭이고, 떡갈나무는 팔랑거리고,
밤꾀꼬리는 나긋나긋하게 노래를 불렀다.
그 모든 속삭임과 사각거림과 노래들 사이에서
공허하고 울림 없는 차가운 목소리로
그 시든 여자가 내 팔에 매달려 지껄였다.
「밤마다 저들이 성에서 무슨 법석을 떠는지 알아요.
긴 그림자는 마음씨 좋은 멍청이지요.

무엇을 만나든 고개를 끄덕이며 손짓을 해요.
파란 옷을 입은 자는 천사예요. 하지만 빨간 옷에
번쩍거리는 칼을 찬 자는 저들을 아주 미워하지요.」[201]
그녀는 더욱더 잡다하고 기묘한 이야기들을
연거푸 늘어놓더니 마침내 지친 듯
늙은 떡갈나무 아래에 놓여 있는
이끼 긴 벤치 위에 나와 함께 앉았다.

우리는 말없이 처량하게 거기 함께 앉아 있었다.
그리고 서로를 쳐다보고 점점 더 처량해졌다.
떡갈나무는 죽기 전 내뱉는 한숨처럼 퍼석거렸고,
밤꾀꼬리는 깊은 고통으로 노래 불렀다.
그런데 나뭇잎 사이로 비쳐 든 붉은빛이
마리아의 허연 얼굴 위에서 어른거리더니
그녀의 흐릿한 눈동자에서 열정을 되살렸다.
그녀가 예전의 달콤한 목소리로 말했다.
「내가 이렇게 비참한 걸 어떻게 알았어?
얼마 전 읽은 네 거친 노래들에 그렇게 적혀 있던데.」[202]

그 말을 듣자 간담이 서늘해지고
미래를 내다본 나 자신의 광기에 소름이 끼치고
머릿속에서 어두운 경련이 일어났다.
그리고 나는 공포에 휩싸여 잠에서 깨었다.

201 「윌리엄 래트클리프」에서 래트클리프는 연적과 세 번 칼을 들고 싸운다.
202 「서정적 간주곡」 18번 혹은 19번을 말한다.

돈나 클라라[203]

저녁 무렵의 정원을
시장(市長)의 딸이 거닐고 있다.
북소리와 나팔 소리가
위쪽 성으로부터 들려온다.

〈춤도, 달콤하게 아첨하는 말들도
이제는 다 지겨워.
아주 우아한 태도로 나를
태양에 비유하는 기사들도 그래.

모든 게 다 지긋지긋해졌어.
밤에 류트를 연주하면서
나를 창가로 유혹한 그 기사가
달빛 아래 서 있는 걸 본 후로는.

날씬하고 늠름하게 서서
귀티 나는 창백한 얼굴에

203 이 시는 1823년 9월경에 집필된 것으로 추정되는데, 하이네는 그해
10월 모제스 모저Moses Moser에게 보낸 편지에서 이 시의 자전적인 배경을
밝힌 바 있다. 이에 따르면 하이네는 베를린의 공원 티어가르텐에서 어떤 남
작의 딸과 종교의 차이로 인해 다툰 일을 계기로 이 시를 썼다. 하이네는
1821년에 집필한 비극 「알만조르Almansor」에서 스페인에서의 기독교와 이
슬람교 사이의 갈등을 주제로 삼았는데, 이 극의 여주인공 줄라이마가 기독
교로 개종한 후 갖게 된 이름이 돈나 클라라다. 하이네는 스페인의 유대인들
이 이슬람교와 기독교의 지배를 차례로 겪으면서 처하게 된 운명을 지속적으
로 자기 작품의 주제로 다루었다.

반짝이는 눈빛을 내뿜는 모습이
정말 성 게오르크[204] 같았어.〉

돈나 클라라는 이런 생각을 하며
땅바닥을 쳐다보고 있었다.
그런데 눈을 들어 보니 그녀 앞에
이름 모를 그 아름다운 기사가 서 있었다.

손을 맞잡고 사랑을 속삭이며
두 사람은 달빛 속을 거닌다.
미풍이 다정하게 살랑거리고
장미꽃들이 어여쁘게 인사한다.

장미꽃들이 어여쁘게 인사하고,
사랑의 사자(使者)처럼 타오른다.
「그런데 말해 줘요, 내 사랑,
왜 갑자기 얼굴이 붉어지나요?」

「모기가 물었어요, 내 사랑,
여름에 득실대는 모기들이
정말 너무 싫어요.
코가 길쭉한 유대인 패거리만큼.」

「모기와 유대인 이야긴 말아요.」

204 디오클레티아누스 황제(재위 284~305년) 치하에서 일어난 초기의 기
독교 박해로 인해 303년 무렵 순교한 성자.

기사가 다정히 어루만지며 말한다.
편도 나무에서 수천 개의
하얀 꽃송이들이 떨어진다.

수천 개의 하얀 꽃송이들이
갖고 있던 향기를 쏟아 낸다.
「그런데 말해 줘요, 내 사랑,
당신의 마음이 내게 끌리고 있나요?」

「네, 당신을 사랑해요, 내 사랑,
신의 저주를 받은 유대인들이
교활하고 음험하게 살해한
예수님의 이름으로 맹세해요.」

「예수님과 유대인 이야긴 말아요.」
기사가 다정히 어루만지며 말한다.
빛에 에워싸인 새하얀 백합들이
멀리서 꿈결처럼 산들거린다.

빛에 에워싸인 새하얀 백합들이
저 위의 별들을 올려다본다 ──
「그런데 말해 줘요, 내 사랑,
거짓 맹세를 하지는 않았나요?」

「내 안에 거짓은 없어요, 내 사랑,
내 가슴 속에 무어인[205]의 피나

더러운 유대 민족의 피가
단 한 방울도 섞이지 않은 것처럼.」

「무어인과 유대인 이야긴 말아요.」
기사가 다정히 어루만지며 말한다.
그리고 그는 시장의 딸을
은매화가 우거진 정자로 이끈다.

부드러운 사랑의 그물로 그는
그녀를 슬그머니 옭아매었다.
짧은 말, 긴 키스.
그리고 두 가슴은 넘쳐흐른다.

귀여운 밤꾀꼬리가 결혼의 노래를
부드럽고 달콤하게 부르고,
반딧불이들이 땅 위에서
횃불춤[206] 추듯 깡충깡충 뛴다.

---

205 북아프리카에서 살던 베르베르 종족을 말한다. 이들은 7세기에 아랍
인들에 의해 이슬람교로 개종되었으며, 이슬람인들이 이베리아 반도를 정복
할 때 전투를 도왔다. 이후 여러 세기 동안 이베리아 반도를 지배했으나, 기
독교인들에게 차츰 패배하여 1492년에 모든 지배권을 상실했다. 그 후 이들
은 스페인을 떠나거나 기독교로 개종해야 했다. 하이네의 비극 「알만조르」는
이미 무어인들이 탄압을 받던 15세기 말의 스페인을 배경으로 한다. 이 비극
에서 하이네는 종교적 탄압을 받는 무어인들을 통해 유대인의 고통을 대변하
려 하였다.
    206 밀랍 횃불을 들고 추는 춤. 고대 그리스와 로마에서부터 결혼식 춤으
로 도입되었고, 유럽 각국의 궁정에서 18세기 말까지 유지되었다.

정자 안은 더욱 고요해지고,
총명한 은매화의 속삭임과
꽃들이 숨 쉬는 소리만
나지막이 들릴 뿐이다.

그러나 그때 북소리와 나팔 소리가
갑자기 성으로부터 울려 퍼지고
잠에서 깨어난 클라라는
기사의 팔에서 빠져나왔다.

「들어 봐요! 날 부르네요, 내 사랑.
하지만 우리가 헤어지기 전에
이토록 오랫동안 내게 숨겨 온
당신의 사랑스러운 이름을 말해 줘요.」

기사는 쾌활하게 웃으며
그의 돈나의 손가락에 키스하고
입술과 이마에도 키스하고
마침내 이렇게 말하였다.

「세뇨라, 당신의 애인인 나는
많은 사람들의 칭송을 받는
위대하고 학식 높은 랍비[207]의 아들
이스라엘 폰 사라고사[208]라오.」

207 유대교의 율법서 토라를 해석하는 유대인 율법학자.

알만조르[209]

1

코르두바[210]의 대성당[211]에는
1천3백 개의 기둥이 서 있다.
1천3백 개의 거대한 기둥은
엄청나게 큰 둥근 지붕을 이고 있다.

기둥과 둥근 지붕과 벽에는
코란의 아랍어 금언들이
위에서 아래까지 영특하게
서로 얽힌 꽃들처럼 적혀 있다.

그 옛날 알라신의 영광을 기리기 위해

208 하이네에 따르면 13세기의 중요한 신비주의자였으며 중세 스페인에서의 유대교를 대표하는 인물인 아브라함 아불라피아(1240~1291?)가 이 인물의 모델이었다.

209 이 시는 원래 하이네가 1824년에 착수한 소설 『바허라흐의 랍비*Der Rabbi von Bacherach*』에 삽입할 생각으로 1825년 가을에 집필한 것이다. 그러나 이 소설이 미완으로 그침에 따라 「귀향」의 부록으로 실리게 되었다. 이 소설은 스페인이 기독교도들에 의해 재정복된 후 그곳의 유대인들이 기독교로 개종하는 문제를 다룰 예정이었다. 하이네는 1825년 6월에 기독교로 개종했다. 이 시의 제목은 하이네가 4년 전에 집필한 비극 「알만조르」를 가리키기도 한다.

210 스페인 남부의 도시 코르도바의 라틴어 이름.

211 이슬람교도들에 의해 785년에 건축되기 시작한 이 건물은 중세에 서양에서 가장 큰 이슬람 사원이 되었다. 1236년에 기독교도들에 의해 재정복된 후 기독교 성당으로 바뀌었다.

무어족 왕들이 이 집을 지었지만
시대들의 어두운 소용돌이 속에서
많은 것들이 바뀌었다.

탑지기가 사람들에게
기도 시간을 알리던 탑에서
지금은 기독교도의 종소리가
울적하게 웅웅 울린다.

신자들이 선지자의 말씀을 노래하던
바로 그 계단에서
지금은 대머리 중들이 미사를 올리며
진부한 기적을 보여 준다.

그 기적이란 알록달록한 인형들 앞에서
빙빙 돌며 허우적대는 것이다.
기적은 울부짖고 김을 내고 방울을 울리고
멍청한 촛불들이 번들거린다.

코르두바의 대성당에는
알만조르 벤 압둘라[212]가 서 있다.
조용히 모든 기둥들을 바라보며
나지막이 이렇게 중얼거리면서.

212 스페인의 아랍 제국의 역사에는 기독교도들의 지배로 인한 치욕을 피
하기 위해 자살한 비지르 알만조르라는 인물이 등장한다. 하이네는 이 인물
을 염두에 둔 것으로 보인다.

「오, 너희 튼튼하고 거대한 기둥들아,
옛날엔 알라신의 영광을 장식했던
너희들이 지금은 가증스러운 기독교를
찬양하며 봉사해야 하는구나![213]

너희는 시대들에 순응하면서
묵묵히 짐을 짊어지고 있구나.
아, 그러니 보다 약한 자가
훨씬 쉽게 진정할 수 있겠지.」

이렇게 말하고 알만조르 벤 압둘라는
코르두바 대성당 안에 있는
멋지게 장식된 세례반 위로
쾌활한 표정으로 머리를 숙인다.[214]

2

그는 급한 걸음으로 성당을 빠져나와
거센 흑마를 타고 내달렸다.
그의 젖은 곱슬머리와
모자의 깃털이 바람에 나부꼈다.

213 기독교도들은 16세기에 이 건물 한가운데에 고딕식 교회를 세웠다.
그 후로 건물의 기둥들은 말 그대로 다른 종교의 하중을 짊어지게 되었다.
214 알만조르의 이 세례 행위는 자신의 종교가 탄압받은 것에 대해 복수
하기 위한 위장된 개종을 의미한다. 이 세례식 후에 알만조르는 기독교 기사
의 행세를 하면서 기독교도 여성들을 유혹한다.

알콜레아[215]로 가기 위해 그는
과달키비르 강을 따라간다.
편도 나무는 하얀 꽃으로 덮여 있고
금귤들이 향기를 내뿜고 있다.

저기 유쾌한 기사가 내달린다.
휘파람 불고 노래하고 즐겁게 웃는다.
새들의 노랫소리와 요란한 강물 소리가
그 소리와 함께 어우러진다.

알콜레아의 성에는
클라라 드 알바레스가 살고 있다.
아버지가 나바라에서 전투 중이어서
그녀는 구속이 줄어들어 기뻐하고 있다.

멀리서 나는 북소리와 나팔 소리가
알만조르의 귀에 들려온다.
나무 그늘 사이로 성의 불빛들이
반짝거리는 것이 보인다.

알콜레아의 성에서
잘 꾸민 열둘의 숙녀가 춤춘다.
잘 꾸민 열둘의 기사가 춤춘다.
하지만 알만조르의 춤이 가장 멋지다.

215 스페인 남부의 코르도바 동쪽 12킬로미터 지점에 위치한 과달키비르
강변의 소도시.

흥겨워 힘이 넘치는 듯 그는
홀 안을 이리저리 날아다닌다.
그리고 숙녀들에게 일일이
달콤한 칭찬의 말을 능숙하게 건넨다.

그는 이사벨라의 섬섬옥수에
재빨리 키스하고 지나간다.
그리곤 엘비라 앞에 앉아
즐겁게 그녀의 얼굴을 쳐다본다.

웃음 지으며 레오노라에게 묻는다.
오늘 그가 그녀 마음에 드는지.
그러면서 그의 외투에 수놓인
황금 십자가들을 보여 준다.

그는 모든 숙녀들에게 다짐한다.
당신을 가슴 깊이 품고 있노라고.
그리고 그날 저녁에 서른 번 맹세한다.
〈나는 진정 기독교도입니다!〉라고.

3

알콜레아의 성에서
환락과 떠들썩한 소리 잦아들고
신사와 숙녀들도 사라지고
등불들도 모두 꺼졌다.

돈나 클라라와 알만조르만
홀에 홀로 남게 되었다.
마지막 남은 등불들이 외로이
두 사람에게 희미한 빛을 뿌린다.

숙녀는 안락의자에 앉아 있고
기사는 등받이 없는 의자에 앉아 있다.
피곤하고 졸려 기사는 머리를
사랑스러운 무릎에 기대고 있다.

숙녀는 곰곰이 생각하면서
알만조르의 갈색 곱슬머리에
황금빛 작은 병에 담긴 장미유(油)를 붓는다 ―
그러자 그는 깊은 한숨을 내뱉는다.

숙녀는 곰곰이 생각하면서
알만조르의 갈색 곱슬머리에
부드러운 입술로 달콤하게 키스한다 ―
그러자 그의 이마에 그늘이 진다.

숙녀는 곰곰이 생각하면서
알만조르의 갈색 곱슬머리에
맑은 눈에서 솟구치는 눈물을 떨어뜨린다 ―
그러자 그의 입술이 떨린다.

그리고 그는 꿈을 꾼다.

그는 다시 코르두바의 대성당에 서 있고,
푹 숙인 머리에서 물이 뚝뚝 떨어진다.
수많은 음울한 목소리들이 들려온다.[216]

높고 거대한 기둥들이 모두
분격하여 웅얼대는 소리가 들린다.
그들은 더 이상 지탱하려 하지 않는다.
기둥들이 흔들리고 요동친다.

기둥들은 격렬하게 무너져 내리고
민중과 성직자들의 얼굴이 파리해진다.
둥근 지붕이 우지끈거리며 무너지고
기독교의 신들은 구슬프게 신음한다.

케블라[217]로 가는 성지 순례[218]

1

어머니는 창가에 서 있었고

216 이 꿈의 내용은 『구약 성서』에서의 삼손과 델릴라의 이야기를 연상시
킨다. 삼손은 필리스티아 사람들의 신전을 무너뜨리고 그들과 함께 죽는다.
217 네덜란드와 근접한 독일 국경 지역의 소도시 케벨라어Kevelaer의 이름
이 구전을 통해 왜곡된 형태로 기록된 말이다. 1642년에 성모 마리아가 현현한
기적이 알려진 후로 공식적인 성지 순례의 장소가 되었다. 이곳을 순례한 후에
기적적으로 병이 치유되었다는 보고들이 쌓였고, 가톨릭 공의회는 이런 보고들
의 진실성을 인정했다. 지금도 매년 80만 명의 순례자들이 이 도시를 찾는다.

아들은 침대에 누워 있었다.
「일어나지 않을래, 빌헬름?
순례 행렬을 보지 않겠니?」

「나는 너무 아파요, 어머니,
들을 수도 볼 수도 없어요.
죽은 그레트헨 생각이 나요.
그래서 마음이 아파요.」 ──

「일어나라, 케블라로 가자.
책과 묵주를 챙겨라.
성모 마리아께서 너의 병든 가슴을
깨끗이 고쳐 주실 거다.」

교회의 깃발 펄럭이고
교회의 가락이 울려 퍼진다.
이곳은 라인 강변의 쾰른,
여기서 순례 행렬이 시작된다.

어머니는 무리를 뒤좇으며
아들을 인도한다.
두 사람은 합창한다.
「찬양받으소서, 성모 마리아여!」

218 당대의 독자들은 이 시를 하이네의 가톨릭 신앙을 보여 주는 작품으로 받아들였다. 하이네는 이전에 마리아에 대한 열광에 빠진 적이 있었지만, 전체적으로는 종파를 초월한 초당적인 입장을 취하고자 하였다.

2

케블라의 성모 마리아는
오늘 제일 멋진 옷을 입었다.
오늘은 할 일이 무척 많다.
아픈 사람들이 많이 올 테니.

아픈 사람들이 마리아에게
봉헌물들을 갖다 바친다.
밀랍으로 만든 사지들과
수많은 밀랍 발과 손을.

밀랍 손을 바치는 자는
손에 난 상처가 낫고
밀랍 발을 바치는 자는
발이 다시 건강해지리라.

목발을 짚고 케블라로 간 사람이
이제 줄 위에서 춤을 춘다.
성한 손가락이 하나도 없었는데
이제 비올라를 연주하는 사람들도 있다.

어머니는 밀초를 집어 들고
그것으로 심장을 만들었다.
「이것을 마리아께 가지고 가면
네 고통을 낫게 해주실 거다.」

아들은 한숨 쉬며 밀랍 심장을 받아
한숨 쉬며 성모상에 다가갔다.
눈에선 눈물이 쏟아져 나왔고
가슴에선 말이 쏟아져 나왔다.

「드높이 찬미하는 분이시여,
하느님의 순결한 처녀시여,
천상의 여왕이시여,
당신께 제 고통을 하소연합니다!

저는 제 어머니와 함께
쾰른이라는 도시에 살았습니다.
그 도시에는 수백 개의
예배당과 교회가 있습니다.

저희 옆집에 그레트헨이 살았는데
그녀가 죽고 말았습니다 ─
마리아여, 밀랍 인형을 바치니
제 마음의 상처를 고쳐 주소서.

이 병든 마음을 고쳐 주시면 ─
저는 이른 때나 늦은 때나
이렇게 열렬히 기도하고 노래하겠습니다.
〈찬미하나이다, 성모 마리아여!〉」

3

병든 아들과 어머니는
작은 방에서 자고 있었다.
그때 성모 마리아가
아주 조용히 걸어 들어왔다.

마리아는 병자 위로 몸을 굽히고
그녀의 손을 아주 조용히
아들의 가슴에 올려놓았다.
그리곤 자비롭게 미소 짓고 사라졌다.

어머니는 꿈속에서 이 모든 일들과
더 많은 것들을 보았다.
그녀는 잠에서 깨어났고
개들이 요란하게 짖어 댔다.

거기 아들이 몸을 쭉 뻗고
누워 있었다, 그는 죽어 있었다.
아들의 창백한 두 볼에
청명한 아침놀이 어른거렸다.

어머니는 두 손을 깍지 끼어 모았다.
어떻게 된 일인지 알 수 없었다.
그녀는 경건하게 나지막이 노래했다.
「찬미하나이다, 성모 마리아여!」

하르츠²¹⁹ 여행에서

Aus der Harzreise

1824

---

219 독일 중부의 산맥. 하이네는 1824년 9월, 약 4주간의 하르츠 여행을 시작했고, 이 시들은 대부분 그해 10월 중순에 집필되었다.

서시[220]

검정 재킷과 비단 양말,
하얗고 단정한 소맷부리,
다정다감한 말투와 포옹 ―
아, 그들이 심장만 가졌더라면!

가슴 속에 심장을, 그리고 사랑을,
심장 속에 따뜻한 사랑을 ―
아, 거짓된 사랑의 고통을 늘어놓는
그들의 노래 짓거리가 나를 죽이는구나.

산 위로 올라가고 싶구나.
오두막들 고즈넉이 서 있고
가슴이 자유롭게 활짝 열리고

220 이 시에서 나타나는 도시와 자연, 구속과 자유, 비좁음과 광활함 사
이의 대립은 이 시들이 수록되었던 「하르츠 여행Die Harzreise」 전체의 주제
이기도 하다.

바람이 자유롭게 부는 그곳으로.

산 위로 올라가고 싶구나.
짙은 전나무들 우뚝 서 있고
시냇물 좔좔 흐르고, 새들 노래하고
구름이 의기양양하게 질주하는 그곳으로.

잘 있거라, 너희 말끔한 홀들아!
말끔한 신사들과 말끔한 숙녀들아!
산 위로 올라가고 싶구나.
너희를 내려다보며 웃어 주고 싶구나.

산 위의 목가(牧歌)

1

산 위에 서 있는 오두막엔
늙은 광부가 살고 있다.
거기 푸른 전나무 살랑대고
황금빛 달이 빛난다.

오두막 안엔 멋지게 깎아 만든
팔걸이의자가 하나 있다.
거기 앉는 것은 행운인데
그 행운을 바로 내가 가졌구나!

그 옆 스툴에는 작은 소녀가
내 무릎에 팔 기대고 앉아 있다.
두 눈은 파란 별과 같고
작은 입은 진홍빛 장미 같구나.

하늘만큼 커다랗게 떠 있는
그 사랑스러운 파란 별들이 나를 보네.
소녀는 장난스레 진홍빛 장미를
백합 같은 손가락들로 가린다.

아니, 어머니는 우릴 보지 않는다.
실을 잣느라 여념이 없다.
아버지는 치터를 연주하면서
옛 노래를 부르고 있다.

소녀가 나지막이 속삭인다,
나지막이, 숨죽인 목소리로.
그녀는 몇몇 중요한 비밀들을
이미 내게 털어놓았다.

「숙모님이 돌아가신 후로
우리는 고슬라[221]의 사격장[222]에

---

221 독일의 니더작센 주에 있는 하르츠 산맥 북서부의 도시. 이 도시 남쪽의 람멜스베르크 광산은 유네스코 세계 문화유산으로 지정되었다.
222 고슬라에 있던 장미의 문 앞의 이 사격장에서는 매년 6월 사격 대회가 개최되었다.

한 번도 갈 수 없었어요.
거긴 아주 멋진 곳인데.

하지만 차가운 산꼭대기에 있는
이곳은 쓸쓸하기만 해요.
겨울철만 되면 우리는
눈 속에 오롯이 파묻혀요.

나는 겁 많은 소녀랍니다.
밤마다 분주히 돌아다니는
사악한 산의 정령들을
아이처럼 무서워해요.」

사랑스러운 소녀가 갑자기
자기 말에 놀란 듯 입을 다문다.
그리고 소녀는 두 손으로
자신의 눈을 가렸다.

밖에서 전나무들 더 크게 쏴쏴 거리고
물레바퀴 덜덜거리며 짖어 댄다.
그 사이로 들려오는 치터 소리
오래된 노래를 흥얼거린다.

「걱정 마, 사랑스러운 아이야,
나쁜 정령들이 힘이 세도.
밤낮으로, 사랑스러운 아이야,

천사가 너를 지켜 줄 거야!」

2

전나무가 푸른 손가락으로
아래쪽 창문을 두드리고,
조용히 귀 기울이는 달은
황금 달빛을 들여보내 준다.

아버지와 어머니는 낮게 코 골며
옆의 침실에서 잠들어 있다.
하지만 우린 즐거이 노닥이며
서로 잠을 내쫓는다.

「당신이 자주 기도한다는
그 말을 믿기 어려워요.
당신의 입술이 비죽대는 건
기도 때문이 아닐 거예요.

그 고약하고 싸늘한 비죽거림은
매번 나를 놀라게 하지만
당신 눈에 어린 경건한 빛이
어두운 근심을 달래 주어요.

당신이 참된 믿음을 갖고 있는지
그것마저 내겐 의심스러워요.

성부와 성자와 성령을
당신은 믿지 않는 거죠?」

「아, 그대여, 어릴 때부터,
어머니 품에 앉아 있던 때부터
선하고 위대하게 주재하시는
하느님 아버지를 믿었어.

아름다운 땅을 창조하시고[223]
아름다운 인간들을 만드시고
해와 달과 별이 갈 길을
미리 정해 주신 그분을.

내가 더 자란 후엔, 그대여,
훨씬 더 많은 걸 알게 됐어.
앎과 분별력을 갖게 된 나는
하느님의 아들도 믿게 됐지.

사랑으로 우리에게 사랑을
계시하시고 그 대가로 늘 그렇듯
민중에 의해 십자가에 매달린
그 사모하는 분을.

223 세계를 창조한 신을 믿는다는 점에서는 기독교도나 구약만 인정하는
유대교도, 그리고 계몽주의 시대의 이신론자가 다 똑같다. 그러므로 이 믿음
은 소녀의 질문에 대한 온전한 대답이 못 된다. 하이네는 유대교의 환경 속에
서 어린 시절을 보냈다.

내가 다 자라 어른이 되고
독서도 여행도 많이 한 지금,
충만하여 벅찬 가슴으로
충심을 바쳐 성령을 믿고 있어.[224]

성령은 위대한 기적을 행하셨고
지금도 큰일들을 하고 계시지.
폭군의 성들을 무너뜨렸고
노예의 멍에를 부숴 버리셨어.

오래된 죽음의 상처를 치유하고
낡은 법을 새롭게 고쳐 주시지.
모든 인간은 평등하게 태어난
똑같이 고귀한 종족이라 하시지.[225]

사악한 안개를 걷어 내시고,
밤낮으로 우리를 비웃으며
우리의 사랑과 기쁨을 앗아 가는
어두운 망상[226]을 쫓아내시지.

224 이 시에서 성령에 대한 믿음이 특히 강조되는 것은 하이네가 성령의
제국을 화해의 제국으로 해석한 헤겔의 영향을 받았기 때문이다. 하이네는
베를린에서 헤겔의 역사 철학 강의를 수강했다.

225 여기서 성령은 미국의 독립 선언과 프랑스의 인권 선언에서 나타난
천부 인권론의 선포자로 묘사되고 있다. 신분 차별과 세습적 특권을 철폐하
고 만인의 평등을 실현해야 한다는 것은 하이네의 근본적이고 지속적인 정치
적 신념이었다.

226 미신, 교회의 고루한 교리, 악마의 마술과 마녀의 존재에 대한 믿음
등을 말한다.

성령은 단단히 무장한
수천의 기사들을 선발하셨고,
자신의 뜻을 이루기 위해
그들에게 용기를 불어넣어 주셨어.

그들의 숭고한 칼이 번쩍이고
그들의 멋진 깃발이 펄럭이고 있어!
아, 그대여, 그 당당한 기사들을
당신은 보고 싶지 않아?

자, 나를 봐, 그대여,
내게 키스하고 날 똑바로 봐.
내가 바로 성령이 보내신
그 기사들 중 한 사람이니까.」

3

바깥의 달은 고요히
푸른 전나무 뒤에 숨어 있다.
희미하게 방 안에서 깜빡거리는
우리 등불도 거의 빛을 잃었다.

하지만 나의 파란 별들은
환한 빛으로 밝게 빛난다.
진홍빛 장미가 반짝거리고
사랑스러운 소녀는 이야기한다.

「키 작은 종족의 꼬마 요정들[227]이
우리의 빵과 베이컨을 훔쳐 가요.
저녁까지 상자 안에 있던 것들이
아침이 되면 사라지고 없어요.

키 작은 종족이 우유 속에 든
유지(乳脂)를 홀짝 빼먹고는
사발 뚜껑을 덮지 않아
고양이가 나머지를 마셔 버려요.

그리고 고양이는 마녀랍니다.
폭풍이 몰아치는 밤이면
살금살금 저쪽 유령의 산으로,
무너진 낡은 탑으로 가거든요.

옛날엔 거기 성이 있었어요.
환락과 빛나는 무기들로 충만했고,
말끔한 기사와 숙녀와 시동 들이
횃불춤을 추는 곳이었지요.

거기서 어떤 못된 마녀가
그 성과 사람들에게 저주를 걸어
이제 한갓 폐허만 남았어요.

227 독일의 신화와 민속 신앙을 다룬 하이네의 『원소 정령들Elementargeister』
에 따르면 하르츠 지방의 사람들은 땅속 꼬마 요정들이 바위에 있는 작은 구
멍들을 통해 바깥을 드나든다는 믿음을 갖고 있었다.

부엉이들이 거기 둥지를 틀었어요.

그런데 돌아가신 숙모님이 말했어요.
밤에, 정확한 시각에
그곳의 정확한 장소에서
정확한 말을 하면

그 폐허가 모습을 바꾸어
다시 찬란한 성으로 변하고
기사와 숙녀와 시동 들이
다시 흥겹게 춤출 거라고.[228]

그리고 그 말을 한 사람이
성과 사람들을 갖게 되고,
팀파니와 트럼펫이 소리 높여
새로운 주인을 칭송할 거라고.」

이렇게 소녀의 장미 입술에서
동화의 그림들이 피어나고
소녀의 눈동자는 그 그림들에
파란 별빛을 흩뿌린다.

작은 소녀는 황금색 머리카락을

---

228 폐허가 된 성이 어떤 주문에 의해 깨어난다는 이 상황은 동화 『잠자
는 숲속의 미녀』에서 따온 것으로 보인다. 이 동화는 프랑스의 작가 샤를 페
로의 동화집에 처음 실렸다가 후일 그림 형제의 동화집에도 실렸다.

내 두 손에 둘러 감고
손가락에 예쁜 이름을 지어 주고
웃고 입맞춤하다 이윽고 입을 다문다.

고요한 방 안의 모든 것들이
아주 친숙하게 나를 쳐다본다.
왠지 언젠가 탁자와 옷장을
한 번 본 적이 있는 듯하다.

벽시계가 정답고 진지하게 지껄이고
들릴락 말락 한 소리로
치터가 스스로 연주를 시작하고
나는 꿈에 젖은 듯 앉아 있다.

지금이 그 정확한 시각이고
여기가 그 정확한 장소다.
그래, 이제 나의 입으로부터
정확한 말이 빠져나올 것 같다.

「보라, 그대여, 벌써 자정이
시작되어 몸을 떠는구나!
냇물과 전나무가 더 크게 떠들고
오래된 산이 잠에서 깨어난다.

치터 소리와 난쟁이의 노래가
산의 돌 틈에서 흘러나오고,

멋진 봄이 온 듯 거기서부터
꽃들이 숲을 이뤄 피어오른다.

꽃들, 기운차고 신비로운 꽃들,
넓적하고 신기한 꽃잎들,
열정에 떠밀려 세상에 나온 듯
온갖 향내 뿜으며 바삐 자라난다.

장미꽃들 빨간 불꽃처럼 거세게
혼잡을 빠져나와 광채를 뿜고
백합들은 수정 기둥들처럼
하늘에 닿을 듯 솟아오른다.

태양처럼 커다란 별들이
뜨거운 갈망으로 내려다본다.
그 별들이 뿜어내는 빛이
커다란 백합 꽃받침에 쏟아진다.

하지만 가장 많이 변한 건
사랑스러운 그대여, 바로 우리야.
횃불과 황금과 비단이
우리를 둘러싸고 즐거이 빛난다.

너, 너는 공주가 되었고
이 오두막은 성이 되었구나.
기사와 숙녀와 시동 들이

여기서 환호하고 저기서 춤춘다.

하지만 내가, 내가 너와 모든 걸,
성과 사람들을 갖게 되었다.
팀파니와 트럼펫이 소리 높여
새로운 주인을 칭송하는구나!」

목동

목동은 왕이고
푸른 언덕은 그의 왕좌라네.
목동 머리 위의 태양은
커다란 황금 왕관이라네.

그의 발치에 누워 있는 양들은
붉은 십자가[229]를 매단 줏대 없는 아첨꾼들.
송아지들은 신사라네.
거들먹거리며 돌아다닌다네.

염소들은 궁정 배우들이고
피리를 불어 대는 새들과
종을 흔들어 대는 암소들은
궁정 악사들이라네.[230]

---

229 프로이센의 붉은 독수리 훈장을 비꼬는 말.

연주 소리 노랫소리 사랑스럽고,
폭포와 전나무들도 끼어들어
다정스레 솨솨 소리를 내네.
임금님은 꾸벅꾸벅 잠이 드네.

그 사이엔 장관인 개가
나라를 다스려야 한다네.
그 개 으르렁 짖는 소리가
사방에 메아리치네.

젊은 왕이 웅얼웅얼 잠꼬대하네.
「통치는 너무 어려워.
아, 이미 집에서 내 왕비 곁에
함께 누워 있다면 얼마나 좋을까!

이 임금의 머리를 왕비의 품에
살며시 누이면 너무나 포근하고
그녀의 아름다운 눈동자 속에는
측량할 길 없는 내 제국이 있으리!」

230 궁정 배우와 악사들은 모두 하이네가 베를린에서 본 궁정의 모습을
암시한다. 하이네는 이 시에서 반동적인 정책을 강화하고 있던 프로이센의
궁정을 목동의 목가에 빗대어 조롱하고 있다.

브로켄 산[231] 위에서

햇살이 어슴푸레 내비치니
벌써 동녘이 밝아 오고
드넓게 펼쳐진 안개 바다 위로
산꼭대기들 유영하고 있구나.

7마일을 나는 장화[232]가 있다면
나는 바람처럼 날쌔게
저 산꼭대기들을 넘어
사랑하는 이의 집으로 가리라.

그녀가 잠자는 침대에서
커튼을 살며시 걷어 내고
살며시 그녀의 이마와
홍옥 입술에 키스하리라.

그리고 백합처럼 흰 귀에
더 살며시 속삭이리라.
꿈속에선 우리가 서로 사랑하고
결코 헤어지지 않았다고 생각해.

---

231 하르츠 산맥에서 가장 높은 산. 높이 1,141미터. 독일에서 가장 사랑
받는 소풍지 중 하나이며, 이 산에 대한 수많은 전설들이 있다.
232 독일의 동화와 단편소설, 시 등에서 자주 등장하는 이 장화는 그것을
신는 사람으로 하여금 한 걸음마다 7마일을 이동하게 해주는 마력을 지니고
있다.

일제 공주

나는 일제 공주야.
일제 바위에서 살아.[233]
나의 성으로 같이 가.
너와 행복을 나누고 싶어.

나의 맑은 물결로
네 머리를 적셔 줄게.
수심으로 병든 친구야,
고통을 잊게 해줄게!

내 하얀 두 팔에 안겨.
내 하얀 가슴에 기대.
그렇게 누워 옛 동화 속
즐거운 세상을 꿈꾸어 봐.

입맞춤하며 널 껴안을 거야.
내가 지금은 세상을 떠난
사랑하는 하인리히 황제[234]에게
입맞춤하고 그를 껴안았듯이.

233 일제 바위는 브로켄 산 기슭에 있는 커다란 암석이다. 바로 곁에 오커
강의 지류인 일제 천이 흐른다. 12세기 초까지 그 위에 요새가 세워져 있었다.
하이네는 여행기 「하르츠 여행」에서 일제 바위에 오르는 여정과 이 바위를 둘
러싼 전설들에 대해 서술하고 있다.
234 고슬라와 하르츠 산맥의 성들에서 자주 머물렀던 하인리히 1세, 4세,
5세 등 하인리히라는 이름을 가진 여러 왕들과 황제들을 말한다.

죽은 자 되살아나지 않고
산 자만이 살아 있는 것.
난 아름답게 피어오르고
내 가슴은 활짝 웃고 있어.

내 성으로 내려와,
수정으로 만든 내 성으로.
저기 아가씨들 기사들 춤추고
시동들이 환호하고 있어.

비단 옷자락들 사각거리고
박차들이 달그락거려.
난쟁이들 나팔 불고 북 치고
바이올린 켜고 뿔피리를 불어.

하지만 난 널 껴안고 있을 거야,
하인리히 황제를 껴안았듯이 ―
트럼펫 소리 울려 퍼지면
나는 그의 귀를 꼭 막았어.

북해

Die Nordsee

1825~1826

첫 번째 연작시[235]

I
대관식

노래들아! 나의 좋은 노래들아![236]
일어나, 일어나라! 어서 무장하라!
트럼펫을 불어라,
이제 내 가슴을
온전히 지배할
이 젊은 처녀를
여왕으로 받들어라.

만세! 그대 젊은 여왕이여!

235 하이네는 1825년 8월 13일부터 9월 24일까지 북해의 휴양지인 노
르더나이 섬에서 체류했다. 이 연작은 체류 기간과 그 직후의 가을에 집필되
었다.

236 앞의 「서정적 간주곡」 끝부분에서 하이네는 슬픔과 고통을 하소연하
는 노래들을 〈해묵은 나쁜 노래들〉이라고 불렀다. 그런 노래들과 달리 여기
서 말하는 〈좋은 노래들〉은 용기와 담력과 전의를 고취하는 시들을 말한다.

저 하늘의 태양에서
영롱한 붉은 황금을 떼어 내어
그대의 성스러운 머리에 얹을
왕관을 만들리라.
밤의 다이아몬드들 반짝이는,
푸른 비단처럼 나풀대는 하늘 지붕에서
화려한 조각 하나 잘라 내어
그대 여왕의 어깨에
대관식 망토로 입혀 주리라.
말쑥하게 꾸민 소네트와
당당한 테르치네, 정중한 슈탄체[237]를
그대에게 신하로 주리라.
내 재치는 그대의 전령(傳令)이 되고,
내 상상력은 그대의 궁정 광대가,
내 유머는 웃음의 눈물을 문장(紋章)으로 삼는
그대의 의전관이 되리라.
그러나 나 자신은, 여왕이여,
그대 앞의 붉은 벨벳 방석 위에
섬기는 마음으로 무릎을 꿇고
제국의 그대 전임자가
나를 측은히 여겨
내게 남겨 준 약간의 분별력[238]을
그대에게 바치리라.

237 하이네는 여기서 시형(詩形)들을 의인화하고 있는데, 소네트는 4연 14행의 시형이고, 테르치네는 3행으로 구성된 4개의 연으로 이루어지는 시형이며, 슈탄체는 8행의 시형이다.

II
황혼

창백한 바닷가에서 나는
생각에 잠긴 채 외로이 앉아 있었다.
태양은 점점 가라앉으며
물 위에 불타는 붉은 줄들을 그었다.
넓게 펼쳐진 하얀 파도들이
밀물에 떠밀려 포말을 일으키고
소리 지르며 점점 다가왔다.
기묘한 소리와 속삭임과 휘파람 소리,
웃음소리와 중얼거림, 한숨과 함성,
그 사이에 자장가처럼 포근한 노랫소리 ─
마치 사라진 전설을,
태고의 사랑스러운 동화를 듣는 듯하다.
여름 저녁 내가 옆집 아이와
현관 앞 돌계단에 마주 앉아
조그마한 가슴으로 귀 기울이며
호기심 어린 눈을 총명하게 뜨고
조용히 이야기를 나눌 때
그 아이가 내게 들려준
그런 동화를 ─
그때 건너편 창가의
싱그러운 화분들 곁엔

238 화자는 이전에 다른 여인을 사랑하다가 불행에 빠져 분별력을 잃어
버린 일이 있다는 뜻이다.

다 자란 소녀들이 앉아 있었지.
미소 지으며 달빛에 반짝이던
그 장미 같던 얼굴들.

III
해넘이

붉게 타는 태양이
드넓은 몸을 떠는
은회색의 바다 아래로 내려간다.
장밋빛으로 물든 대기의 형상들이
물결치며 그 뒤를 따른다.
맞은편, 가을빛으로 어두워 가는 구름 장막 사이로
창백하고 슬픈 표정의
달이 나타난다.
달 뒤편 아스라이 먼 곳에서는
불티처럼 별들이 아른거린다.

먼 옛날 하늘에서는
루나 여신과 솔 신[239]이
부부로서 함께 빛났다.
부부 주변에선 별들이,
그 작고 천진한 자식들이 북적거렸다.

239 루나*Luna*와 솔*Sól*은 로마 신화에 등장하는 달의 여신과 태양의 신이다.

하지만 사악한 혀들이 불화를 속닥거렸고,
숭고하게 빛나던 부부는
서로를 미워하며 헤어졌다.

이제 낮이면 외로운 찬란함으로
태양신이 저 하늘 위를 걸어간다.
오만하게 번창하는 인간들도
그 장려한 모습을
숭배하고 찬양한다.
하지만 밤이 되면
불쌍한 어머니 루나가
고아가 된 별들을 거느리고
하늘을 걸어간다.
고요히 슬픔에 잠긴 채 루나는 빛나고,
사랑에 빠진 소녀들과 살가운 시인들은
루나에게 눈물과 노래를 바친다.

맘 약한 루나! 여성스러운 마음으로
그녀는 지금도 아름다운 남편을 사랑한다.
저녁 무렵, 창백하게 몸을 떨며
루나는 옅은 구름 사이로 귀를 세우고,
저무는 남편을 고통스레 바라보며
조심스레 외치고 싶다. 「이리 와요!
이리 와요! 아이들이 당신을 보고 싶어 해요 ──」
하지만 고집스러운 태양신은
아내를 보고 이글이글 타오른다.

노여움과 고통이 뒤섞인
보랏빛으로 타오른다.
그리고 차가운 물결 속 홀아비 침대로
주저 없이 서둘러 내려간다.

◆

사악하게 날름대는 혀들이
이렇게 불멸의 신들에게조차
고통과 파멸을 안겨 주었다.
저 하늘 위의 가엾은 신들은
고통스럽고 쓸쓸하게
끝없는 궤도를 걸어간다.
죽을 수도 없는 그들은
그 찬란한 불행을
질질 끌며 나아간다.

그러니 나는, 인간인 나는,
낮은 곳에서 태어나 죽음의 행운을 얻은
나는 더 이상 불평하지 않으리라.

IV
바닷가의 밤

별 하나 없는 싸늘한 밤,
바다가 들끓는다.

흉측한 북풍이 바다 위에
배를 깔고 엎드려 있다.
기분이 좋아지는 고집 센 투정꾼처럼
북풍은 신음하듯 억누른 목소리로
물을 향해 수다를 늘어놓는다.
그는 몹시 화가 난 거인의 동화와
노르웨이의 옛 전설들처럼
멋진 이야기들을 수없이 들려준다.
그리고 이따금 널리 울릴 만큼
크게 웃고 울부짖으며
에다[240]의 주술 노래와 룬[241] 주문(呪文)을 읊는다.
그 소리 너무 굳세고 마력이 강하여
바다의 하얀 자식들이[242]
자만심에 취해
높이 뛰어오르고 환호한다.

그러는 중에 얕은 물가에서는
바람과 파도보다 더 거친 심장을 지닌
낯선 남자가 물결에 젖은
모래를 밟으며 걸어간다.
그가 밟는 자리마다 불꽃이 튀고
조개들이 바스락댄다.

240 고대 게르만족의 전설과 북유럽 신화들을 모아 놓은 13세기의 두 가지 문학 작품.
241 고대 게르만족이 사용한 문자. 주로 묘비에 새겨진 비명(碑銘)의 형태로 남아 있는데, 당시 게르만족은 이런 비명에 마법의 힘이 있다고 믿었다.
242 파도를 말한다.

그는 회색 외투로 몸을 싸매고
바람 부는 밤 속을 서둘러 걸어간다.
유혹하듯 다정하게 어른거리며
어부의 쓸쓸한 오두막에서 흘러나오는
작은 불빛에 안전하게 인도받으며.

아버지와 오빠는 바다에 나갔고
오두막에는 어부의 딸이
외톨이가 되어 남아 있었다,
놀랍도록 아름다운 어부의 딸이.
그녀는 아궁이 앞에 앉아
달콤한 기대를 일깨우는
익숙한 주전자 소리에 귀 기울인다.
바스락대는 물거리들을 불에 던져 넣고
입으로 바람을 불어 넣는다.
그러자 타오르는 붉은 불빛이
꽃피는 그녀의 얼굴에,
초라한 회색 셔츠 사이로
사랑스레 살짝 고개를 내민
그녀의 여리고 하얀 어깨에,
속치마를 가느다란 허리에
단단히 동여매는
섬세한 작은 손에
사랑스러운 마술처럼 어른거린다.

그때 갑자기 문이 벌컥 열리고

밤 속을 걷던 그 낯선 남자가 들어온다.
확고한 사랑의 눈으로 그는
하얗고 가냘픈 소녀를 본다.
깜짝 놀란 한 송이 백합처럼
그의 앞에 서서 떨고 있는 소녀를.
그는 외투를 바닥에 벗어던지고
웃으며 이렇게 말한다.

「알겠느냐, 내 사랑아, 난 약속을 지킨다.
그래서 이렇게 왔고,
나와 함께 옛 시대도 함께 왔다.
그 옛 시대엔 천상의 신들이
인간의 딸들에게 내려와
그들을 껴안고 그들과 함께
왕홀을 든 왕족들과
세상을 놀라게 한 영웅들을 낳았다.
하지만, 내 사랑아, 내가 신이라고
더 이상 놀라진 마라.
럼주를 탄 차를 끓여 다오.
바깥은 추웠으니.
이런 밤공기를 쐬면 불멸의 신인
우리들도 추워서 몸을 떨지.
금방 거룩한 코감기에 걸려
불멸의 기침을 해대지.」[243]

243 하이네는 신화를 작품화한 그리스 예술의 쾌활함과 예술성을 높이 평
가했지만, 여기서처럼 그리스의 신들을 우스꽝스럽게 풍자하기를 좋아했다.

V
포세이돈[244]

드넓게 넘실대는 바다 위로
햇빛이 뛰어놀고 있었다.
나를 고향으로 데려다줄 배가
멀리 정박장에서 반짝였다.
하지만 순풍은 불어오지 않았다.
여전히 나는 고적한 해변의
하얀 모래 언덕에 가만히 앉아 있었다.
나는 오디세우스의 노래를,
영원히 젊은 그 옛 노래를 읽었다.
파도 소리 가득한 책장들로부터
신들의 숨결과
찬란한 인간의 봄과
헬라스의 만발한 하늘이
유쾌하게 솟아올랐다.

나의 고결한 가슴은 라에르테스[245] 아들의
방랑과 곤경을 충실하게 함께 겪었고
여왕들이 자줏빛 실을 잣는
아늑한 화덕 앞에서 근심에 빠진 채

244 하이네는 1825년 9월 말, 독일 북해의 섬 노르더나이에서 함부르크
를 향해 배를 타고 출발했다가 무풍 상태로 인해 1주일간 바다에 억류되었는
데, 이 경험이 이 시의 계기가 되었다. 그는 이 여행 기간에 호메로스의 작품
들을 읽은 것으로 추정된다.
245 그리스 신화에서 이타카의 왕이며 오디세우스의 아버지다.

그와 함께 앉아 있었다.

그가 거인의 동굴[246]과 님프들[247]의 품에서

거짓말로 빠져나오도록 도와주었고,

킴메르[248]의 밤과 폭풍과 난파를

그를 뒤좇아 겪었으며,

그와 함께 지독한 고생을 견뎌 냈다.

나는 한숨을 쉬며 말했다.

그대 나쁜 포세이돈이여,

그대의 분노가 엄청나구나.

내 귀향길이 걱정되는구나.

이렇게 말하자마자 바다가 들끓었다.

그리고 하얀 파도 위로

갈대로 짠 월계관을 쓴

해신(海神)[249]의 머리가 솟아올랐다.

해신은 비웃듯이 소리쳤다.

걱정 말게, 시인이여!

246 오디세우스는 외눈박이 거인 폴리페모스의 동굴에 갇혔고, 두 명의 요정들, 즉 칼립소와 키르케를 만났다.

247 그리스 신화에서 하급 여신들로서 산과 나무, 들판, 동굴 등 여러 곳에서 살면서 대개 인간을 도와준다. 그러나 님프인 칼립소는 오디세우스가 자신의 섬에 도착하자 7년 동안이나 놓아주지 않았다.

248 오디세우스는 킴메르인의 나라에 상륙했는데, 지하 세계에 가까운 그곳은 짙고 어두운 안개로 덮여 있었다.

249 포세이돈.

자네의 초라한 작은 배를
위험에 빠뜨릴 생각은 전혀 없으니.
배를 너무 세게 흔들어
소중한 생명을 위태롭게 할 생각도.
시인이여, 자네는 날 화나게 한 적이 없으니까.
프리아모스[250]의 신성한 성채[251]에
창문 하나 깨트린 적 없고,
나의 아들 폴리페모스의
눈썹 하나 그을리지 않았지.
지혜의 여신인 팔라스[252] 아테나[253]가
조언으로 자네를 보호해 준 적도 없지.

포세이돈은 이렇게 외치고
바닷속으로 다시 사라졌다.
그리고 물속에서는
통통한 인어인 암피트리테[254]와
네레우스의 멍청한 딸들[255]이
어부들의 조잡한 농담을 들먹이며 웃었다.

250 트로이의 마지막 왕.

251 포세이돈은 트로이 전쟁에서 그리스 연합군의 편이었지만, 자신이 쌓아 놓은 트로이의 성벽을 그리스 군대가 무너뜨리자 분노하여 그리스군의 귀향길을 방해하게 된다.

252 아테나와 함께 자란 트리톤의 딸 팔라스를 기리는 뜻에서 아테나가 자신에게 부여한 별칭.

253 트로이 전쟁에서 트로이의 왕자 파리스에게 인정받지 못한 아테나는 그리스 연합군의 편을 들었다. 오디세우스가 폴리페모스의 눈을 찔러 포세이돈의 노여움을 산 후에도 그의 귀향을 도와주었다.

254 해신 네레우스의 딸. 포세이돈과 결혼하여 그의 아내가 되었다.

VI
고백

땅거미와 함께 저녁이 오고
물결은 더욱 거칠게 날뛰었다.
나는 해변에 앉아
파도의 하얀 춤을 바라보았다.
내 가슴도 바다처럼 부풀어 올랐고,
너를 향한, 너의 어여쁜 모습을 향한
짙은 향수가 나를 사로잡았다.
그 모습 어디서나 내 주위를 맴돌고
어디서나 나를 부른다.
어디서나, 어디서나,
사나운 바람과 출렁이는 바닷속에서도,
내 가슴의 한숨 속에서도.

나는 가벼운 갈대로 모래 위에 썼다.
〈아그네스, 너를 사랑해!〉
하지만 고약한 파도가 덮쳐 와
그 달콤한 고백을
지워 버렸다.

연약한 갈대야, 흩어지는 모래야,
부서지는 파도야, 너희를 더 믿지 못하겠구나!

255 네레우스와 그의 아내 도리스 사이에서 태어난 50명의 딸들로서, 네레이데스 혹은 네레이스라고 불린다.

하늘이 어두워지고 내 가슴은 거칠어진다.
노르웨이의 숲에서 가장 높은 전나무를
내 억센 손으로 뽑아
에트나 산[256]의 불타는 목구멍에 담근다.[257]
그리고 불길에 적신
그 거대한 펜으로
어두운 하늘 지붕에 쓴다.
〈아그네스, 너를 사랑해!〉

그 후로 밤마다 하늘 위에서
영원한 불의 글자들이 타오른다.
그리하여 자라나는 어린 자손들은
하늘에 새겨진 그 글자를 환호하며 읽는다.
「아그네스, 너를 사랑해!」

VII
밤의 선실에서

바다에는 진주가 있고
하늘에는 별들이 있지.
하지만 내 가슴, 내 가슴,

256 이탈리아의 시칠리아 섬에 있는, 유럽에서 가장 높은 활화산이다.
257 오비디우스의 『변신 이야기』에서는 농업의 여신 케레스가 딸 프로세
르피나(그리스 신화의 페르세포네)를 찾으면서 에트나 화산의 불길로 점화
한 소나무를 횃불로 쓴다.

내 가슴엔 사랑이 있어.

바다와 하늘이 넓지만
내 가슴은 그보다 더 넓어.
내 사랑은 진주와 별들보다
더 아름답게 빛나고 반짝이지.

너 조그맣고 어린 소녀야,
드넓은 내 가슴으로 오렴.
내 가슴과 바다와 하늘은
간절한 사랑에 허우적거려.

◆

아름다운 별들이 반짝이는
푸르른 하늘 지붕에
내 입술을 누르고 싶구나,
누르며 거세게 울고 싶구나.

저 별들은 내 사랑의 눈동자.
푸르른 하늘 지붕에서
별들이 수천으로 반짝이며
내게 인사를 보내오네.

푸르른 하늘 지붕을 향해,
내 사랑의 눈동자들을 향해,
나는 간절하게 손을 뻗으며

간청하고 또 애원한다.

사랑스러운 눈들이여, 은총의 빛이여,
오, 내 영혼에 기쁨을 다오.
나 죽어 너희와 너희의 하늘을
모두 다 갖게 해다오.

◆

드높은 하늘의 눈들로부터
밤을 가르며 황금 불꽃들이
떨리면서 떨어지고, 내 영혼은
사랑으로 넓게, 더 넓게 뻗어 간다.

오, 너희 드높은 하늘의 눈들이여!
내 영혼 안에서 실컷 울어 다오.
환한 별들의 눈물로
내 영혼이 넘쳐흐르도록.

◆

바다의 물결과 몽상을 따라
하염없이 흔들리면서
나는 선실의 어두운 구석
침대에 조용히 누워 있다.

열린 선창을 통해 나는
저 높이 떠 있는 총총한 별들을,

깊이 사랑하는 어여쁜 이의
사랑스럽고 달콤한 눈동자들을 본다.

사랑스럽고 달콤한 눈동자들은
내 머리 위에서 보초를 서고
반짝이며 내게 손짓한다.
푸른 하늘 지붕으로부터.

푸른 하늘 지붕을 나는
오래도록 행복에 젖어 바라본다.
그 사랑스러운 눈동자들을
하얀 안개 베일이 가릴 때까지.

◆

꿈에 젖은 내 머리를 기대 놓은
배의 널벽에 파도가,
거친 파도가 부딪쳐 부서진다.
파도는 철썩대며
내게 나지막이 속삭인다.
「어리석은 친구여!
너의 팔은 짧고 하늘은 멀고
저 위의 별들은 황금 못으로
하늘에 단단히 박혀 있어 —
갈망도 한숨도 헛될 뿐이니
잠이나 자는 게 제일 좋아.」

◆

고요하고 하얀 눈에 뒤덮인
드넓은 들판을 꿈에서 보았지.
나는 그 하얀 눈 아래에 묻혀
쓸쓸하고 차가운 죽음의 잠을 잤어.

하지만 저 위 캄캄한 하늘에서는
별 눈동자들이 내 무덤을 내려다보았지.
어여쁜 눈동자들! 당당하게, 고요히 쾌활하게,
그러나 사랑을 듬뿍 담아 반짝거렸지.

VIII
폭풍

폭풍이 미친 듯 날뛰면서
파도에 채찍을 휘두른다.
성난 파도는 거품을 일으키며
벌떡 일어서서 높이 치솟고,
하얀 물의 산은 펄펄 출렁인다.
작은 배는 서둘러 안간힘을 쓰며
그 산을 타고 오르다 갑자기 떨어진다.
시커먼 입을 한껏 벌린
물결의 심연 속으로 ─

오 바다여!
거품에서 솟은 미(美)의 어머니여![258]
사랑의 조모여![259] 나를 지켜 주소서!
어느새 송장 냄새를 맡은 갈매기들이
하얀 유령처럼 날개 퍼덕이며 나타나
돛대에 부리를 뾰족하게 갈면서
게걸스레 이 심장을 갈구합니다.
당신의 딸을 향한 찬미로 충만하고
당신의 손자인 그 조그만 개구쟁이와
장난치리라 마음먹은 이 심장을.

간청하고 애원해도 소용없구나!
나의 외침이 날뛰는 폭풍과
바람의 요란한 전투 소리에 파묻힌다.
소리의 정신 병원에라도 온 듯
철썩대고 휘파람 불고 탁탁거리고 울부짖는 소리들!
그런데 그 사이로 유혹적인 하프 소리와
거친 갈망의 노랫소리가
영혼을 녹이고 저미면서
내 귀를 파고드는구나.

258 그리스 신화의 사랑과 아름다움과 다산성의 여신인 아프로디테는 제
우스의 딸로 여겨지지만 바다에서 태어났다. 아프로디테라는 이름은 〈거품
에서 태어난 자〉라는 뜻의 그리스어 아프로게네이아*Aphrogeneia*라는 말에서
유래한 것으로 추정된다.
259 전승되는 그리스 신화의 일부에서는 아프로디테가 사랑의 신 에로스
의 어머니로 간주된다. 이에 따르면 아프로디테의 어머니인 바다는 사랑의
조모(祖母)라고 할 수 있는 것이다.

그것은 내가 아는 목소리다.

멀리 스코틀랜드 암석 해안의
파도가 부서지는 바다 위로
우뚝 솟아 있는 잿빛 작은 성,
그 성의 높다란 아치 창가에
핏기 없이 대리석처럼 창백하게
아름답고 병든 여인이 서 있다.
그녀는 하프를 연주하며 노래하고
바람은 그녀의 긴 곱슬머리를 헝클다가
그녀의 서글픈 노래를 싣고
드넓은 폭풍의 바다로 나아간다.

IX
잔잔한 바다

바다가 잔잔하구나!
태양은 물 위로 햇살을 던지고
넘실대는 보석들 사이로
배는 푸른 고랑을 판다.

키 옆에는 갑판장이 엎드려
나지막이 코를 골고
타르 묻은 선원 수습생은
돛대 옆에 쪼그리고 돛을 깁는다.

그의 뺨에 묻은 얼룩 사이로
발간 살이 이글거리고
큰 입이 서글프게 떨린다.
크고 예쁜 눈은 괴로움으로 일렁인다.

그건 선장이 그의 앞에 서서
날뛰고 욕하며 꾸짖기 때문.
「이 도둑놈! 도둑놈아!
네가 내 통에 든 청어를 훔쳐 갔지!」

바다는 잔잔하구나! 물결 위로
총명하고 조그만 물고기가 올라와
조그만 머리에 햇볕을 쬐면서
조그만 꼬리를 즐겁게 찰싹댄다.

그런데 허공에서 물고기를 향해
갈매기가 쏜살같이 내려오더니
순식간에 전리품을 부리에 물고
푸른 하늘로 유유히 올라간다.[260]

260 이 시집에서 동물들은 대개 소품의 역할을 하는 데 반해 여기서는 선
원들 사이의 상황과 맞물리면서 현실적인 우화의 일부가 되고 있다.

X
바다의 환영(幻影)

나는 그러나 뱃전에 엎드려
꿈에 잠긴 눈길로
거울처럼 맑은 물속을 쳐다보았다.
깊이, 더 깊이 들여다보았다 ──
그러자 바다 밑바닥에서
처음엔 희뿌연 안개 같더니
차츰 뚜렷한 색깔로
교회의 둥근 지붕과 탑들이,
그리고 마침내 도시 전체가
선명하게 나타났다. 네덜란드식의
고풍스러운 그 도시는 사람들로 북적거렸다.
검은 외투에 하얀 러프[261]를 갖추고
목걸이 훈장을 걸고 긴 칼을 찬
뚱한 표정의 의젓한 남자들이
사람들로 득실대는 시장을 지나
높은 계단 위의 시청을 향해 걸어갔다.
왕홀을 잡고 검을 찬 황제 석상들이
시청을 지키며 서 있었다.[262]

261 스페인에서 출현하여 16세기에 유럽의 상류층에서 널리 유행하기 시
작한 주름 칼라. 삼베나 아마포로 제작한 후 풀을 먹여 사용했는데, 불편한 점
이 많아 차츰 사라졌지만 특히 네덜란드에서 오래 명맥을 유지했다.

262 하이네는 여기서 중세 도시의 모습에 함부르크에 대한 기억을 섞어
놓았다. 왕홀을 잡고 검을 찬 황제 석상들이 건물 전면을 장식하는 건물은 함
부르크의 시청이었다.

창문들이 거울처럼 반짝이고
피라미드 모양으로 재단된 보리수들과
집들이 길게 늘어선 근처 거리에서는[263]
사각거리는 비단옷을 입은
날씬한 처녀들이 까맣고 작은 모자로
화사한 얼굴을 정숙하게 에워싸고
출렁이는 금발을 뽐내며 거닌다.
스페인 복장의 갖가지 청년들이
기세 좋게 지나가며 고개를 끄덕인다.
갈색의 옛날 옷을 입고
찬송가집과 묵주를 손에 든
나이 든 여자들은
그들을 재촉하며 울려 퍼지는
종소리와 오르간 소리에
총총걸음으로 대성당을 향해
서둘러 발걸음을 옮긴다.

아득히 들리는 그 소리에 나 또한
수수께끼 같은 전율에 휩싸인다!
가없는 그리움과 깊은 슬픔이
내 가슴을 파고든다.
미처 낫지 않은 이 가슴을 —
사랑스러운 입술이
가슴의 상처에 입맞춤하고

263 이 거리 또한 보리수들이 여러 겹으로 줄지어 서 있던 함부르크 중심의 거리 융페른슈티크Jungfernstieg를 묘사한 것이다.

피가 다시 흘러내리는 듯하구나 ——[264]
뜨겁고 붉은 핏방울들이
천천히 길게 가라앉는다.
저 아래 깊숙한 바다 도시의
오래된 집 위로.
박공이 높다란 그 오래된 집은
살던 사람 모두 떠나 처량한데
한 소녀만이 창가에 앉아
잊혀 남겨진 가엾은 아이처럼
손으로 머리를 괴고 있구나.
가엾게 잊혀 남겨진 아이야,
난 네가 누군지 알아!

그토록 깊이, 바닷속 깊이
나를 피해 숨어 있었구나.
철없는 기분에 그랬다가
다시 올라오지 못했구나.
낯선 사람들 사이에서 낯선 존재로
수백 년을 그렇게 앉아 있었구나.[265]

264 「서정적 간주곡」과 「귀향」에서 묘사된 바와 같은 슬픈 시절을 겨우
벗어났지만 사랑하던 이를 떠올리기만 하면 여전히 격한 슬픔에 휩싸일 수밖
에 없는 남자의 심정을 서술한 것이다.

265 수백 년이라는 시간은 이 이야기가 개인적인 사랑에 대한 것만은 아
니라는 것을 알려 준다. 중세 이후로 낯선 세계에서 낯선 존재로 살아온 내력
은 박해받은 유대교와 유대인들을 암시하는 것일 수도 있다. 하이네는 1825년
6월에 기독교로 개종했지만, 이 개종을 통해 비로소 자신에게 유대교 전통이
얼마나 소중한지 깨달았다.

그동안 나는 애타는 영혼을 안고
너를 찾아 온 세계를 뒤졌어.
언제나 찾으며 돌아다녔지,
변함없이 사랑한 너를,
오래전에 사라진 너를,
마침내 되찾은 너를 ─
나 이렇게 너를 찾아
다시 너의 어여쁜 얼굴과
총명하고 충실한 두 눈과
사랑스러운 미소를 보고 있어 ─
다시는 널 떠나지 않을 거야,
네게로 내려갈 거야,
두 팔을 활짝 펴고
네 가슴을 향해 뛰어내릴 거야 ─

그러나 겨우 때를 놓치지 않고
선장이 내 발을 붙잡아
뱃전에서 나를 잡아당겼다.
그리고 화난 듯 웃으며 소리쳤다.
「박사 양반, 당신 미쳤소?」

XI
정화(淨化)

그 깊은 바닷속에 머물러 있으라,

미친 꿈이여,
지난날 그토록 숱한 밤에
내 가슴을 거짓 행복으로 괴롭혔고
이제는 바다 유령이 되어
환한 대낮에도 나를 위협하는 —
너 미친 꿈이여, 영원히 그 아래에 있으라.
나 이제 너를 향해 내던진다,
내 모든 고통과 잘못들을,
너무나 오래 내 머리를 울려 댔던
어리석음의 어릿광대 방울 모자를,
너무나 오래 내 영혼을 휘감았던
싸늘하게 번득이는
기만의 뱀 가죽을,
병든 영혼을,
신을 부정하고 천사를 부정하는
가련한 영혼을 —
와! 와! 저기 바람이 온다!
돛을 올려라! 돛이 펄럭이며 부푸는구나!
믿을 수 없는 고요한 바다 위로
배는 내달리고,
풀려난 내 영혼은 환호한다.

XII

평화[266]

태양은 하얀 구름에 에워싸여
하늘 드높이 솟아 있었다.
바다는 고요했고
나는 배의 키 옆에 누워
꿈꾸듯 생각에 잠겨 있었다 —
그리고 비몽사몽간에 예수를,
세상의 구세주를 보았다.
나부끼는 하얗고 긴 옷을 입고
그는 거대한 모습으로
땅과 바다를 거닐었다.
그는 머리가 하늘까지 솟았고
땅과 바다 위로
축복을 내리듯 두 손을 뻗었다.
태양을, 붉게 타오르는
태양을 심장 삼아
가슴 속에 담고 있었다.
붉게 타오르는 태양 심장은
은총의 햇살과

266 이 시 또한 하이네가 개종 후에 겪게 된 종교적 갈등과 직접 관련이
있다. 하이네는 1825년 6월에 개종한 후 그해 가을에 이 시를 집필했다. 개종
후에 하이네는 자신이 종교적으로 어디에 속하는지 확실하게 말할 수 없게
되었다. 화해를 이루게 해주는 구세주를 기리고 있는 이 시는 하이네가 유대
교와 기독교의 접근과 화해가 이루어져 자신의 종교적 문제 또한 해결되기를
바라고 있음을 드러낸다.

우아하고 사랑스러운 빛을
환하고 따뜻하게
땅과 바다에 부어 주었다.[267]

종소리들 장엄하게 오락가락하더니
미끄러져 가는 배를
장미꽃 줄로 백조처럼 끌었다.
높이 탑처럼 치솟은 도시에서
사람들이 살고 있는 푸르른 해변으로
가볍게 이끌고 갔다.

오 평화의 기적이여! 도시가 얼마나 고요한가!
떠들썩하고 갑갑한 생업의
숨 막히는 소음은 들리지 않았다.
소리 울리는 깨끗한 거리에서
하얀 옷을 입은 사람들이
종려나무 가지를 들고 거닐고 있었다.[268]
그중 두 사람[269]이 만나
서로 사려 깊게 쳐다보고
사랑과 감미로운 단념을 담아

267 여기서 예수는 고대의 신들과 북유럽의 신들을 극복한 그들의 후계자로 설정되어 있다.

268 여기서 하이네는 예수가 나귀를 타고 예루살렘에 입성할 때 유대인들이 종려나무 가지를 흔들면서 그를 구세주처럼 맞았던 일을 암시하고 있다. 여기서 하이네가 꿈꾸는 것은 유대교와 기독교의 화해가 이루어져 예수의 수난이 일어나지 않고 예루살렘이 모든 신자들의 수도가 되는 평화의 역사다.

269 기독교와 유대교를 말한다.

떨면서 서로의 이마에 키스했다.
그리고 그들은 눈을 들어
저 높은 곳에서 자신의 붉은 피를
기쁜 화해를 위해 흩뿌리는
구세주의 태양 심장을 바라보면서
더없이 행복하게 세 번 말했다.
「예수 그리스도여, 찬양받으소서!」

두 번째 연작시[270]

I
바다에게 보내는 인사

탈라타! 탈라타![271]
영원한 바다여, 내 인사를 받으라!
환호하는 가슴으로 건네는
이 만 번의 인사를 받으라!
그 옛날 만 명의 그리스인들이,
불운과 싸우며 고향을 열망하던
널리 알려진 그 그리스인들이
네게 인사를 건넬 때처럼.

270 이 연작의 일부는 하이네가 1826년 7월 24일부터 9월 15일까지 노르더나이에 체류할 때 집필되었고, 대부분은 그 후의 가을 동안에 집필되었다.

271 바다를 향한 인사말인 이 그리스어는 그리스의 역사가 크세노폰이 페르시아 원정기인 『아나바시스』에서 기록한 말에서 따온 것이다. 크세노폰에 따르면, 페르시아에 패한 그리스 군인 1만 명이 아나톨리아 지역을 가로지르는 고생스러운 퇴각 끝에 바다를 보게 되자 이 말을 외치며 환호했다고 한다.

파도가 넘실대며 밀려왔다.
넘실대며 거세게 출렁거렸다.
태양은 새롱거리는 장밋빛 햇살을
아래로 급히 쏟아부었다.
깜짝 놀란 갈매기 떼가
큰 소리로 울어 대고 날개 치며 날아갔다.
말들이 발 구르고 방패들이 덜걱대고,
승리의 함성 같은 외침이 멀리 울려 퍼졌다.
탈라타! 탈라타!

영원한 바다여, 내 인사를 받으라!
너의 물은 고향의 언어처럼 속삭이고
너의 넘실대는 파도의 영토는
어린 시절의 꿈처럼 반짝거리는구나.
옛 기억들이 되살아나 이야기하는구나.
그 모든 곰살맞고 멋진 장난감과
그 모든 반짝거리는 성탄절 선물들과
그 모든 빨간 홍두화들, 금붕어들,
진주들과 알록달록한 조개들에 대해.
너는 그것들을 저 아래
투명한 수정의 집에 꼭꼭 숨겨 놓았구나.

오! 황량한 타지에서 나 얼마나 애태웠던가!
식물학자의 양철통 속에 든
시들어 버린 꽃처럼
내 심장은 가슴 속에 처박혀 있었다.

겨우내 침침한 병실에
앉아 있었던 기분이구나.
이제 돌연히 그 병실을 빠져나오니
햇빛에 깨어난 비취색 봄의
찬란한 빛에 눈이 부시다.
하얀 꽃나무들이 가지를 살랑대고
알록달록한 향기로운 눈으로
어린 꽃들이 나를 본다.
향기와 홍얼거림, 숨소리, 웃음소리 가득하고
푸르른 하늘에선 새들이 노래한다 ─
탈라타! 탈라타!

너 씩씩한 퇴각의 심장이여![272]
얼마나 자주, 괴롭도록 자주
북쪽의 야만인 여자들[273]이 너를 몰아세웠던가!
그들은 의기양양한 커다란 눈에서
불타는 화살들을 쏘아 댔다.
그들의 삐뚤어진 날 선 말들은
내 가슴을 갈라놓으려 했다.
설형 문자로 쓴 쪽지들로

272 여기서 하이네는 자신의 삶의 경로를 오랜 퇴각전(退却戰)에 비유하고 있다. 적에게 몰리며 지내던 끝에 마침내 섬에 피신할 수 있게 된 것을 기뻐하는 것이다.

273 야만인이 아니라 야만인 〈여자들〉을 말하는 것으로 보아 이들은 크세노폰의 페르시아 원정기에서 그리스군을 뒤쫓은 페르시아인들이 아니다. 가장 개연성이 높은 설명은 이들을 함부르크의 여자들, 특히 하이네의 삼촌 잘로몬의 두 딸들인 아말리에와 테레제로 보는 것이다.

내 가련하고 마취된 뇌를 망가뜨렸다 —
방패로 막았지만 허사였다.
화살이 쉭쉭 날고 칼이 쨍 소리를 냈다.
나는 북쪽의 야만인 여자들에 쫓겨
바닷가까지 밀려났다 —
그리고 이제 자유롭게 숨 쉬며 나는 인사한다,
사랑스러운 구원의 바다에게 —
탈라타! 탈라타!

II
뇌우[274]

음울하게 뇌우가 바다 위에 깔려 있고
검은 구름의 벽 사이로
삐쭉삐쭉한 번갯불이 번득인다.
크로니온의 머리에서 나온 위트처럼[275]
홀연 빛나고 홀연 사라진다.
넘실대는 황량한 바다 위 저 멀리서
천둥이 우르릉 울리고,
보레아스[276]가 에리크토니오스의

274 이 시에서 뇌우의 묘사가 신들과 전설에 등장하는 영웅들과 결합되어 있는 것은 하이네가 1826년 여름에 두 번째로 노르더나이 섬에 머물렀을 때 호메로스를 읽은 것과 관련이 있다.
275 크로노스와 레아 사이에서 태어난 제우스는 크로니온 혹은 크로니데스로 불리기도 한다. 여기서 위트는 독일어의 번개*Blitz*와 위트*Witz*가 운이 일치한다는 이유로 사용된 말이다.

매력적인 암말들과 낳은
하얀 파도의 말들이 뛰어오른다.
겁먹은 바닷새들은 날개를 푸드덕거린다.
카론이 밤에 거룻배에 태워 주지 않은
스틱스 강가의 죽은 넋들처럼.[277]

저기 흥이 난 불쌍한 작은 배가[278]
지독히도 끔찍한 춤을 추며 헤매는구나!
아이올로스[279]가 보낸 재빠른 녀석들이
흥겨운 윤무에 맞춰 사납게 연주한다.
한 녀석은 피리를, 한 녀석은 나팔을 불고
또 한 녀석은 둔중한 콘트라베이스를 연주한다 ─
선원은 비틀거리며 키를 잡고 서서
나침반을, 배의 요동치는 영혼을

276 그리스 신화에서 북풍의 신. 티탄족(族)의 일원이다. 그는 여러 여자들을 납치하고 많은 자식을 낳았다고 한다. 수컷 말로 변신한 후에 다르다니아(소아시아 트로아스 지역의 나라)의 왕 에리크토니오스의 열두 마리 암말과 교미하여 열두 마리의 망아지들을 낳았는데, 이 망아지들은 바다 위를 달릴 수 있었다.

277 카론은 그리스 신화에서 죽은 자들을 태우고 지하 세계의 다섯 강 중 하나인 아케론 강을 건너는 뱃사공이다. 그는 제대로 매장되지 않았거나 통행료로 동전(오보로스)을 내지 않은 자들은 배에 태워 주지 않았다고 한다. 매장되지 않은 자들은 1백 년 동안, 돈이 없는 자들은 영원히 아케론 강 주변을 떠돌게 된다.

278 하이네는 1826년 7월 24일 밤에 엘베 강 어귀의 도시 쿡스하펜에서 노르더나이 섬으로 배를 타고 가던 중에 지독한 폭풍을 만났다. 그는 한 편지에서 이에 대해 〈바다가 너무 거칠어 여러 번 물에 빠져 죽는 줄 알았습니다〉라고 썼다.

279 그리스 신화에 등장하는 바람의 신.

뚫어져라 쳐다보다가
하늘을 향해 두 손 뻗으며 간청한다.
「오, 구해 주소서, 카스토르여, 말 탄 영웅이여,
그대 주먹의 투사 폴리데우케스여!」[280]

III
조난자

희망과 사랑! 모두 산산이 부서졌다!
나는 해변에,
황량한 벌거숭이 해변에
바다가 불평하며 내동댕이친
주검처럼 누워 있다.
내 앞에선 물의 황원이 물결치고
내 뒤엔 근심과 고난뿐이다.
내 위에선 형체 없는 대기의 딸들인
구름들이 떠다닌다.
구름들은 안개 양동이로
바다에서 물을 길어
힘겹게 질질 끌고 가서는
그 물을 다시 바다에 쏟아붓는다.

280 같은 밤에 태어나 쌍둥이로 불리는 카스토르와 폴리데우케스는 선원들과 기사들, 그리고 학생들의 수호자로 간주되었다. 흔히 말을 탄 청년들로 묘사되었으며, 폴리데우케스는 권투의 대가로 통했다. 또한 이들은 폭풍을 만난 배의 구원자로 간주되었고, 이런 이유에서 별자리가 되었다.

우울하고 지루한 짓이다.
내 인생처럼 쓸데없는 짓이다.

파도는 웅얼대고 갈매기는 새되게 울고
옛 기억들이 내게로 몰려온다.
잊었던 꿈들과 사라진 형상들이
달콤한 고통과 함께 나타난다!

북쪽에 어떤 아름다운 여자가,
여왕처럼 아름다운 여자가 산다.
측백나무처럼 날씬한 몸매는
하얗고 긴 관능적인 옷에 싸여 있고
황홀한 밤처럼
검고 풍성한 곱슬머리는
땋아 놓은 정수리에서 흘러내려
어여쁘고 창백한 얼굴을
꿈꾸듯 달콤하게 고불고불 감싼다.
그 어여쁘고 창백한 얼굴에선
크고 강렬한 눈 하나가
검은 태양처럼 반짝인다.

오, 너 검은 태양이여, 얼마나 자주,
황홀하리만치 자주 나는
네 작열하는 열광의 불꽃을 들이마셨던가,
그 불에 취해 서서 비틀거렸던가 ——
그러면 쑥 내민 의기양양한 입가에

비둘기처럼 순한 미소가 맴돌았다.
쑥 내민 의기양양한 입에선
달빛처럼 달콤한 말들이,
장미 향기처럼 그윽한 말들이 새어 나왔다 —
그리고 내 영혼은 치솟아
독수리처럼 하늘로 날아올랐다!

파도여, 갈매기들이여, 입을 다물어라!
모든 것이 사라졌다,
행복과 희망이, 희망과 사랑이!
땅바닥에 드러누워 있는
처량한 조난자인 나는
달아오른 얼굴을 축축한 모래에 누른다.[281]

IV
해넘이

아름다운 태양은
고요히 바다 아래로 가라앉았다.
넘실대는 물은 이미
어두운 밤으로 물들었고
석양만이 황금빛 불꽃들을
물 위에 점점이 뿌리고 있다.

281 모든 희망을 잃어버린 조난자는 자신의 고통을 완화하고 식히기 위해 바닷물에 젖은 모래의 위안을 받고자 한다는 것을 뜻한다.

출렁이는 힘찬 밀물이
하얀 파도를 바닷가로 밀어낸다.
파도는 노래하는 목동이
저녁 무렵 집으로 몰고 가는
털북숭이 양 떼처럼
흥겹게 바삐 뛰어다닌다.

해가 정말 멋지군!
나와 함께 해변을 거닐던 친구가
오랜 침묵 끝에 말했다.
그리고 농담하듯, 그러나 우울하게
이렇게 단호히 말했다.
태양은 아름다운 여인인데
형편상 늙은 해신(海神)과 결혼한 거라고.
낮이면 태양은 진홍색 화장을 하고
다이아몬드를 반짝거리며
드높은 하늘을 즐겁게 거닐고,
세상 모든 생명들의
사랑과 찬미를 한 몸에 받으며
환하고 따사로운 햇살로
세상 모든 생명들을 기쁘게 하지만
저녁이 되면 축축한 집으로,
백발인 남편의 황량한 품으로
울적하고 하릴없이
되돌아가는 거라고.

「내 말을 믿어.」 친구는 말을 이으면서
웃고 한숨짓고 다시 웃었다.
「둘은 저 아래서 아주 다정한 결혼 생활을 하지!
잘 때 말고는 줄곧 싸우는데
그때마다 여기 위에선 바다가 날뛰고
뱃사람은 파도 소리 속에서
노인네가 아내를 꾸짖는 소리를 듣게 돼.
〈우주의 둥그런 매춘부야!
햇살로 교태를 부리는 여자야!
종일토록 너는 딴 놈들을 위해 열을 내다가
밤이 되면 차갑게 식고 지쳐 내게로 오잖아!〉
그런 침실 설교가 끝나면
당당하던 태양이 울음을 터트리고
신세타령을 하지. 당연한 일이야!
신세타령은 끝날 줄 모르고,
견디지 못한 해신은 침대에서 벌떡 일어나
서둘러 바다 표면으로 헤엄쳐 올라가.
한숨도 돌리고 정신도 차리려고.

어젯밤엔 내가 해신을 직접 봤어.
가슴까지 바다 위로 솟아 있었어.
노란 플란넬 웃옷에
백합처럼 하얀 수면 모자를 썼는데
얼굴이 시무룩하더군.」[282]

282 여기서 하이네는 신화 속의 신들을 조롱하고 있으며, 고대 그리스의
비극 작가 아리스토파네스의 어조를 빌려 왔다.

V
오케아니데스[283]의 노래

저녁 바다는 점점 더 창백해지는데
저기 황량한 바닷가에 한 남자가
그의 쓸쓸한 영혼과 함께 쓸쓸히 앉아
죽음처럼 차가운 시선으로 죽음처럼 차가운
드넓은 둥근 하늘 천장을 올려다본다.
그리고 드넓게 넘실거리는 바다를 바라본다 —
드넓게 넘실거리는 바다와 돛단배들 위로
그의 한숨이 날아갔다가
우울한 모습으로 되돌아온다.
한숨이 닻을 내리려던 가슴이
굳게 닫혀 있었기 때문에 —
커다란 한숨 소리에 하얀 갈매기들이
깜짝 놀라 모래 둥지에서 날아오르더니
떼 지어 퍼덕이며 그의 주위를 맴돈다.
그가 웃으며 새들에게 말한다.

「다리가 검은 새들아,
하얀 날개로 바다 위를 훨훨 날고
굽은 부리로 바닷물을 마시고
기름기 많은 물개 고기를 먹는 새들아,

283 그리스 신화에서 티탄족인 바다의 신 오케아노스와 그의 여동생인
바다의 여신 테티스 사이에서 태어난 3천 명의 딸을 말한다. 이들은 네레이
데스 및 요정들과 함께 바다와 담수(강, 호수, 샘 등)를 지배한다.

너희 삶은 너희 먹이처럼 쓰구나!
하지만 행복한 나는 달콤한 것만 먹지!
달빛을 먹고 자란 밤꾀꼬리의 신부인
장미의 달콤한 향기를 먹고
휘핑크림을 가득 얹은
더 달콤한 설탕 과자를 먹고
세상에서 가장 달콤한 것을,
주고받는 달콤한 사랑을 먹지.[284]

그녀는 날 사랑해! 그녀는 날 사랑해! 어여쁜 그 처녀가!
지금 그녀는 집의 돌출창(突出窓)에 서서
어스름 내려앉은 큰길을 내다보며
귀를 쫑긋 세우고 애타게 날 그리워하지 ― 정말이야!
그녀는 헛되이 주변을 살펴보고 한숨지어.
한숨지으며 정원으로 내려가서는
꽃향기와 달빛에 둘러싸여 거닐며
꽃들과 이야기하지.
애인인 내가 얼마나 멋지고
사랑스러운지 말하지 ― 정말이야!
나중에 침대에 누워서도, 잠들어 꿈을 꾸면서도
그녀는 내 소중한 모습을 그리며 행복에 젖어.
심지어 아침에 식사를 할 때도
반들반들 버터를 바른 빵 위에서

284 하이네 자신이 이전에 썼던 사랑의 시들을 패러디하고 있다. 이 시들
에 등장하는 달콤한 말들과 사랑하는 자가 겪는 힘겨운 운명의 괴리를 놀리
는 것이다.

내 웃는 모습이 그녀에게 어른거리지.
그러면 사랑을 담아 빵을 깨끗이 먹어 치워 — 정말이야!」

그가 이렇게 연신 우쭐대는 사이
갈매기들은 비꼬는 듯 싸늘하게
킥킥거리며 날카롭게 울어 댄다.
저녁 안개가 피어오른다.
건초처럼 누런 달이 음산하게
보랏빛 구름 사이로 내다본다.
바다에서 파도가 출렁이며 솟구치고,
출렁이며 솟구치는 바다 저 아래에서
아름답고 동정심 많은 물의 요정들인
오케아니데스의 노랫소리가 들려온다.
속삭이며 지나가는 바람처럼 서글프게.
그중에서 은빛 발을 가진 펠레우스 아내[285]의
사랑스러운 음성이 도드라진다.
그들은 한숨지으며 노래한다.

오, 바보여, 너 바보여, 우쭐대는 바보여![286]
너 서러움에 시달리는 자여!

285 오케아니데스는 바다의 신 네레우스의 딸들인 네레이데스와 동일시
되기도 한다. 네레이데스 가운데 한 명인 테티스는 인간인 펠레우스와 결혼
하여 아킬레우스를 낳았다. 〈은빛 발〉이라는 표현은 테티스의 발이 파도 거
품으로 덮여 있는 것을 말하는데, 하이네는 호메로스의 『일리아드』에서 이 표
현을 빌려 왔다.
286 여기서 오케아니데스는 고대 그리스 비극에서의 합창단처럼 비극적 사
건에 대해 논평하고, 과도하게 우쭐대는 주인공에게 경고의 말을 전하고 있다.

너의 희망들이 모조리 죽었다.
가슴의 그 장난꾸러기 자식들이.
아! 너의 심장은 니오베처럼[287]
비탄에 빠져 돌이 되었다!
네 머릿속에 밤이 찾아오고
광기의 섬광이 번쩍이며 관통하는데
너는 네 고통을 자랑하고 있구나!
오, 바보여, 너 바보여, 우쭐대는 바보여!
너는 네 조상처럼 고집불통이구나.
신들에게서 천상의 불을 훔쳐
인간에게 준 고매하신 그 거인은[288]
바위에 묶인 채 독수리의 괴롭힘을 당했다.
우리는 올림포스 산에 맞서고 반항하는
그의 신음 소리를 깊은 바다에서 듣고
그에게 가서 위로의 노래를 불러 주었지.
오, 바보여, 너 바보여, 우쭐대는 바보여!
너는 그 거인보다 더 힘이 없으니
신들에게 경배하고 고난의 짐을 참으며
견뎌 내는 것이 마땅하리라.
오래도록, 오래도록 견뎌야 하리라.

287 테베의 왕 암피온과 결혼한 니오베는 일곱 아들과 일곱 딸을 낳았는데, 자식이 많다고 우쭐대면서 자신이 여신 레토보다 낫다고 떠들었다. 화가 난 레토가 자식들인 아폴론과 아르테미스에게 한탄하자, 이들은 니오베의 자식들을 모두 활로 쏘아 죽여 버렸다. 극심한 고통에 빠진 니오베를 불쌍히 여긴 제우스는 그녀를 돌로 변하게 하여 고통을 끝내 주었다.

288 프로메테우스를 말한다. 그는 올림포스 신들에 앞서 세상을 지배한 거인족 티탄의 일원이다.

아틀라스마저 더 참지 못하고
어깨에 짊어진 무거운 세상을
영원한 밤 속으로 내던질 때까지.[289]

아름답고 동정심 많은 물의 요정들인
오케아니데스의 노래가 이렇게 울려 퍼지다
더 요란한 파도 소리에 덮여 버렸다 ─
달은 다시 구름 뒤로 몸을 숨기고
밤은 하품을 했다.
그리고 나는 오래 어둠 속에 앉아 울었다.

VI
그리스의 신들[290]

활짝 피어난 달이여! 너의 빛을 받아
흐르는 금처럼 반짝이는 바다는
대낮처럼 선명하지만 몽롱한 마법에 걸린 듯

289 오케아니데스는 올림포스 산 위의 신들이 저항자들에 의해 언제든 위협받을 수 있다는 사실을 알고 있다. 아틀라스가 어깨에 짊어진 세상을 집어던지면 세상은 무로 되돌아가고 말 것이다. 이로써 근원적 힘에 의해 상위의 세계가 몰락한다는 〈신들의 황혼Götterdämmerung〉이라는 주제가 다시 한 번 도입되었다.

290 이 시는 프리드리히 실러가 1788년에 처음 발표한 동명의 시 「그리스의 신들」에 대한 대답이다. 실러는 그 시에서 그리스와 기독교의 신들을 대립시키면서 고대 그리스에 대한 비가적(悲歌的)인 정조를 표현했다. 하이네는 이러한 구도와 정조를 받아들이고 있는데, 고대와 기독교의 교체 과정을 양자의 투쟁으로 묘사한 것은 실러와 다르다.

넓게 펼쳐진 해변 너머에 누워 있다.
별 하나 없는 담청색 하늘에서는
하얀 구름들이 노닌다.
빛나는 대리석으로 만든
거대한 신상(神像)들처럼.

아니, 저건 결코 구름들이 아니다!
그들, 헬라스의 신들 자신이다.
한때 아주 즐겁게 세상을 지배했지만
이제는 밀려나고 목숨을 잃어
거대한 유령 신세로
한밤의 하늘을 떠가고 있다.

나는 왠지 부신 눈으로
허공의 판테온을, 오싹하게 움직이는
엄숙하게 고요한 거대한 형상을
놀라서 바라본다.
저것은 하늘의 왕인 크로니온.[291]
올림포스 산을 뒤흔드는
이름 높은 곱슬머리가 눈처럼 하얗다.
손에 든 번개는 꺼져 버렸고,
얼굴에는 불행과 비애가 서려 있지만
예전의 당당함은 여전히 남아 있구나.
그때가 참 좋았지, 오 제우스,

291 〈크로노스의 아들〉이라는 뜻으로 제우스의 별칭이다.

그대가 소년들과 님프들과 헤카톰베[292]를

희희낙락 누리던 그때가.

하지만 신들도 영원히 지배하지는 못하니,

젊은 신이 늙은 신을 몰아내지.

그대가 옛날에 백발의 아버지와

거인족 삼촌들을 몰아냈듯이,

아버지의 살인자 주피터여![293]

그대도 알아보겠구나, 우쭐한 주노여!

그대는 질투심에 안절부절못했지만

결국 다른 이[294]가 왕홀을 차지하여

이제 하늘의 여왕 자리를 빼앗겼구나.

그대의 커다란 눈은 굳어 버렸고

백합 같은 두 팔엔 힘이 사라져

신의 씨앗으로 잉태한 처녀[295]와

기적을 행하는 신의 아들[296]에게

292 원래 고대 그리스에서 신에게 제물로 바친 1백 마리의 소를 말한다. 그러나 이후 이 말은 일반적으로 제물로 바치는 짐승을 일컫게 되었다.

293 제우스의 아버지 크로노스는 자식들이 자신의 권력을 위협할까 봐 자식들이 태어나자마자 모두 삼켜 버렸다. 제우스의 어머니 레아는 제우스를 몰래 숨겨 구했고, 장성한 제우스는 크로노스 배 속의 형제들을 구해 낸 후 아버지의 형제들인 티탄족과 전쟁을 벌인다. 오랜 전쟁 끝에 제우스와 그의 형제들이 승리했다. 크로노스의 마지막 운명에 대해서는 여러 설이 있으나 대개 감금된 것으로 서술된다.

294 성모 마리아를 말한다.

295 하이네의 한 편지에 따르면, 이는 주피터와 관계하여 임신한 여자들을 말한다. 주노는 늘 질투심에 사로잡혀 이들을 박해했다.

296 헤라클레스를 말한다. 여기서 처녀와 신의 아들은 마리아와 예수로 간주될 수도 있다. 하이네는 고대의 신화와 기독교를 결합해 놓고 있는 것이다.

절대로 복수할 수 없게 되었구나.

그대도 알아보겠구나, 팔라스 아테나여!

그대는 방패와 지혜로도

신들의 몰락을 막을 수 없었던가?

그대도, 그대도 알아보겠구나, 아프로디테여!

한때는 황금시대의! 지금은 은의 시대의![297]

허리띠의 매력[298]이 여전히 그대를 꾸며 주지만

나는 내심 그대의 아름다움이 무섭고

그대의 살가운 몸이 다른 영웅들처럼 날 총애하려 하면

나는 두려워 죽고 말 것이다 ──

내 눈에 그대는 주검의 여신으로 보인다,

베누스 리비티나여![299]

저기 있는 무시무시한 아레스[300]도

이제 그대를 사랑의 눈으로 보지 않는다.

청년 포이보스 아폴로[301]의 눈빛이 너무 슬프구나.

신들의 향연에서 그토록 흥겹게 울려 퍼지던

297 시대를 황금시대, 은의 시대, 청동 시대로 나누는 방식에 따른 표현이다. 아프로디테는 힘의 정점을 지났다는 뜻이다.

298 아프로디테가 차고 다닌 허리띠는 우아한 아름다움을 느끼게 하는 마술적인 힘이 있어 누구도 그 힘에 저항할 수 없었다.

299 고대 로마에서 리비타나는 장례식의 여신이었다. 그런데 욕정을 뜻하는 〈리비도Libido〉와 어원이 가까워 리비타나는 베누스와 동일시되는 경우가 잦았다. 〈베누스 리비티나Venus Libitina〉라는 명칭은 사랑과 죽음을 결부시키며, 사랑이 치명적인 결과를 낳을 수 있음을 경고한다.

300 끔찍한 전쟁과 살육의 신.

301 아폴론은 빛과 치유와 절제의 신이며 예술의 수호자다. 헤르메스가 선물로 준 칠현금을 잘 연주했다. 〈포이보스 아폴로Phöbos Apollo〉라는 별칭은 〈빛나는 자 아폴론〉이라는 뜻이다.

그의 칠현금도 입을 다물고 있다.
헤파이스토스[302]는 더 슬픈 표정이구나,
정말로! 저 절름발이가!
이제 그는 헤베[303]의 일에 관여하거나
모임에서 달콤한 넥타르를 따르지 않는다.
끝나지 않는 신들의 웃음소리가
끝난 지도 오래다.

나는 그대들을 사랑해 본 적이 없다, 신들이여!
그리스인들은 내게 역겹고
더욱이 로마인들은 혐오스럽기 때문에.
그런데도 경건한 애련과 오싹한 연민이
내 가슴을 가로질러 흐르는구나.
나 지금 하늘 위의
그대들 버려진 신들을,
죽어서 밤에만 돌아다니는 그림자가 되어
바람에 쫓기는 힘없는 안개 무리를 바라보면 ─
그리고 그대들을 무찌른 신들이,
순종하는 양의 가죽을 덮어쓰고 고소해하며
세상 위에 군림하는 형편없는 새 신들[304]이

302 제우스와 헤라의 아들이자 아프로디테의 남편이며, 불과 금속 가공술의 신이다. 제우스가 땅으로 던져 다리를 절게 되었다. 호메로스의 『일리아드』에는 헤파이스토스가 다리를 절고 숨을 헐떡이며 신들에게 달콤한 넥타르를 따라 주었다는 서술이 있다. 그때 신들의 웃음소리가 올림포스 산에 가득했다고 한다. 하이네는 여기서 『일리아드』의 이 부분을 전거로 삼았다.
303 제우스와 헤라의 딸로서 젊음의 여신이며, 올림포스 산에서 신들이 연회를 할 때 신들의 술인 넥타르를 따르는 역할을 했다.

얼마나 비열하고 실속 없는지 생각하면 ─
아, 그러면 음울한 울분이 나를 사로잡고
새 신전들을 부수고 싶어지는구나.
그대들 옛 신들을 위해, 그대들과 그대들의 훌륭한
암브로시아의 권리[305]를 위해 싸우고 싶구나.
그리고 제물에서 김이 모락모락 나는
새로 지은 그대들의 높은 제단 앞에
나 스스로 무릎을 꿇고 기도하고
간절히 두 팔을 높이 들고 싶구나 ─

그 옛날 인간들이 서로 싸울 때
그대들 옛 신들은 어쨌든 언제나
승자의 편을 들어주었지만
인간은 그대들보다 더 관대하니
이제 나는 신들의 싸움에서
패배한 신들의 편을 든다.

◆

내가 이렇게 말하자 저 위의 창백한
구름 형상들이 눈에 띄게 낯을 붉히며
마치 고통에 휩싸여 죽어 가는 자처럼

304 이는 기독교의 신을 말하는데, 여기서 〈신들〉이라는 복수가 쓰인 것은 기독교의 일신론을 부정하는 것처럼 보인다.
305 암브로시아는 올림포스 산의 신들이 먹던 음식을 말한다. 이 음식은 불멸의 능력을 부여해 준다. 여기서 하이네는 감각을 멸시하고 금욕을 요구하는 기독교의 정신주의를 비판하고, 쾌락과 감각과 향유를 긍정한 그리스 신들의 세계를 옹호하고 있다.

나를 보더니 갑자기 사라졌다.
더 짙게 다가온 구름들 뒤로
달이 곧장 몸을 숨겼고
바다는 높이 출렁거렸다.
그리고 하늘에선 영겁의 별들이
의기양양하게 모습을 드러냈다.

VII
질문들

바닷가에, 황량한 밤의 바닷가에
한 청년이 서 있다.
가슴은 애수로, 머리는 회의로 가득하다.
음울한 입술로 그가 파도에게 묻는다.

「아, 삶의 수수께끼를 풀어 다오,
이미 수많은 머리들이,
상형 문자가 그려진 모자를 쓴 머리들과
터번을 쓰거나 검고 납작한 모자를 쓴 머리들[306]과
가발을 쓴 머리들, 그리고 애처롭게 진땀 흘리는
수천의 다른 머리들이 골치를 앓게 했던

306 이는 각각 이집트, 이슬람교, 기독교의 성직자들을 말한다. 궁극적인
형이상학적 질문에 대한 이들의 대답이 만족스럽지 않다는 뜻이다. 하이네는
바다를 접하면서 사랑의 감정에 제한되었던 시야를 넓혀 무한하고 궁극적인
것을 자주 주제로 삼게 되었다.

이 오래된 잔인한 수수께끼를.
말해 다오, 인간은 무엇인가?
인간은 어디서 왔는가? 어디로 가는가?
저기 위 황금빛 별들에는 누가 사는가?」

파도는 언제나 그랬듯 우물거리고
바람이 불고 구름이 흘러가고
무관심한 별들도 냉담하게 반짝이는데
바보 하나가 대답을 기다리고 있다.

VIII
불사조[307]

서쪽에서 새 한 마리 날아와
동쪽을 향해 날아가네.
향신료 식물들이 향기롭게 자라고
야자수 살랑대고 샘물은 시원한
동쪽의 고향 정원을 향해 ──
신비로운 그 새가 날아가며 노래하네.

「그녀는 그를 사랑해! 그녀는 그를 사랑해!

　307 전설의 새 〈피닉스〉를 말한다. 전설에 따르면 피닉스는 이집트의 내세의 신 오시리스의 재로부터 탄생하여 수백 년을 살다가 죽을 때가 되면 둥지를 짓고 그 안에 들어가 둥지를 불태웠다. 불이 꺼지고 나면 알이 하나 남는데, 곧 그 알을 깨고 새 피닉스가 솟아오른다. 아라비아에 있는, 세상에서 하나뿐인 나무에서 살았다.

그녀는 작은 가슴에 그의 모습을 담고 있어.
그렇게 남몰래 달콤하게 간직하고도
그녀 자신은 그걸 몰라!
하지만 그는 꿈속에서 그녀 앞에 나타나.
그녀는 애원하고 울고 그의 손에 입 맞추고
그의 이름을 부르지.
그렇게 부르다 깨어나고 놀라 누운 채
의아해하며 어여쁜 눈을 비벼.
그녀는 그를 사랑해! 그녀는 그를 사랑해!」

◆

높은 갑판 위 돛대에 기대서서
나는 새의 노래를 듣고 있었다.
은빛 갈기 흩날리는 암녹색 말처럼
하얗게 꼬불거리는 파도가 뛰어올랐다.
북해의 대담한 유목민인 헬골란트[308] 사람들이
반짝이는 돛을 단 배를 타고
백조들의 행렬처럼 지나갔다.
내 위의 영원한 푸름 속에서
하얀 구름들이 팔랑거렸고,
영겁의 태양이 찬란하게 빛났다.
하늘의 장미, 불꽃으로 피어난 그 장미는
바다에 비친 제 모습에 기뻐했다 ―
그리고 하늘과 바다와 내 가슴이

308 북해에 있는 섬. 1890년에 독일의 영토가 되었으며, 육지에서 40킬로
미터가량 떨어져 있다.

울리며 메아리쳤다.

「그녀는 그를 사랑해! 그녀는 그를 사랑해!」

IX

항구에서[309]

항구에 도착하여 바다와 폭풍을 뒤로하고
이제 브레멘 시청의 멋진 지하 식당[310]에서
따뜻하고 편안하게 앉아 있는
남자는 행복하구나.

뢰머 술잔[311]에 비친 세상은
얼마나 기분 좋고 사랑스러운가.
찰랑거리는 소우주는 얼마나 상쾌하게
목마른 심장으로 흘러내리는가!
나는 술잔 안에서 모든 것을 본다.
옛 민족과 새로운 민족의 역사를,[312]

309 하이네가 쓴 유일한 음주가Trinklied이다.

310 하이네는 1826년 9월20일을 전후하여 두 번째로 노르더나이 섬을 다녀온 후, 잠시 브레멘에 머물렀다. 그때 브레멘 시청 지하의 술집에서 유쾌한 시간을 보냈다고 한다. 이 시는 당시의 경험을 바탕으로 그해 10월에 쓴 것이다.

311 중부 유럽에 16세기부터 제작되어 널리 퍼진 전통적인 와인 잔이다. 〈뢰머Römer〉라는 이름은 네덜란드어의 〈Roemer〉에서 유래했다. 여기서 하이네가 암시하는 것은 고대 페르시아의 왕 젬시드의 술잔인데, 이 술잔은 세상만사를 모두 보여 주었다고 한다. 페르시아의 시인들이 작품 속에서 이 술잔을 자주 다루었다.

터키인과 그리스인, 헤겔과 간스,[313]
레몬 숲과 위병 행렬,
베를린과 실다,[314] 튀니스[315]와 함부르크를,
그리고 무엇보다 내 사랑하는 이의 모습을,
라인 와인의 금빛 바탕 위의 작은 천사 얼굴을.

오, 내 사랑, 그대는 얼마나, 얼마나 아름다운가!
그대는 한 송이 장미 같구나!
하피즈[316]가 노래한 밤꾀꼬리의 신부
시라즈[317]의 장미나
예언자들이 찬미한
샤론의 성스러운 붉은 장미[318]가 아니라 ─

312 헤겔은 자신의 역사 철학에서 역사란 절대적 이성이 자신을 실현해 가는 목적론적 과정이라고 하였다. 그러면서 역사 속의 다양하고 이질적이며 모순적인 모든 현상들이 하나의 진보 과정에 기여한다고 설명했다. 헤겔의 이런 역사관에 대한 풍자가 이 시의 주요한 내용이다.

313 Eduard Gans(1797~1839). 헤겔의 추종자였으며 베를린 대학에서 강의했다. 1818년부터 베를린 대학 교수로 재직한 헤겔은 1822년 겨울 학기에 〈세계사의 철학〉 강의를 시작했고, 하이네의 친구였던 법철학자 간스는 헤겔의 추천으로 1820년부터 같은 대학에서 강사로 재직했다.

314 실다는 1597년에 〈바보의 책〉이라는 뜻의 『랄레부흐』라는 제목으로 처음 출판되었다가 2판부터 『실다의 시민들』로 불리게 된 해학 소설에 등장하는 허구의 도시다.

315 튀니지의 수도.

316 페르시아에서 14세기에 활동한 유명 시인. 그가 쓴 감각적인 시집 『디반』은 괴테에게 영감을 주어 괴테가 1819년에 발표한 『서동시집』의 원천이 되었다.

317 이란 남부의 도시로서 하피즈의 출생지다. 이곳의 장미가 유명하여 도시의 명성을 키웠으며, 페르시아 문학에서 〈시라즈의 장미〉라는 표현이 널리 사용되었다.

브레멘 시청 지하 식당의 장미 같구나![319]
그건 장미 중의 장미,
나이 들수록 더 사랑스레 피어나지.
그 천상의 향기가 나를 기쁘게 하고
열광하게 하고 취하게 한다.
브레멘 시청 지하 식당의 주인이
내 머리채를 붙잡지 않았더라면
나는 나자빠지고 말았으리라!

그 멋진 사나이! 우리는 함께 앉아
형제처럼 술을 마셨다.
고귀하고 은밀한 것들에 대해 얘기했으며
한숨을 쉬고 서로 얼싸안았다.
그리고 그는 나를 사랑의 신앙으로 개종시켰다 —
나는 내 철천지원수들의 안녕을 위해 건배했고
모든 조악한 시인들을 용서해 주었다.
언젠가 나 자신도 그렇게 용서받아야 할 터 —
나는 숙연한 마음에 눈물을 흘렸고
마침내 구원의 문들이 내게 열렸다.
거기선 12사도들이, 그 성스러운 큰 술통들이[320]

318 성서에서 비롯된 〈샤론의 장미〉라는 표현은 학문적 분류와는 무관하게 여러 가지 꽃들을 일컫는 속명이다. 당초에 무슨 꽃을 지칭했는지는 불확실하다.
319 유명한 장미 와인을 보관하던 브레멘 시청 지하 식당의 와인 통 이름이 장미였다. 이 식당에는 장미를 모티프로 한 장식들도 있었다고 한다.
320 이 지하 식당에는 〈사도들의 방〉이라고 불렸던 공간이 있었는데, 거기에 갖추어 놓은 열두 개의 와인 통에는 각각 예수의 12사도들의 이름이 붙여져 있었다.

묵묵히, 그러나 온 민족이 다 알아들을 수 있게
설교하고 있었다.

그들이 바로 사나이다!
겉으로 보면 초라한 차림에 볼품없지만
성전의 모든 거만한 사제들보다,
황금 장신구와 자포로 치장한
헤롯 왕의 추종자들, 간신들보다
속은 더 아름답고 밝게 빛난다 ─
내가 늘 말했듯이
하늘의 왕은 언제나
아주 천박한 인간들 사이가 아니라
최상의 무리 속에 거하는 법![321]

할렐루야! 베델[322]의 야자수들이 내 주위에서
얼마나 사랑스레 살랑거리는가!
헤브론의 감람나무[323]는 얼마나 향기로운가!
요르단 강은 기쁨에 겨워 얼마나 찰랑대며 비틀거리는가! ─
내 불멸의 영혼도 비틀거리고,

---

321 신은 화려하게 꾸민 사제들보다 〈12사도들〉을 더 좋아한다는 말이다.
다시 말해 와인을 마시고 취했을 때 신에게 더 가까이 다가갈 수 있다는 뜻이
다. 괴테도 『서동시집』에서 이렇게 노래했다. 〈술 마시는 자는 어떻게든 / 신의
얼굴을 더 선명하게 본다.〉
322 성경의 창세기에서 야곱은 예루살렘 북쪽의 베델에서 꿈을 꾸는데,
이 꿈속에서 하늘로 올라가는 사다리를 본다.
323 올리브 나무와 그 열매를 통칭한다. 예루살렘 남쪽의 도시 헤브론에
서 많이 자랐다.

나 또한 영혼과 함께 비틀거리고,
브레멘 지하 식당의 멋진 주인도 비틀거리며
계단을 올라 나를 햇살로 데리고 간다.

그대 멋진 브레멘 지하 식당 주인이여!
보이는가, 집들 지붕 위에
천사들이 앉아 술에 취해 노래하는 것이.
저기 위에서 불타는 태양은 그저
술에 취한 붉은 코일 뿐이지.
세계정신의 코 말이야.[324]
그리고 그 붉은 세계정신의 코 주위를
술에 취한 온 세상이 돌고 있지.

X
에필로그[325]

들판에서 밀 줄기가 자라듯이,
인간의 정신 속에선
상념들이 자라네.
하지만 사랑의 여린 상념들은
사이사이에서 즐겁게 피어나는

---

324 헤겔의 세계정신 개념을 풍자하고 있다. 이 행은 1827년 『여행 화첩』
에 실린 초판본과 『노래의 책』 제1판에는 없었다. 1837년의 제2판에서 추가
된 것이다.
325 『북해』 2부의 마지막 부분으로 1826년 10월에 집필된 것으로 추정된다.

빨갛고 파란 꽃들이라네.

빨갛고 파란 꽃들이여!
투덜대며 풀 베는 사람은 쓸모없다며 너희를 내던지고,
어설프고 막된 자들은 빈정대며 너희를 두들겨 패.
심지어 너희를 보고 기뻐하며 기운을 얻는
가진 것 없는 방랑자조차
고개를 절레절레 저으며
너희를 그저 예쁜 잡초라고 불러.
하지만 꽃다발을 엮는
시골 처녀는
너희를 소중히 생각하며 꺾어
아름다운 곱슬머리를 꾸미지.
그리곤 피리와 바이올린 다정하게 울리는
야외 무도장으로 서둘러 가.
아니면 호젓한 너도밤나무 아래로 가지.
애인의 목소리가 피리와 바이올린보다 더
다정히 울려 퍼지는 그곳으로.

치명적 사랑과 노래의 구원

「로렐라이」와 파멸적인 사랑

이 시집을 손에 잡은 사람들 대부분은 아마도 〈로렐라이 *Die Lorelei*〉(「귀향」 2번 시)라는 노래를 알 것이다. 이 시집에 수록된 이 노래는 하이네의 세계적 명성을 확고히 하는 데 결정적인 역할을 했다. 세계에서 독일의 노래를 대표하는 노래가 되었으며, 무엇보다도 아름답고 낭만적인 선율에 힘입어 대중의 사랑을 받게 되었다. 아마도 많은 사람들이 이 노래가 독일의 전설에서 유래되었고, 이 전설은 고요히 흐르는 라인 강가에 찬란하게 솟은 언덕 위에서 고운 머리를 빗으며 노래하는 아름다운 요정에 대한 것이며, 이 노래는 그녀의 사라짐을 슬퍼하는 것이라고 생각할 것이다. 그러나 로렐라이가 라인 강가의 언덕에 처음으로 앉아 있게 된 것은 1800년의 일이었다. 독일의 낭만주의 문인 클레멘스 브렌타노가 그의 시 「로렐라이」에서 라인 강의 선원들 사이에서 전승되던 전설의 등장인물인 로렐라이를 라인 강가의 언덕에 오르게 한 것이다. 그 전까지 이 언덕은 로렐라이와 아무 상관이 없었다.

브렌타노의 시 「로렐라이」에서 마술사 로렐라이는 그녀를 보는 남자들마다 자신에 대한 사랑에 빠지게 하여 결국 그들을 죽음으로 이끈다. 그러나 그녀가 진정 사랑한 단 한 남자에게만 마술이 작용하지 않고, 그는 그녀를 떠나고 만다. 절망한 로렐라이는 죽기를 원하지만, 마녀로 간주된 그녀에게 사형을 언도해야 할 주교마저 사랑에 빠져 그녀를 수도원으로 보내라고만 지시한다. 수도원으로 가던 길에 로렐라이는 사랑하는 남자가 사는 성(城)을 보려고 라인 강가의 언덕을 오른다. 그리고 아래쪽 강에 떠 있는 배에 그 남자가 타고 있다고 생각한 그녀는 너무 몸을 숙인 나머지 언덕 아래로 떨어져 죽는다.

　　하이네는 1824년에 발표한 「로렐라이」에서 그녀를 그리스 신화의 사이렌과 유사한 역할을 하는 요정으로 바꾼다. 그녀는 아름다운 노래로 라인 강을 타고 가는 배의 선원들의 주의력을 모조리 빼앗아 그들이 언덕 아래 바위에 부딪쳐 죽게 만드는 것이다. 아름다운 요정에 대한 예찬이 아니라 그녀의 위험성에 대한 경고가 이 노래의 가장 중요한 전언이다. 그녀가 불러일으키는 격정은 남자를 강력한 마력으로 사로잡아 죽음으로 이끈다. 가장 달콤한 쾌락과 절망적인 고통, 행복에 대한 뜨거운 기대와 비참한 죽음을 동시에 가져오는 사랑, 이것이 이 시집 전체를 관통하는 주제다. 그러나 이 노래는 독일에서도 낭만적이고 감상적인 노래로 수용되었다. 프리드리히 질허가 1837년에 이 시에 붙인 낭만적인 멜로디는 이 노래에 전설적인 성공을 안겨 주었다. 유대인 하이네를 금지 작가로 분류하고 독일 문학사에서 지우고자 했던 나치조차 이 노래를 대중적인 노래집에서 없애지 못했다. 이렇게 큰 사랑을 받는 가운데 이 노래, 나아가 이 시집에 편재하는 환멸과 절망과 죽음은 희석되었다.

『노래의 책』이 출판되기까지

이 시집은 하이네가 만 30세가 되던 1827년에 함부르크에서 발표되었다. 당시 하이네는 직전에 발표한 기행문 『여행 화첩 *Reisebilder*』 1권이 크게 성공을 거두어 독일 독자들의 주목을 받고 있었다. 당초에 시인으로서 성공을 거두고자 했으나 그때까지 시인으로서는 별 성과를 거두지 못한 하이네는 1826년, 『여행 화첩』의 성공에 기대어 시인으로도 인정받기 위해 자신이 이미 발표한 시들을 모두 묶어 한 권의 시집으로 발표하고자 작업을 시작했고, 이 작업의 결과가 『노래의 책』이었다. 1826년 11월에 친구 프리드리히 메르켈에게 보낸 편지에서 그는 이렇게 적었다. 〈몇몇 친구들은 내가 내 시들을 연대순으로 엄격하게 선별하여 시 선집을 편찬해야 한다고 재촉하고 있네. 그리고 이 선집을 출판하면 뷔르거나 괴테, 울란트의 시집들처럼 대중적인 인기를 끌 것이라고 믿고 있어.〉 그는 이 시집이 자신의 〈주요 저작〉이 될 것이라고 자신했다. 그리고 대중의 사랑을 받게 되기를 기대했다. 즉 그는 전문 독자만을 상대로 하지 않고 교양이 부족한 독자들에게도 널리 읽히는 민중적 시인이 되고자 했던 것이다. 새롭게 쓴 시들이 아니라 이미 다른 책에서 발표한 시들을 단순히 모아 놓은 시집으로 이런 대중성을 얻고자 하는 그의 포부는 과도하거나 적어도 매우 대담한 것이었다. 게다가 그 가운데 상당 부분은 책으로 출판되기 이전에 이미 신문과 잡지, 연보 등에 먼저 발표되었던 것들이었다. 그러므로 이런 시들은 『노래의 책』을 통해 세 번째로 인쇄되는 것이었다. 아직 서른 살도 되지 않은 젊은 시인이 기존 시들을 모아 다시 시집으로 발표하는 것은 매우 이례적인 일이었다.

이미 발표된 시들을 다시 출판하는 데 대해 회의적이었던 출판업자 율리우스 캄페도 설득해야 했다. 그 얼마 전에 하이네를 만나 이후 평생을 그와 다투며 그의 책을 출판하게 되는 캄페는 시 작업에 시간을 허비하지 말고, 이미 잘 팔리고 있는 『여행 화첩』의 연속 편들을 쓰는 데 집중하라고 권했다. 그러나 하이네는 캄페를 설득하는 데 성공했고, 1827년 초에 출판을 위한 본격적인 작업을 시작했다. 『여행 화첩』 2권이 발표되기 전인 4월 초에 시의 선별 작업이 끝났다. 이전에 발표되지 않은 시는 단 7편뿐이었다. 그리고 이것들마저도 하이네가 이미 과거에 써놓은 것들이었다. 하이네가 한 작업은 기존의 시들을 일정하게 개작하고 새롭게 배열한 것뿐이었다. 그래서 그는 1827년 10월 30일 친구 모제스 모저에게 보낸 편지에서 이렇게 썼다. 〈이 『노래의 책』은 이미 발표된 내 시들을 전부 모아 놓은 것일 뿐이네.〉

첫 번째 연작 「젊은 날의 아픔Junge Leiden」의 모든 시들은 1821년 11월에 발표한 『H. 하이네의 시집Gedichte von H. Heine』에 수록된 것들이었다. 그는 이 시집의 시들 가운데 18편을 제외하고 나머지 시들을 일정하게 수정했다. 「꿈의 영상들Traumbilder」과 「로만체Romanzen」의 시들은 문체상의 결함을 제거하고 운율을 다듬고 각운을 개선하는 등의 작업을 거쳤다. 「돈 라미로Don Ramiro」와 같이 하이네가 아주 초기에 쓴 작품들은 상당히 개작되었다. 두 번째 연작 「서정적 간주곡Lyrisches Intermezzo」에는 1823년에 출판된 『비극들과 서정적 간주곡 *Tragödien nebst einem lyrischen Intermezzo*』에 수록된 시들을 담았다. 이 시들 가운데 새로 발표하는 시는 한 편뿐이었다. 이 시들은 대부분 1821년에서 22년 사이에 집필된 것들이므로 하이네가 연작의 제목에 1822~1823이라고 기록한 것은 잘못된 것이다. 「귀향Die Heimkehr」에서는 에로틱한 내용을 담은 시 6편을 빼고 미발표작 6편을 추가했다. 그리고 여기에 다섯 편의 장시들을 덧붙였다. 네 번째 연작 「하르츠 여행에서Aus der Harzreise」에는 『여행 화첩』 1권에 수록되었던 5편의 시들을 담았다. 그리고 마지막 연작인 「북해Die Nordsee」는 『여행 화첩』 1권과 2권에 수록되었던 두 편의 연작시들로 구성되었다.

시집의 제목은 대중적인 수용에 유리하도록 단순하고 쉽게 기억되는 〈노래의 책〉으로 정했다. 그해 여름 하이네는 영국 여행을 떠났고, 그가 영국에 있던 8월 말에 인쇄 작업도 끝났다. 그리고 9월에 출판되었다.

『노래의 책』과 당대의 문학

이렇게 발표된 『노래의 책 *Buch der Lieder*』은 하이네가 민요*Volkslied*의 특성들을 상당히 받아들인 것을 보여 주지만, 1821년에 발표된 『시집*Gedichte*』에서 이미 하이네가 전통적 민요를 추종하기만 하는 것이 아니라 자신의 독특한 어조를 지니고 있음이 드러난다. 이런 독창성은 1823년의 『비극들과 서정적 간주곡』에서 보다 더 확실해진다. 물론 이 독창성은 다양한 문학적 전통의 흡수를 바탕으로 한다. 고전주의와 낭만주의의 서정시와 발라드, 페트라르카주의(主義) 문학의 사랑 시(詩) 등이 영향을 미쳤다.

당시 민요란 18세기 말에 이 개념을 독일에 도입한 헤르더를 뒤좇아 낭만주의가 수용한, 가능한 한 오래 전승된 작자 미상의 노래들을 말했다. 반대 개념은 예술 가요 *Kunstlied*였다. 이와 달리 〈민중적 노래〉란 근래의 알려진 작가들이 민요의 표현 수단과 문체 수단을 의식적으로 사용하여 만들어 낸 문학적, 음악적 텍스트들을 말했다. 이런 어조는 아마추어 그룹들 사이에서 유통되는 노래들의 특징이었다. 하이네는 스스로 〈독일 민요들은 아주 일찍부터 내게 영향을 미치기 시작했다〉라고 말했듯이 이런 전통과 일찍부터 접촉했다. 유모들은 그에게 전설과 동화, 유령 이야기를 들려주었고, 김나지움 시절에 이미 그는 민요에 대한 문학적인 관심을 가졌다. 그가 만년에 집필한 『회상 *Memoiren*』에 따르면 그는 어릴 적 민요를 잘 아는 소녀 〈붉은 제프헨〉으로부터 민요에 대한 이야기를 들었고, 이로부터 영감을 얻어 「꿈의 영상들」에서 나타나는 황량한 상상을 하기 시작했다. 그리고 20년대에는 도보 여행을 하면서 민중들로부터 직접 민요를 들었다. 이렇게 하여 그는 많은 민요를 알게 되었고, 가변적인 운율을 지닌 민요의 절들은 『노래의 책』에 결정적인 영향을 미쳤다.

민요를 수용하는 과정에서 모범이 된 시인들은 3명의 낭만주의자들이었다. 첫째, 하이네는 1813년에 낭만주의 시인 푸케의 시들을 읽고 강렬한 인상을 받았고, 그의 시들을 필사했다. 이 시집의 「돈 라미로」와 「돈나 클라라Donna Clara」
는 푸케의 작품으로부터 형식적, 내용적 영향을 받은 시들이
다. 민중적이고 고풍스런 소재들을 취한 루트비히 울란트의
시들도 큰 영향을 미쳤다. 울란트가 1815년에 발표한 『시
집』은 하이네에게 장기적인 영향을 미쳤다. 그리고 빌헬름
밀러의 운율과 어조에서 하이네는 순수함과 단순성을 배웠
다. 하이네는 민요의 가치를 그 순수성, 자연성, 유기성, 진실
성에서 찾았다. 민요에 대한 이런 관념은 헤르더와 낭만주의
로부터 물려받은 것이다.

그러나 하이네가 민요에 대한 찬양에만 빠져 있었던 것은
아니다. 그는 괴테를 정점으로 하는 이른바 〈예술 시대〉의
끝에서, 그리고 현대가 시작되는 시기에 성찰 없이 민요의 전
통을 잇는 것은 불가능하다고 생각했다. 자연의 산물인 민
요를 그대로 흉내 내는 것은 마치 공산품을 제작하는 것과
마찬가지라고 생각했던 것이다. 그래서 그는 민요에 대해 거
리를 취하고자 했고, 1826년 6월에 빌헬름 밀러에게 보낸 편
지에서 자신의 시들은 형식적으로 어느 정도 민중적이지만,
내용은 당대의 것을 취한다고 말했다. 이렇게 함으로써 하이
네는 전통적인 민요의 형식과 시민 사회 사이의 대립을 자신
의 시들의 구조에 생산적으로 반영시킬 수 있다고 생각했다.
사실상 하이네는 산업 혁명이 시작된 시기에 노래Lieder의
시대는 끝난 것으로 보았다. 〈증기 기관 차량〉과 시는 서로 어
울리지 않고, 〈석탄 연기는 노래하는 새들을 쫓아내며, 가스
등의 악취는 안개에 싸인 달빛을 망친다〉는 것이었다.

민요 외에도 괴테의 노래와 발라드들, 사랑 시들이 그에게
큰 영향을 미쳤다. 하이네는 괴테에 대해 애증이 섞인 이중

적인 태도를 취했지만, 그의 서정시는 언제나 높이 평가했다. 1819년에 발표된 『서동시집』을 그는 독일어의 기적이라고 불러도 좋을 만큼 탁월하다고 생각했다.

시작(詩作)은 조금 하는 데 그쳤지만 운율학자였던 아우구스트 빌헬름 슐레겔도 그에게 지속적인 영향을 미쳤다. 하이네는 그에게서 시상의 집중과 시의 논리적 엄격성, 그리고 운율 운용의 능숙함 등을 배웠다.

페트라르카주의 문학도 그에게 직접적인 영향을 미쳤다. 페트라르카주의 문학은 그것이 묘사하는 기본 상황을 중세의 연애 가곡 민네장에서 넘겨받았다. 여기서 등장하는 남자는 한탄하고 슬퍼하는 노예로서 끔찍한 사랑의 고통에 빠져 있고, 그의 가슴은 사랑의 불길에 소진되는 중이어서 사실상 살아 있는 망자나 다름없다. 반면 여자는 그를 잔인하게 냉대하고 그에게 관심이 없다. 하이네의 시에서도 충족되지 못하는 사랑, 대립적인 상태 사이에서 방황하는 사랑이 현저하게 나타나며, 이는 페트라르카주의 시와 비슷하다. 그러나 하이네는 여기에 아이러니를 통한 굴절을 더하여 창조적 변형을 이루어 냈다.

당시 세계고(世界苦)를 유행시킨 영국의 시인 바이런도 영향을 미쳤다. 하이네는 아우구스트 빌헬름 슐레겔의 권고를 받고 바이런의 시들을 번역하려고 시도하기도 했다. 또한 그는 베를린에서 〈독일의 바이런〉이라고 불렸으며, 그 자신이 바이런을 〈나의 사촌〉이라고 부르기도 했다. 1824년, 친구 루돌프 크리스티아니에게 보낸 편지에서 하이네는 바이런에 대해 이렇게 적었다. 〈실로 이 사람은 위대했네. 그는 고통 속에서 새로운 세계들을 발견했지.〉 이런 평가는 하이네 자신의 시에도 적용될 수 있을 것이다.

다섯 편의 연작들

이 시집은 다섯 편의 연작시들 안에 더 작은 연작시들이 포함되는 방식으로 구성되어 있다. 다섯 편의 연작시들의 내용을 구체적으로 살펴보자.

젊은 날의 아픔

하이네는 여기에 수록된 시들을 1815~1816년부터 쓰기 시작하여 1821년 말(출판 연도는 1822년으로 인쇄됨)에 『H. 하이네의 시집』으로 출판했다. 이 시집에 수록된 시들 거의 전부를 이 연작에 담았다. 이 시들에는 괴테 시대에 독일 문학에 수용된 민중적 전통이 반영되어 있다. 예컨대 민요나 민중적 노래들, 1820년대에 유행한 후기 낭만주의의 민중적 문학 등이 이 시들에 영향을 미치고 있는 것이다.

「꿈의 영상들」은 시인으로서의 하이네의 가장 초기인 1815~1816년의 뒤셀도르프 시기와 1820~1821년의 괴팅겐 시기에 집필된 시들로서, 주로 환상적이고 무서운 내용을 담고 있다. 당시 유행하던 유령 발라드도 이 시들에 영향을 미쳤다.

「노래들」에는 이 시집 전체를 지배하는 민요적이면서도 반어적인 시의 유형이 아직은 불완전한 방식으로 모습을 드러내고 있다. 전체적으로 4행의 연으로 구성된 민요의 전통을 따르고 있다.

「로만체」에서는 이후 하이네의 시에서 끝까지 지속되는 민요의 전통이 본격적으로 나타난다. 하이델베르크 낭만주의에 뒤따라 본에서 유행한 민중적 어조를 차용하고 있는 이 시들 가운데 「보병들Die Grenadiere」과 「벨샤자르Belsatzar」는 하이네의 시 가운데 가장 유명한 시들에 속하며, 시대 비판적인 내용을 담고 있다. 「파더보른 숲에서의 대화Gespräch auf der Paderborner Heide」는 이미 낭만주의적인 이상화에 대한 조롱을 표현한다.

「소네트Sonette」는 1820년 이후 하이네가 본 대학에서 아우구스트 빌헬름 슐레겔의 영향을 받고 쓴 시들을 담고 있다. 「크리스티안 S.에게 보내는 프레스코 소네트Fresko-Sonette an Christian S.」는 풍자적인 사회 비판을 보여 준다.

서정적 간주곡

통일적이고 고유한 법칙성에 따라 조합된 이 시들은 다섯 편을 제외하면 모두 1821~1822년에 집필되었고, 처음에는 잡지에 발표되었다가 1823년에 출판된 『비극들과 서정적 간주곡』에 다시 수록된 시들이다. 여기에 수록된 시들과 「귀향」에 수록된 시들 가운데 상당 부분은 하이네의 시들 가운데 가장 대중적으로 수용되었다. 특히 1번 「너무나 아름다운 5월에」, 2번 「수많은 꽃들이 내 눈물에서」, 6번 「네 뺨이 내 뺨에 닿으면」, 9번 「노래의 날개 위에」, 49번 「두 사람이 헤어질 때면」, 55번 「꿈속에서 나는 울었어」, 59번 「드높은 하늘에서 반짝이던」 등이 대중의 큰 사랑을 받았다. 하이네는 1823년 1월 5일, 출판업자 뒴플러에게 보낸 편지에서 자신이 〈민중적 어조로 유머러스한 노래들을〉 지어 발표하고자 한다고 말했는데, 「서정적 간주곡」의 시들이 바로 그러하다.

귀향

1826년에 『여행 화첩』 1권에 수록된 88편의 번호가 매겨진 시들이다. 집필 시기는 1823~1824년이며, 대부분 1824~1826년 1월까지 이미 다른 지면에 발표되었던 시들이다. 이 시들의 주제는 오직 사랑이다. 이 가운데 대중의 가장 큰 사랑을 받은 시들로는 2번 「내 마음이 왜 이리 슬픈지」, 8번 「아름다운 어부의 딸이여」, 47번 「너는 한 송이 꽃과 같이」, 87번 「죽음, 그건 서늘한 밤이고」 등을 꼽을 수 있다.

여기서 〈귀향〉이란 편안한 고향으로의 귀향이 아니라, 하이네가 일정 기간 거주했지만 여전히 타지였던 함부르크나 괴팅겐으로의 귀향을 말한다. 이 연작에서 하이네는 민중적 어조에서 벗어나 그의 표현대로 〈서정적이고 악의적인〉 독창적인 어조를 개발했다.

이 연작에서는 시의 주제들이 확대되어 58, 79번은 사회와 학자를 풍자하고 있으며, 바다와 여행의 풍경에 대한 시들도 포함되어 있다. 하이네가 이 시집에서 처음으로 발표한 시들 「신들의 황혼Götterdämmerung」, 「돈나 클라라」, 「알만조르Almansor」는 철학적, 종교적 주제를 논한다. 특히 마지막 시는 하이네 자신이 겪고 있는 유대교와 기독교 사이의 분열을 서술한다.

하르츠 여행에서

하이네 자신이 〈순수하게 꽃피어 나는〉 연작이라고 불렀던 이 시들은 시적 화자가 어둡고 진지하고 분열적인 사랑에서 벗어나 자연의 체험을 통해 삶을 긍정하게 되는 과정을 보여 주고 있다.

북해

하이네는 이 찬가적이고 신화적인 연작을 자신의 시의 발전에서 획기적인 작품으로 보았다. 그가 1826년과 1827년에 북해의 섬 노르더나이에서 체류한 경험을 바탕으로 하는 시들이다. 이 여행은 하이네에게 심리적, 신체적으로 큰 활력을 제공했다.

불행한 사랑

이 시집의 압도적인 주제는 사랑이다. 이 시집에 실린 총 237편의 시들 가운데 140편 이상이, 그러니까 대략 60%의 시들이 불행한 사랑, 응답받지 못하는 사랑, 희망이 없는 사랑을 다루고 있다. 화자는 사랑을 향한 욕망과 쓰라린 포기, 감각적 향유를 향한 억누를 길 없는 욕구와 그 실현의 가망 없음 사이에서 방황하고 고통받고 좌절한다. 상상 속의 행복과 현실 속의 절망 사이에서 우왕좌왕하면서 무덤과 죽음을 갈망하는 화자는 고통과 사랑이 결합하여 고통이 오히려 쾌감을 키워 주는 것을 체험하게 된다.

하이네는 자신의 시들이 이 하나의 제한된 주제에 매우 집중되어 있음을 스스로 의식하고 있었다. 그래서 1823년 6월 10일에 동료 작가 카를 이머만에게 보낸 편지에서 자신의 모든 시들은 〈동일한 작은 주제의 변주들일 뿐〉이라고 적었다.

그리고 자신은 〈지금까지 오로지 아모르와 프시케의 이야기를 온갖 배치 속에서 그렸을 뿐〉이라고도 했다. 당대의 평자들이 그의 시들이 주제의 측면에서 단조롭다고 비판한 것이 무리가 아니었던 것이다.

그가 이렇게 사랑의 문제에 집중했던 데에는 자신의 영혼을 치유하고자 하는 의도도 있었다. 하이네는 1822년 12월 24일에 이머만에게 보낸 편지에서 「서정적 간주곡」은 〈내 마음의 야전 병원의 액자 틀〉이라고 말한 바 있다. 그는 자신의 시들을 통해 청년 시절을 완결하고 극복하고자 했다. 시는 그에게 자기 치료이기도 했던 것이다.

사랑은 하이네가 자유롭게 선택한 것이 아닌, 거의 강박적으로 그를 사로잡은 주제였다. 이런 사랑에 대한 시들을 형식적 계산에 따라 연작으로 구성해 내는 작업은 그에게 이 사랑이라는 문제에 대해 성찰적인 거리를 취할 수 있게 해주는 방안이기도 했다. 그는 시들을 통해 자신의 심리적 상태를 서술하면서 동시에 이 상태에 대해 예술적 형식과 반어법으로 이 상태에 대한 거리를 획득함으로써 이 상태를 극복하고자 한 것이다. 하이네 스스로도 1826년의 편지에서 「서정적 간주곡」과 「귀향」의 진지하고 우울한 정서에서 「북해」의 순수하고 싱그러운 정서로의 진화가 일어난다고 말한 바 있다.

말하기, 특히 시적으로 말하기의 심리적 경감 효과는 「귀향」의 서시에서도 나타난다. 여기서 아이들은 무서움에서 벗어나기 위해 큰 소리로 노래를 부른다. 화자 또한 노래를 불러 이 무서움에서 벗어난다. 「서정적 간주곡」과 「귀향」의 다른 시들에서도 자신의 노래들을 고통과 함께 매장함으로써 고통에서 벗어난다는 생각이 나타난다. 고통의 노래를 부름으로써 가슴이 치유되고, 그 후에 〈새로운 노래의 봄〉이 싹틀 것이라는 기대도 표현된다.

그러나 「귀향」에서는 이 해방이 완전히 이루어지지 못한다. 정서의 변화와 새로운 예술의 시작은 「하르츠 여행에서」와 「북해」에서 비로소 본격적으로 나타난다. 찬가가 민요의 형식을 뚫고 나온다. 화자는 산과 바다를 체험하면서 사랑의 감정에 매몰된 상태로부터 벗어난다. 다시 삶은 긍정된다. 꿈이 역습을 시도하면 화자는 〈그 깊은 바닷속에 머물러 있으라 / 미친 꿈이여〉라고 외친다.

그러므로 『노래의 책』은 전체적으로 하나의 극복 이야기로 읽을 수 있으며, 이 극복이 완결되는 과정을 서술한다.

이 시집에서 사랑과 고통은 서로 대립하면서도 강력히 결합되어 있다. 〈제3판 머리말〉에서 밤꾀꼬리는 슬피 환호하고, 기쁘게 흐느낀다. 사랑은 언제나 달콤하면서도 고통스럽다. 그러나 더 근본적인 주제는 고통이다. 고통은 이 시집 안에서 일어나는 모든 변주에도 불구하고 지속적으로 남아 있는 상수다.

그 가장 첫 번째 이유는 사랑의 대상에 있다. 시집에서 소녀, 부인, 내 사랑 등 여러 이름으로 불리는 그녀는 외모는 비상하게 아름답지만, 이 아름다움은 그녀 영혼의 거울이 아니다. 그녀는 냉정하고 무정하며, 내게 무관심하고, 심지어 나를 속이고, 부정을 저지르기도 한다. 화자는 이런 그녀에게 강력하게 끌리면서도, 그녀의 외모와 영혼의 괴리로 인해 고통받는다. 이런 상황은 페트라르카주의 시들과 흡사하다. 음험하지만 사랑스럽고, 나를 속이지만 달콤한 그녀의 뱀과 같은 성질에 대한 한탄이 거듭된다. 그녀는 나를 배신하고 나의 연적과 결혼한다. 위험하고 잔인한 그녀로 인해 나는 굴욕과 좌절을 겪는다. 아름답고 유혹적이면서도 내게 재앙을 안겨 주는 그녀는 때로 자신의 파괴적 힘을 즐기기까지 하는 팜 파탈이다. 하이네는 이런 그녀를 1839년의 서문에서 스핑크스로 묘사했다. 스핑크스는 사자와 여자가 섞인 〈끔찍함과 열망의 자웅 동체〉로서, 나를 유혹한 후 잔인하게 파괴한다.

이런 존재 앞에서 화자는 저항하지 못한다. 오히려 화자는 마조히즘적인 성격을 보여 준다. 그의 내면에서는 고통이 쾌감과, 고문이 희열과, 환희가 슬픔과 착종되어 있다. 그는 언제나 수동적이며, 유혹하는 대신 유혹받고자 한다. 그가 탓하는 것은 자신을 유혹하여 파멸시키는 상대가 아니라 자신이며, 그가 원하는 것은 자신의 죽음이다.

여기서 사랑은 더 이상 자아를 고양시키고 완성시키는 감정이 아니다. 사랑의 대상은 인간성이 아니라 악마적인 성질을 보여 준다. 자아는 이 대상에 종속되어 자율성을 잃고, 정체성 대신 분열성을 얻는다.

이런 사랑의 구상에는 하이네 자신의 실제 경험도 반영되어 있는 것으로 보인다. 이 시집에 수록된 시들은 하이네가 뒤셀도르프에서 살던 1815~1816년부터 대학을 졸업하고 기독교로 개종한 1827년까지의 시기에 집필한 것들이다. 그가 사촌 아말리에를 사랑했던 것도 이 시기의 일이다. 하이네는 1816년에 함부르크에서 생활하기 시작한 이래 사업가로서 부호가 된 삼촌 잘로몬의 딸 아말리에를 사랑하게 되었다. 이 사랑에 대한 자세한 기록은 남아 있지 않지만, 하이네가 1816년 친구 크리스티안 제테에게 보낸 편지에서 〈그녀가 나를 사랑하지 않는다〉라고 털어놓은 것으로 볼 때, 그가 아말리에를 사랑했던 것은 분명하다. 삼촌은 딸을 유력한 집안의 청년에게 시집을 보낼 생각이었으므로 두 사람이 서로 사랑했다고 해도 결혼으로 이어지기는 어려웠겠지만, 아말리에 자신이 하이네에게 큰 관심을 보이지 않았던 듯하다. 결국 이 사랑은 실패했지만, 그의 시 창작에 자극과 영감을 제공해 주었고, 이 시집에도 사랑의 흔적들이 많이 남아 있다. 이렇게 이 시집의 기본 주제인 불행한 사랑은 하이네의 실제 체험과 관련이 있기는 하지만 그의 시들을 오로지 이 체험과만 직접 연결시켜서는 안 된다. 하이네는 고통과 좌절의 상황을 그 자신의 체험을 뛰어넘어 지극히 다양하게 변주했고, 미적으로 처리했다. 하이네의 의도는 소외와 분열이 심화되는 현실을 아름답고 온전한 가상으로 미화하는 것이 아니었다. 오히려 이 시집은 그런 가상이 환상에 불과하다는 사실을 분명히 드러내며, 이런 점에서 후기로 갈수록 아름다운 가상으로서 위안과 도피의 기능을 떠맡게 된 낭만주의와 뚜렷이 구별된다.

연작의 형식

이 시집의 구성이 보여 주는 가장 큰 특징은 연작 형식이다. 이 시들은 철저한 구성에 따라 조직된 전체를 이룬다. 제목 없이 번호만 매겨진 「서정적 간주곡」과 「귀향」에서 각 시들은 전체 속에서 그것들이 차지하는 위치에 따라 그 의미가 정해지게 된다.

1852년 3월 22일 캄페에게 보낸 편지에서 하이네는 자신의 시집들의 〈주요한 특성〉은 〈정돈하는 정신〉이라고 말했다. 이 정돈의 핵심이 연작 구성이다. 하이네는 초기부터 자신의 시들을 연작으로 구성하여 발표했다. 이런 방식은 1827년에 이미 완성 단계에 이르러 『노래의 책』은 큰 연작 안에 다시 작은 연작들이 들어 있는 방식으로 구성되어 있다. 『노래의 책』을 구성하는 다섯 부분들은 「젊은 날의 아픔」처럼 형식적 기준에 따라 세분되거나 「서정적 간주곡」과 「귀향」처럼 주제별로 구분된 하위 연작들로 구성된다. 그리고 하위 연작들 안에서는 다시 각각의 시들이 서로 연상적, 대조적, 보충적 관계를 맺고 있다. 또 「서정적 간주곡」과 「북해」처럼 연작들 자체가 서로 대조적인 관계를 맺기도 한다. 하이네는 하위 연작들의 구성적 통일성을 위해 새로운 시들을 첨가하고, 일부 시들을 뺐다. 이런 구성을 통해 개별 시들의 의미가 상당히 바뀌기도 했다.

　　그러므로 각 시들을 해석할 때는 그 시들이 인접한 시들과 맺는 관계, 하위 연작 안에서 차지하는 위치, 그리고 전체 연작 안에서 차지하는 위치를 반드시 고려해야 한다. 또한 연작들의 시작과 끝에 위치한 시학적 성격의 시들도 고려되어야 한다. 이 시들은 전주와 후주의 역할을 하고 있다.

　　이런 연작 구성 자체는 하이네의 발명품이 아니라 당대에 유행하던 것이었다. 무엇보다 전주와 후주를 지닌 12권의 부분들로 구성된 괴테의 『서동시집』이 1820년대의 시들에 큰 영향을 미쳤다. 빌헬름 뮐러 또한 「아름다운 물레방앗간 처녀」와 『77편의 시』(1821), 「겨울 나그네」(1824)를 연작으로 구성하여 발표하였다.

출판 이후

　『노래의 책』은 하이네의 기대와는 달리 발표된 지 10년이 되도록 별로 읽히지 않았다. 출판 후 7년이 되도록 1천2백 부가 팔리는 데 그쳤다. 비평가들도 이전에 이미 다른 출판물들에서 이 시들을 읽고 평가하기도 했기 때문에, 시들을 다시 묶어 출판한 이 시집에 별로 관심을 기울이지 않았다. 대중과 비평가들은 그의 산문에 더 관심이 많았다. 그러다가 1830년대 중반에 대학생들, 그리고 자유주의적 신념을 지닌 관료들과 기업가들 등이 이 시집을 선호하게 됨에 따라 판매량이 증가하기 시작했다. 이들은 이 시집을 낭만주의적이고 자유주의적인 신념의 표현으로 받아들였다. 1834년에 비로소 2판 출판이 고려되기 시작하지만, 실제로 2판이 출판된 것은 1837년의 일이었다. 하이네는 2판 출판을 위해 서문을 쓰고, 오탈자를 정정하고, 몇몇 구절들을 고치거나 삭제했다. 1839년에는 운문으로 작성된 서문이 추가된 3판이 출판되었고, 하이네는 문장 부호들을 상당히 고쳤다. 1841년에 출판된 4판은 3판의 내용을 아무 변동 없이 그대로 실은 것이었다. 그리고 1844년에 하이네가 〈직접 수정한 최후의 판본〉이 출판되었다. 당시 파리에서 살다가 잠시 함부르크를 방문했던 하이네는 마지막으로 직접 원고를 손보았다. 그가 원고를 출판사에서 직접 읽었고, 교열을 했다. 그래서 이 판본은 거의 인쇄 오류가 없다. 이 5판이 현재 기준이 되는 판으로 사용되고 있다. 이후 이 시집은 하이네가 죽을 때까지 일곱 번 더 출판되지만, 이들은 모두 5판을 그대로 출판한 것이고, 하이네는 더 이상 원고를 손보지 않았다.

19세기 후반에 이르러『노래의 책』은 아마도 하이네가 기대했던 정도를 훨씬 뛰어넘는 승리를 구가하게 된다. 소박한 민요조의 음조, 귀신과 동화, 기사 낭만주의와 세계고가 섞여 있는 작품 자체의 매력이 인기의 비결이었지만, 그의 시에 곡을 붙인 작곡가들의 역할도 매우 컸다. 멘델스존, 슈만, 마이어베어, 차이콥스키, 리스트, 브람스, 바그너, 슈트라우스 등 수백 명의 작곡가들이 이 시집에 실린 시들에 곡을 붙였다. 로베르트 슈만의 「시인의 사랑」은 오로지 여기에 실린 시들만으로 구성되었다. 1914년의 연구에 따르면 이 시들은 그때까지 총 2,750번 작곡되었고, 현재까지는 대략 1만 번 작곡된 것으로 추정되고 있다. 「너는 한 송이 꽃과 같이」, 「가문비나무 한 그루 외로이」, 「꿈속에서 나는 울었어」, 「너무나 아름다운 5월에」, 「노래의 날개 위에」처럼 비교적 짧고 선율적이며 직접적 사랑의 감정을 표현하는 시들이 선호되었다. 반면 비판적인 포인트가 있거나 반어법이 구사된 작품들은 외면받았다. 하이네는 이렇게 대중의 사랑을 얻는 가운데 낭만적이고 감상적인 시인으로 굳어져 갔고, 그의 시에 담긴 날카로운 예봉들은 감춰지고 잊혀졌다.

이렇게 수용된 결과, 하이네의 초기 시에 대한 거부도 커졌다. 그의 시에 곡을 붙인 노래들이 대중화될수록 그를 단순한 기술적 명장으로만 보고 시인으로서의 가치는 낮게 평가하는 사람들이 늘어났다. 예컨대 1910년, 카를 크라우스는 「하이네와 그 결과들」이라는 글에서 그의 사랑 시들이 〈운율을 덧붙인 저널리즘〉, 〈오페레타 시(詩)〉에 지나지 않는다고 혹평했다. 테오도르 W. 아도르노 또한 하이네 사망 1백 주년이었던 1956년에 발표된 「하이네라는 상처」에서 카를 크라우스의 평에 동의하면서 『노래의 책』은 시를 〈기성의, 조제된 언어의 위력〉에, 〈신문과 상업의 언어〉에 내맡겼다고 비판했다. 그는 다만 하이네의 산문은 사회 참여적이라는 점에서 호평했다. 이런 평가는 이후 큰 영향을 미쳐 사회 참여 문인으로서의 하이네는 높이 평가하고, 초기의 시들은 소홀하게 다루는 풍조를 낳았다. 그러나 하이네 자신은 자신의 글들을 이렇게 분리하는 데 동의하지 않았다. 1837년의 서문에서 그는 자신의 모든 글들은 〈동일한 사상에서 유출되었다〉고 분명하게 선언했던 것이다. 최근에야 비로소 분위기가 역전되어 그의 작품 전체의 통일성이 다시 조명되면서 초기 시들에 대한 전문적인 관심도 회복되고 있는 중이다.

이 시집의 중요성을 고려하여 번역에 여느 때보다 더 주의를 기울였지만, 언제나 그렇듯이 또 개선할 지점들이 나타날 것이다. 기회가 생기는 대로 필요한 개선을 하고자 한다. 가장 노력을 바친 것은 번역된 텍스트들이 시로 읽힐 수 있도록 하는 것이었다. 이 시도가 어느 정도라도 성공했기를 빈다. 또한 시공간적으로 먼 배경을 지닌 시들을 이해하는 데 도움이 되기를 바라는 마음에서 역주들을 가능한 한 자세히 달았다. 역주들이 시를 향유하는 데 기여할 수 있기를 바란다. 텍스트 자체의 까다로움과 역자의 여러 사정으로 인해 턱없이 길어진 번역 기간 내내 무던히 원고의 완성을 기다려 주신 열린책들의 여러분들께 죄송하고 감사한 마음을 전한다.

2016년 9월
이재영

하인리히 하이네 연보

1797년 출생   12월 13일 뒤셀도르프에서 유대인 상인 잠존 하이네 Samson Heine(1764~1828)와 그의 아내 베티Betty(1771~1859, 결혼 전 성은 판 겔더른Van Geldern)의 장남으로 출생. 출생명은 하리Harry.

1798년 1세   2월 할례를 받고 유대인 교구의 명부에 등록됨.

1800년 3세   9월 힌더만Hindermann 부인의 유아 학교에 입학. 10월 18일 유일한 여동생 샤를로테Charlotte의 출생.

1803년 6세   린텔존Rintelsohn이 운영하는 유대인 사립 학교에 입학.

1804년 7세   8월 1일 뒤셀도르프 시(市)가 유대인 자제의 기독교 학교 입학을 허가하여 프란치스코회 수도원 건물에 있는 일반 학교에 입학. 그러나 종교 수업은 계속 유대인 사립 학교에서 받음.

1805년 8세   6월 18일 남동생 구스타프Gustav가 태어남.

1806년 9세   3월 24일 나폴레옹의 매부 조아킴 뮈라Joachim Murat가 베르크 공작으로 임명되어 뒤셀도르프로 진입함. 10월 15일 막냇동생 막시밀리안Maximilian이 태어남.

1807년 10세   그림, 바이올린, 춤 교습을 받음. 9월 리체움(중등학교) 준비반에 입학.

1809년 12세   프랑스어 개인 교습을 받음.

1810년 13세   미술 개인 수업을 받음. 4월 뒤셀도르프 리체움 하급반에 입학. 10월에 중급반으로 옮김.

1811년 14세   10월 새로 도입된 중급반을 월반하여 리체움 상급반으로 옮김. 11월 3일 나폴레옹이 뒤셀도르프 궁의 정원에서 말을 타는 모습을 봄.

1812년 15세   리체움의 최상급반인 〈철학반〉으로 옮김.

1814년 17세   9월 24일 리체움 중퇴. 10월 상인 교육을 받으라는 부모의 권유에 따라 파렌캄프의 상업 학교를 방문함.

1815년 18세   9월 아버지를 따라 프랑크푸르트 박람회 방문. 이어서 프랑크푸르트의 린트스코프 은행에서 수습생으로 일함. 11월 뒤셀도르프로 귀향.

1816년 19세   6월 초 함부르크로 떠남. 삼촌 잘로몬 하이네의 은행에서 수습생으로 일하기 시작. 삼촌의 별장이 있는 오텐젠에서 머무르는 동안 사촌 아말리에Amalie에 대한 사랑이 싹틈.

1818년 21세   5월 하이네가 금융업에 재능을 보이지 않자, 삼촌은 그에게 직물 상점을 차려 줌.

1819년 22세   3월 하이네의 직물 상점이 파산함. 삼촌은 대학에서의 법학 공부를 재정적으로 지원해 줄 것을 약속함. 6월 뒤셀도르프로 귀향. 대학 공부 준비. 9월 말 본으로 떠남. 12월 초 대입 자격시험에 합격한 후 본 대학 입학. 2학기 동안 법률학과 행정학을 전공. 연말에 부모님의 업체가 청산됨.

1820년 23세   9월 베스트팔렌 지역을 여행한 후 괴팅겐으로 감. 10월 괴팅겐 대학에 입학. 12월 대학생 비벨Wiebel에게 결투를 신청한 후 대학 당국의 조정을 받음. 12월 말 대학생 조직 부르셴샤프트가 반유대주의적 이유로 하이네를 제명함.

1821년 24세   1월 23일 대학 당국이 하이네에게 결투 신청을 이유로 6개월 정학 처분을 내림. 2월 초 괴팅겐을 떠남. 3월 20일 베를린 도착. 4월 베를린 대학 입학. 이후 4학기를 다님. 12월 『H. 하이네의 시집*Gedichte von H. Heine*』을 발표. 괴테에게 시집을 보냈으나, 답을 받지 못함.

1822년 25세 8월 4일 〈유대인의 문화와 학문을 위한 협회〉에 가입. 8~9월 폴란드 친구의 초청을 받아 폴란드 여행. 10월 말 헤겔을 방문함.

1823년 26세 5월 19일 부모님이 1821년 4월 말에 이주한 뤼네부르크로 감. 여름과 가을에 함부르크 체류. 아말리에는 보지 못함. 쿡스하펜과 리첸뷔텔로 여행을 떠남. 『비극들과 서정적 간주곡*Tragödien nebst einem lyrisches Intermezzo*』을 발표. 비극 「윌리엄 래트클리프William Ratcliff」와 「알만조르Almansor」, 그리고 「서정적 간주곡Lyrischen Intermezzo」이 수록됨.

1824년 27세 1월 24일 괴팅겐으로 귀환. 법학 수업 재개. 9월 중순 하르츠 여행 시작. 도보로 튀링겐 지방까지 가서 바이마르에서 괴테를 방문하고 10월 11일 괴팅겐으로 돌아옴.

1825년 28세 5월 24일 하일리겐슈타트로 가서 그곳 목사에게 개종의 뜻을 피력함. 6월 28일 세례를 받고 개신교로 개종함. 이름을 크리스티안 요한 하인리히 하이네Christian Johann Heinrich Heine로 바꿈. 7월 20일 대학 졸업. 법학 박사 학위 취득. 8월 초 북해에 있는 섬 노르더나이로 여름 여행을 떠남. 이어서 변호사로서 정착할 생각으로 함부르크로 이사함.

1826년 29세 1월 함부르크의 〈호프만과 캄페 서점〉에 들렀다가 율리우스 캄페Julius Campe를 알게 됨. 이후 캄페는 하이네가 죽기까지 그와 협력함. 5월 『여행 화첩*Reisebilder*』 1권을 출판. 「귀향Heimkehr」, 「하르츠 여행Die Harzreise」, 「북해Die Nordsee」 1부가 수록됨.

1827년 30세 4월 12일 『여행 화첩』 2권을 출판. 영국으로 떠남. 네덜란드를 거쳐 9월 초에 함부르크로 귀환. 10월 『노래의 책*Buch der Lieder*』 출판. 카셀, 프랑크푸르트(여기서 루트비히 뵈르네Ludwig Börne를 만남), 하이델베르크, 슈투트가르트를 거쳐 『새 일반 정치 연감』의 편집을 맡을 예정이었던 뮌헨으로 감.

1828년 [31세] 8~11월 이탈리아 여행. 밀라노, 제노바, 루카, 피렌체, 베네치아 등지를 방문. 12월 1일 부친 사망. 하이네는 12월 27일 뷔르츠부르크에서 사망 사실을 알게 됨.

1829년 [32세] 12월 『여행 화첩』 3권을 출판.

1830년 [33세] 6월 말~8월 말 북해의 섬 헬골란트 여행. 파리의 7월 혁명 소식을 접함.

1831년 [34세] 3월 파리로 이주하여 자유 문필가로 생활하기로 결심함. 5월 1일 파리로 떠남. 5월 19일 파리 도착. 발자크, 조르주 상드 등을 만남. 10월 말 독일 신문 및 잡지를 위한 통신원 활동 시작. 「교양층을 위한 조간신문」에 프랑스 미술에 대한 보고문들을 게재함. 게재한 글들은 이후 『프랑스의 화가 *Französische Maler*』로 출판됨.

1832년 [35세] 1월 생시몽주의자들의 회합에 참가. 아우크스부르크에서 발간되는 「일반 신문」에 정치적 통신문들을 발표. 발표한 글들은 이후 『프랑스의 상황 *Französische Zustände*』으로 출판됨.

1833년 [36세] 3월 1일 프랑스의 잡지 『유럽 문학』에 독일 문학에 대한 기고문을 프랑스어로 연재하기 시작. 기고한 글은 이후 『낭만파 *Die romantische Schule*』로 출판됨. 『살롱 *Der Salon*』 제1권 출판(「프랑스의 화가」 수록)

1834년 [37세] 3월 1일 프랑스의 잡지 『두 세계의 잡지』에 독일의 정신사에 대한 에세이들을 발표하기 시작. 발표한 글들은 이후 『독일 종교와 철학의 역사 *Zur Geschichte der Religion und Philosophie in Deutschland*』로 출판됨. 10월 신발 판매원 크레상스 외제니 미라 Crescence Eugénie Mirat를 만남. 하이네는 그녀를 마틸데라고 부름.

1835년 [38세] 4월 하이네의 프랑스어판 작품집의 일환으로 『독일에 대하여 *De l'Allemagne*』가 출판됨. 『살롱』 제2권(『독일 종교와 철학의 역사』 수록) 출판. 12월 10일 독일 연방 의회가 〈청년독일파(派)〉에 대한 출판 금지를 결정함. 12월 11일 하이네의 모든 작품이 프로이센에서 출판 금지됨.

1836년 ^{39세} 『낭만파』가 독일어로 출판됨. 9월 말 남프랑스의 프로방스로 여행을 떠남. 12월 말에 파리로 귀환. 프랑스 정부가 하이네에게 정치적 망명자가 받는 생활 보조금을 지급하기로 함.

1837년 ^{40세} 심각한 눈병에 걸림. 『살롱』 제3권 출판(산문 「피렌체의 밤Florentinische Nächte」 수록). 『노래의 책』 2판 출판.

1839년 ^{42세} 『노래의 책』 3판 출판.

1840년 ^{43세} 2월 10일 아우크스부르크의 「일반 신문」에 프랑스의 상황에 대한 보도를 게재하기 시작함. 게재한 글은 이후 『루테치아Lutetia』로 출판됨. 8월 8일 「루트비히 뵈르네. 한 편의 회고록Ludwig Börne. Eine Denkschrift」 발표. 『살롱』 제4권 출판(「바허라흐의 랍비Der Rabbi von Bacherach」 수록).

1841년 ^{44세} 8월 31일 마틸데와 결혼. 9월 7일 뵈르네의 애인이었던 자네트 볼 슈트라우스Jeanette Wohl Strauß의 남편인 잘로몬 슈트라우스Salomon Strauß와 결투. 가벼운 상처를 입음. 『노래의 책』 4판 출판.

1843년 ^{46세} 『아타 트롤. 여름밤의 꿈Atta Troll. Ein Sommernachtstraum』 발표. 10월 21일~12월 16일에 1831년 이후 처음으로 독일 방문. 함부르크행. 12월 파리에서 카를 마르크스와 교류하게 됨.

1844년 ^{47세} 마르크스가 주도하는 잡지 『전진!』과 『독일-프랑스 연감』에 풍자 글과 정치적 시들을 발표. 『노래의 책』 5판 출판. 4월 16일 프로이센 정부가 『전진!』과 『독일-프랑스 연감』에 협력한 독일인들에 대한 일련의 국경 체포령과 추방령을 실시하기 시작함. 7월 19일~10월 16일 마틸데와 함께 함부르크를 다시 방문. 10월 『독일. 어느 겨울 동화Deutschland. Ein Wintermärchen』가 출판됨. 출판 즉시 프로이센에서 출판 금지됨. 12월 23일 삼촌 잘로몬 하이네 사망. 삼촌의 유산으로 연금을 지급받는 문제로 사촌과 다툼이 벌어짐.

1847년 50세   1월 『아타 트롤*Atta Troll*』 출판.

1848년 51세   2월 프랑스 2월 혁명 발발. 중증 마비 증상으로 요양원 입원. 2월 23일 파리에서 시가전을 목격함. 5월 중순 루브르 박물관에서 실신. 9월 더 이상 침대에서 일어나지 못함.

1851년 54세   7월 파리를 방문한 캄페가 하이네를 방문하여 새 시집 『로만체로*Romanzero*』의 계약을 맺음. 10월 『로만체로』가 독일에서 출판됨.

1854년 57세   독일에서 『혼합 문집*Vermischte Schriften*』 발표. 총 3권 (「고백Geständnisse」, 「망명 중의 신들Die Götter im Exil」, 『루테치아』 1, 2부 수록). 12월 프랑스어 전집 출판을 위한 작업 시작.

1855년 58세   6월 하이네의 마지막 정신적 사랑이었던 엘리제 크리니츠Elise Krinitz가 하이네를 자주 방문함. 프랑스어판 『하이네 전집』이 출판되기 시작함.

1856년 59세   2월 17일 사망. 2월 20일 몽마르트르 묘지에 안장됨.

열린책들 세계문학 234 노래의 책

옮긴이 이재영 1963년 대구에서 태어났으며, 서울대학교와 베를린자유대학에서 독문학과 철학을 공부했다. 독문학 박사. 베를린자유대학과 성신여대, 이화여대 등에서 강의했고 서울대에서 강의하고 있다. 2001년 「상실의 세계와 세계의 상실 ─ 신경숙론」으로 제8회 창비 신인평론상을 받았으며, 시몬느 한독문학번역상을 수상했다. 옮긴 책으로 『아이들은 철학자다』, 『두 여자 사랑하기』, 『철학의 탄생』, 『이민자들』, 『빌헬름 텔』, 『토성의 고리』, 『발푸르가의 진주 목걸이』, 『빛이 사라지는 시간』, 『피노키오』 등이 있다.

지은이 하인리히 하이네 **옮긴이** 이재영 **발행인** 홍예빈·홍유진
발행처 주식회사 열린책들 **주소** 경기도 파주시 문발로 253 파주출판도시
전화 031-955-4000 **팩스** 031-955-4004 **홈페이지** www.openbooks.co.kr
Copyright (C) 주식회사 열린책들, 2016, *Printed in Korea.*
ISBN 978-89-329-1234-9 04850 **ISBN** 978-89-329-1499-2 (세트)
발행일 2016년 10월 10일 세계문학판 1쇄 2024년 2월 15일 세계문학판 3쇄

이 도서의 국립중앙도서관 출판예정도서목록(CIP)은 서지정보유통지원시스템 홈페이지(http://seoji.nl.go.kr)와 국가자료공동목록시스템(http://www.nl.go.kr/kolisnet)에서 이용하실 수 있습니다.(CIP제어번호: CIP2016022830)

열린책들 세계문학
Open Books World Literature